SOMMAIRE

Couverture de Arnold Kohn et logo créé par André Savéant

Directeur de la publication : Philippe Marlin – Rédacteur en chef : Richard D. Nolane

Pour toutes les traductions : © les traducteurs.

Mise en page : André Savéant

WENDIGO, LES ÉDITIONS DE L'ŒIL DU SPHINX

36-42 rue de la Villette

75019 PARIS, FRANCE

www.œildusphinx.com

ods@œildusphinx.com

© 2019 LES ÉDITIONS DE L'ŒIL DU SPHINX

ISBN : 979 - 10 - 91 506 — 98-4
EAN : 9 791 091 506 984
ISSN de la collection : 2116-5114
Dépôt Légal : Avril 2019

Couverture : illustration de Arnold Kohn.

ÉDITORIAL

par Richard D. Nolane

Le numéro que vous tenez entre vos mains est le premier à ne présenter que des inédits en français. Un effet du hasard et non un changement de politique éditoriale puisque le suivant aura son lot de réimpressions, révisées sur la base des originaux, de textes « perdus de vue » depuis leur première parution chez nous….

Deux concurrents directs du *Weird Tales* fin des années 1920/début des années 1930 sont mis à l'honneur : *Ghost Stories* et *Strange Tales of Mystery and Terror*. Le premier avec une « ghost story » inhabituelle signée Ethel Watts Mumford (la seule femme dans ce numéro…), une auteure américaine non spécialisée et célèbre à l'époque dans d'autres genres, et le second avec une novella de Victor Rousseau, qui abandonne donc momentanément son détective de l'occulte, le Dr Brodsky pour une histoire fantastique « égyptienne » pleine de bruit et de fureur..

Si *Ghost Stories* mourut de sa belle mort suite à sa trop grande spécialisation, *Strange Tales* fut, lui, victime de la faillite de son éditeur mis à mal par la Grande Dépression. Sans cela, payant mieux que *Weird Tales* et ayant attiré certaines des meilleures plumes américaines du Fantastique, *Strange Tales* aurait peut-être détrôné à la longue « The Unique Magazine »…

Ce numéro propose aussi notre première histoire liée à l'univers lovecraftien des Grands Anciens. « La Jarre » de Charles R. Tanner, un auteur épisodique du Fantastique et de la SF, date des tous débuts de ce qui allait devenir une branche autonome du Fantastique et de l'Horreur : le Mythe de Cthulhu. Ce que peu d'amateurs auraient imaginé lors de sa parution en 1941…

Tout aussi rares étaient sans aucun doute les lecteurs qui auraient vu venir en 1918 la carrière de Seabury Quinn, futur auteur vedette par excellence de *Weird Tales*. Après « L'idole de pierre » dans notre n°1, voici une autre de ses toutes premières nouvelles, une variation à « fin ouverte » sur le thème du vampire… Autre auteur à faire sa deuxième apparition dans *Wendigo*, Rog Phillips, avec cette fois une histoire de SF d'horreur sortant des sentiers battus et qui aurait fait un excellent épisode de *La Quatrième Dimension*… Un peu comme les textes réunis par mes soins dans *Un rat dans le crâne* (2017) et dont couverture et détails vous attendent plus loin dans ce numéro.

Si Rog Phillips se situe à la frontière temporelle la plus proche de nous que je me suis assignée pour le choix des textes (le milieu des années 1950), l'autre bout du spectre temporel, le XIXe siècle, est représenté ici par Grant Allen, un auteur victorien majeur, avec une nouvelle fantastique prenante et toute en nuances.

Les nuances, justement, inutile de les chercher dans ce qui est « l'ovni » du numéro, je veux parler de l'improbable passage à la moulinette des « Spicy pulps » par E. Hoffmann Price, un de leurs collaborateurs attitrés et qui avait eu la couverture de notre n°4, d'une nouvelle cédée par son ami le délicat Clark Ashton Smith. Ce dernier n'étant pas arrivé à la placer dans sa version originale, aujourd'hui perdue, l'avait donc « cédée » à Price pour en faire ce qu'il voulait du moment que les droits d'auteur seraient partagés avec lui. Smith revu dans un style « série noire » un brin sexy, c'est peut-être iconoclaste mais, finalement, cela à son charme…

Et maintenant, avant de vous laisser entamer la dégustation des mets littéraires aux saveurs éclectiques qui suivent, je remercie encore et encore les traducteurs bénévoles, Martine Blond, Jean-Daniel-Brèque, Albert Aribaud, Mathieu Arès et, nouvelles recrues, Tepthida Hay, Pierre-Paul Durastanti et Éric M'Gaides. Merci aussi à Joseph Altairac et Philippe Marlin pour la relecture, à André Savéant pour la maquette et à Morgan A. Wallace pour son soutien concernant Victor Rousseau.

Montauban, mars 2019.

LA MALÉDICTION D'AMEN-RÂ

par Victor Rousseau

Victor Rousseau ayant été présenté longuement par Morgan A. Wallace dans le premier numéro de Wendigo, *le lecteur est invité à se référer à cette présentation pour plus de détails.*

De son vrai nom Avigdor Rousseau Emanuel (1879-1960), il naquit et grandit à Londres avant d'émigrer aux États-Unis au début du XXᵉ siècle, pays qu'il ne quitta plus jusqu'à sa mort à l'exception de longs séjours au Canada et en Angleterre dans les années 1910 et 1920. Sous les noms de Victor Rousseau et de H. M. Egbert, il devint un auteur régulier des plus grands pulps « généralistes » et un des auteurs importants de la SF en train de se former (notamment avec des romans comme The Messiah of the Cylinder, *1917, et quelques autres l'arrivée d'*Amazing Stories *en 1926. À partir des années 1930, sa carrière entama un lent déclin (avec néanmoins des nouvelles de bonne facture ici et là) sous d'autres pseudonymes dont le plus connu est Lew Merrill et ses derniers récits furent publiés dans l'immédiate après-guerre. Les genres favoris de Victor Rousseau ont toujours été la SF, le Western et l'Aventure, mais aussi le Fantastique qu'il pratiqua dans plusieurs pulps dont* Weird Tales.

Victor Rousseau fut de toute évidence attiré par les personnages de Détectives de l'Occulte puisqu'il n'écrivit pas moins de quatre séries relevant du genre (plus un certain nombre d'histoires indépendantes avec des enquêteurs manifestement spécialisés), les plus connues étant celle du Dr Ivan Brodsky surnommé « Le Chirurgien des âmes » dans Weird Tales, *en 1926/27 et celle du Dr Martinus dans son concurrent* Ghost Stories *(1926/28). Une troisième série mettant encore en scène un autre spécialiste du surnaturel, le Dr Gabriel, parut bien plus tard dans*

Speed Mystery, Speed Détective *et* Private Détective Stories *entre 1943 et 1946, sous le nom de Lew Merrill pour deux d'entre elles et de Hugh Speer pour les dix autres...*

Victor Rousseau passa donc fort longtemps pour une sorte de « suiveur » jusqu'à ce que Morgan A. Wallace découvre que la série du Dr Ivan Brodsky avait en réalité été publiée en 1909/10 dans des quotidiens américains et qu'elle avait été suivie en 1913/14 par une autre série, jusque-là inconnue, dans le Holland's Magazine *aux USA et mettant en scène encore un autre médecin spécial, le Dr Phileas Immannuel. De « suiveur », Victor Rousseau devint donc soudain presqu'un « précurseur » des Détectives de l'Occulte... !*

Avec « La malédiction d'Amen-Ra », Victor Rousseau s'attaque cette fois-ci avec brio au « fantastique égyptien ». Cette novella a été traduite auparavant en Argentine, en Espagne et en... Thaïlande !

Morgan A. Wallace a publié en 2011 His Second Self : The Bio-Bibliography of Victor Rousseau Emanuel *(The Spectre Library, USA), une excellente bio-bibliographie de l'auteur comportant également une sélection de nouvelles rares du début de sa carrière. Un livre incontournable pour les amateurs de pulps, disponible uniquement via Amazon.fr pour l'Europe francophone.* — **RDN**

I

La scène autour de moi était la plus repoussante que j'aie jamais eu l'occasion de regarder. De tous côtés s'étendaient des marais ternes et brunâtres parsemés de touffes de papyrus. Devant moi — oui, ce devait être l'île Pequod, qu'une bande d'eau putride et boueuse séparait de la terre.

L'île Pequod, dans la partie inférieure de la Baie de Chesapeake, était à peine à cinquante mètres de là ; j'aurais eu de l'eau à peine jusqu'à la taille, mais les boues mouvantes m'auraient aspiré avant si j'avais eu l'idée de traverser.

Et il n'y avait aucun besoin de le faire, car dans le canal étroit, un vieux passeur poussait sa barque antédiluvienne dans ma direction. Je m'arrêtai au bord de la piste et l'attendis.

Il m'apostropha par les mots indistincts d'un dialecte local auquel je ne comprenais rien. Mais juste avant d'être à portée, il arrêta le bateau avec sa perche et m'observa de ses yeux enfoncés sous de larges sourcils blancs tout en chiquant, agitant sa barbe grise, touffue et sale.

– Eh bien, qu'attendez-vous ? demandai-je avec impatience. Ne voyez-vous pas que je veux traverser ?

– Ouais, v'voulez traverser, hein ? Mais pourquoi v'voulez traverser ? Vous v'lez voir qui ?

Je finis par comprendre.

– Je viens voir monsieur Neil Farrant, s'il vous faut le savoir, répondis-je. Mais je ne savais pas que cette île était privée.

– Neil Farrant ? Quoi, çui qu'y a amené les momies à la Pointe de Tap ? Un éclair de terreur traversa les yeux du vieux passeur. Y vous verra pas. Voit personne. Y'en a plein qu'ont essayé quand il les a amenées ici. L'ont bien agacé, pour sûr. Des professeurs de l'Université, tout ça — mais y voulait voir personne.

– Là, c'est différent, répondis-je. Mon nom est Jim Dewey, et monsieur Farrant m'a spécifiquement demandé de venir l'aider dans son travail.

– Jim Dewey ? Le passeur fit tourner de nouveau sa chique dans sa bouche. Ouais, j'crois bien qu'monsieur Farrant a dit qu'y's'pouvait qu'on vous voie arriver...

Mais il resta sans bouger, appuyé sur sa perche, me regardant, soupçonneux, en silence.

– Eh bien, pourquoi n'approchez-vous pas le bateau, que j'embarque ? demandai-je.

– Ben, m'sieur, qu'est-ce qui m'dit qu'z'êtes pas v'nu faire échapper un des dingues du docteur Coyne ? demanda-t-il.

– De quoi diable parlez-vous ? Et de qui ? répliquai-je. Mais avant que le vieil homme ne puisse répondre, il me revint à l'esprit ce que Neil avait dit de l'île, à savoir qu'elle était principalement occupée par le bâtiment et les terrains étendus de l'asile privé du docteur Rolf Coyne, où résidaient certains des gens les plus riches et les plus désespérément fous de Virginie et de quelques autres États.

C'était pourquoi Neil, qui avait été l'associé du docteur Coyne pendant trois ou quatre ans avant son départ pour l'Égypte comme assistant du Fond pour les Fouilles de l'Université de Virginie du Nord, avait choisi cet endroit isolé pour mener certaines expériences sur les momies qu'il avait ramenées. Et c'était parce nous étions devenus amis durant ces quatre ans passés ensemble à l'Université que j'étais autorisé à l'assister dans sa tâche.

Il m'avait écrit dans des termes mystérieux qui avaient piqué ma curiosité, m'avait demandé de lui télégraphier si je comptais venir, ce que j'avais fait.

Le vieil homme m'adressa un clin d'œil.

– Y'a des types, z'hésiteraient pas à aider les plus désespérés d'ces dingues à s'carapater si ça payait bien », dit-il, « et y'en a plus d'un qui l'a fait. C'pour ça qu'on n'a pas d'pont entre l'île et la terre. Moi, chuis l'vieil incorruptib ». C'est l'docteur qui m'appelle comme ça. Si vous êtes un ami d'monsieur Farrant, j'imagine qu'vous avez l'droit d'passer, mais si vous comptez libérer un d'ces dingues, j'vous préviens qu'les molosses du docteur Coyne vont vous courser et vous mett' en pièces.

– Bien, je ne vais pas attendre toute la journée que vous vous décidiez si j'ai le droit de passer ou pas. Alors soit vous amenez votre bateau, soit vous repartez et alors j'appellerai monsieur Farrant au téléphone pour lui dire que vous avez refusé de me transporter.

L'ancêtre mâchonna une minute ou deux, puis, à regret, approcha du ponton. Je saisis ma valise et grimpai, après quoi le vieil homme entreprit de donner des coups de perche en direction de l'autre rive.

– Combien vous dois-je ? dis-je une fois que nous fûmes arrivés.

– Pouvez m'donner c'que vous voulez, m'sieur, répondit-il. J'me moque de l'argent. L'vieil incorruptib », que l'docteur m'appelait, et c'est c'que j'suis. Pouvez m'donner un *quarter* [1] comme cinquante *cents*.

N'ayant pas de monnaie, je lui tendis un *dollar*, en lui disant de garder tout. Il empocha le billet, les yeux gonflés de cupidité.

– Et maintenant, par où est la maison de monsieur Farrant ? demandai-je.

– Descendez vers la Pointe de Tap, répondit le vieux. Suivez la route par le village, et vous s'rez à sa maison un quart de *mile* plus loin. Mais écoutez, m'sieur. Il saisit mon bras alors que j'allais me lancer sur la route herbeuse. Vous r'viendrez pas. Y en a pas un qu'est rev'nu d'ceux qu'ont ouvert les tombes de ces momies. Y'a que m'sieur Farrant, parce qu'y était docteur. Mais m'sieur Burke et m'sieur Watros et l'aut Lord anglais qu'j'oublie son nom, sont tous morts, à cause d'la malédiction qu'est tombé sur tous ceux qu'ont ouvert les tombes d'ces princes et princesses.

« Les gens à la Pointe du Tap pensent qu'on sait rien, mais on l'a bien lu dans les journaux du dimanche, et ça nous dit pas trop qu'ces momies mortes s'baladent autour de nos maisons et viennent tuer nos

---

[1] Soit vingt-cinq *cents*.

enfants. J'vous préviens, m'sieur, la première personne tuée sur l'île Pequod, y'aura du vilain. Sauf vous. Si v'voulez-vous suicider, faites comme chez vous. Mais gardez ces momies loin d'nos baraques.

Il se pencha vers moi et me tapota l'épaule.

– Quand vous verrez les faucons, soyez prudent, murmura-t-il. Les molosses y savent, et nous on sait aussi. Z'auriez pas dû venir.

– Vous colportez des âneries, rétorquai-je. Cela m'irritait de penser que la légende idiote d'une malédiction, renforcée par le décès certes étrange de tant de membres de l'expédition, s'était répandue parmi ces idiots. Mais le vieil homme, continuant à chiquer, m'adressa un sourire moqueur. Je m'en détournai et, ma valise à la main, entreprit de suivre le chemin qui descendait vers la Pointe du Tap.

L'île de Pequod était plus pittoresque que je ne l'avais imaginé en la voyant depuis la rive opposée. En quelques minutes, je me retrouvai à cheminer entre des buissons de genévriers et des cyprès nains. Puis je vis au loin, entre les arbres, un grand bâtiment, dont je compris qu'il devait être l'établissement privé du docteur Coyne. Il y avait un terrain découvert avec des courts de tennis occupés par quelques joueurs. D'autres se promenaient alentour. Tout était à l'air libre et sans clôture — et pourquoi l'eût-ce été, avec la Baie d'un côté, l'étendue marécageuse de l'autre, et les molosses ?

Une fois le domaine de l'établissement traversé, j'arrivai à un village en bord de mer dont les quelques bateaux de pêche amarrés affichaient la nature des occupations locales. Deux ou trois hommes qui traînaillaient me considérèrent avec morosité tandis qu'une femme me jeta un regard de défi depuis une porte ouverte, marmonnant quelque chose sur mon passage. Une autre agrippa son enfant et le tint contre elle comme si j'allais le lui enlever.

Je passai devant tout ce monde, tête droite, portant ma valise. J'étais toujours empli d'indignation quant aux histoires monstrueuses qui circulaient, toutes dues au fait que Neil Farrant avait réussi à ramener, en contournant les autorisations, trois ou quatre des sarcophages trouvés dans les tombes des rois qu'on avait récemment ouvertes en Haute-Égypte. Et pour ce que je me rappelais de Neil, je ne supposais pas un instant qu'il portait un crédit quelconque à ces stupides histoires de malédiction.

Je n'avais jamais croisé quelqu'un d'aussi terre-à-terre que mon camarade d'études. En fait, je m'étais longuement interrogé devant la nature réservée de sa lettre ainsi que sur ses remarques concernant certaines expérimentations.

Enfin, le village fut derrière moi, et la pointe du Tap loin derrière. Le filet d'eau saumâtre s'était élargi pour finir en une baie dans laquelle trois ou quatre bateaux de pêche étaient occupés à ramener leur butin. Le soleil était très bas à l'ouest. La scène était soudain devenue sauvage et belle. Devant moi se trouvait un bosquet d'arbres, mais il y avait des débris marins jusqu'à leurs pieds et je devinais que de temps à autre, lors de tempêtes, cette partie de l'île était submergée.

C'est alors que, sans que je m'y attende, apparut la maison de Neil. C'était une vieille ferme, qui s'étendait sur une assez grande surface de terrain, et solidement construite en pierre. Sans doute dans le passé avait-elle été la maison de campagne de quelque gentleman des Colonies.

Le soleil s'enfonçait dans la baie. Plus rien ne bougeait dans le soir tranquille ; les voiles des bateaux pendaient, inertes. Je ne voyais plus de pêcheurs à leurs bords, mais quelque chose planait au-dessus de moi. C'était un faucon. Il fut rejoint par un autre, en provenance de l'établissement. Puis j'en vis un troisième, puis un quatrième.

Des balbuzards pêcheurs, me dis-je. Rien d'extraordinaire à leur présence. Mais qu'avait dit le vieux fou, déjà, sur les faucons ? "Quand vous verrez les faucons, soyez prudent !".

Eh bien, je les voyais, et même un cinquième, puis un sixième, et je n'avais aucun mauvais pressentiment — seulement une sensation de plaisir dans la douceur du soir alors que j'approchais l'entrée de la maison de Neil. Je remarquai les fenêtres aux volets bien fermés sur le devant et les côtés de la bâtisse, et j'en fus quelque peu interloqué, car Neil était fanatique de l'air frais dans nos jours anciens. Je remontai l'allée au pavage anarchique et frappai à la porte.

J'avais remarqué que les faucons m'avaient suivi, mais je ne m'en souciais pas. Je savais que les faucons suivaient les pêcheurs — du moins, ces balbuzards ; et le fait que huit ou neuf de ces oiseaux tournoyaient au-dessus de ma tête ne m'inspirait aucune émotion particulière. Je frappai donc à la porte de la demeure, attendant le moment où Neil me reconnaîtrait avec enthousiasme.

Personne ne répondit. Je frappai encore, plus fort. J'entendis alors la voix de Neil à l'intérieur.

– Qui est là ? Qu'est-ce que vous voulez ? Son ton était étrangement et inhabituellement dur ; mais j'imaginai qu'il résultait de l'exposition aux suspicions insensées des villageois.

« – C'est moi, Jim Dewey. Ne m'attendais-tu pas ? lançai-je.

– Jim Dewey ? Pourquoi n'avoir pas télégraphié, comme je t'avais dit de le faire !

– Je l'ai fait. J'imagine que le télégraphe est un peu lent dans le coin », répondis-je. Vous ne me laissez pas entrer ?

– Entendu, mais – tu es seul, Jim ? Y a-t-il quelque chose avec toi ?

– Bien sûr que non, répondis-je.

J'entendis les pieds de Neil traîner à l'intérieur de la maison, puis le bruit d'une chaîne qu'on retire avec précaution. Lentement, la porte s'ouvrit enfin et je vis Neil devant moi. Je fus impressionné par sa transformation : la chaleur du désert et le soleil l'avaient noirci et amaigri, une barbe de trois jours couvrait son visage, et ses vêtements pendaient, lâches, sur sa silhouette malingre. Il semblait avoir vieilli de plusieurs années.

– Eh bien, Neil, tu ne sembles pas très heureux de me voir, dis-je en tendant la main.

Je le vis tendre la sienne, mais il regarda par-dessus mon épaule et un cri s'échappa de ses lèvres ; je crus qu'il allait me claquer la porte au visage.

– Les faucons ! Les faucons ! Ne les laisse pas entrer ! cria-t-il.

Et tandis que nous nous tenions là, les oiseaux, plus gros que tout ce que je n'avais jamais vu, plongèrent soudain sur la porte à une vitesse incroyable. Je n'étais qu'à moitié entré, et en un instant nous fûmes tous deux pris dans un enchevêtrement d'ailes battantes.

Les oiseaux semblaient être devenus fous : ils nous plongeaient dessus avec la plus grande détermination, mais ils n'avaient pas l'air de s'attaquer à nous. Leur seule détermination, apparemment, était d'entrer dans la maison. Je vis Neil en saisir un entre ses mains et lui arracher presque la tête du corps ; il voleta hors de la maison puis, guéri comme par magie, s'envola haut avant de nous plonger dessus à nouveau.

Je fis ce que je pouvais contre cette meute emplumée et puante, mais mon visage et mes mains furent rapidement couverts de coupures à mesure que leurs serres m'éraflaient.

Puis, étonnamment, nous finîmes par gagner. Le dernier des intrus ailés fut chassé hors de la maison, et Neil m'entraîna à l'intérieur et rabattit la porte. Pendant un moment, les oiseaux s'agitèrent contre elle, puis ils s'éloignèrent à tire-d'aile.

Au même instant, j'entendis hurler l'un des molosses du docteur Coyne, puis un autre et encore un autre, et je réalisai que le soleil s'était couché et que l'obscurité s'installait rapidement autour de nous.

J'examinai Neil, qui était lui aussi couvert de griffures.

– Eh bien, nous les avons tenus à l'écart, Jim, dit-il. Tu ferais mieux de me suivre à la salle de bain pour mettre de l'iode sur ces blessures.

– Pourquoi n'abattez-vous pas ces oiseaux ? lui demandai-je. Ils doivent être enragés.

– Ils ne meurent pas, Jim. C'est — c'est bien là le problème. Je — je vais te raconter…

II

Une fois nos plaies lavées et désinfectées, Neil me conduisit jusqu'au rez-de-chaussée du bâtiment. Nous traversâmes un salon mal garni de ces meubles horribles des années 1870 et qui hébergeait des bibliothèques emplies de livres apparemment principalement consacrés à l'égyptologie, au travaux médiévaux d'astrologie et autres sujets de la même veine. De là, par une autre salle, nous arrivâmes à une pièce très longue, à l'arrière, qui devait à l'époque servir à l'entreposage.

Elle était entièrement construite en pierre, et les nombreuses fenêtres étaient munies de volets gardés solidement fermés par des barres de fer.

Neil alluma un ensemble d'ampoules électriques pendues au plafond et je réalisais que c'était là son musée. La pièce était remplie de trophées de grande valeur qu'il avait ramenés d'Égypte. Il y avait deux sièges tirés d'une tombe, des rouleaux de papyrus, une vitrine contenant divers objets sur des étagères. La pièce était imprégnée de l'odeur des épices.

Cependant, je remarquai à peine tout cela ; car mon attention fut immédiatement attirée par cinq cercueils de bois, des sarcophages, placés sur une estrade contre le mur et maintenus en position par des arceaux.

Sur chacun des couvercles était peinte avec soin la représentation du corps qu'il contenait. L'une de ces peintures était celle d'une fille, d'une beauté si exquise et noble que je pouvais à peine en détacher mes yeux.

Vous savez combien le canon de beauté de l'Égypte antique peut s'approcher de certains des plus beaux canons modernes. À l'exception des yeux, dessinés trop grand par convention, les traits étaient parfaits : le nez petit et légèrement retroussé, le menton fin, l'expression d'une haute éducation et d'une certaine tristesse. La perfection de l'idéal que l'artiste avait réussi à représenter me coupa presque le souffle.

Je m'aperçus que Neil me regardait en souriant légèrement. Pour la première fois, il semblait être redevenu lui-même plutôt que l'homme hagard au visage macabre que j'avais découvert une heure plus tôt.

– La princesse Amen-Ra », dit-il, en me regardant fixer la peinture, appartient à une très ancienne dynastie de rois égyptiens, dont la période est encore sujette à débat. Il est certain qu'elle a vécu plusieurs siècles avant Moïse et les enfants d'Israël. Veux-tu entendre son histoire, Jim ?

– Après la mort de son frère, poursuivit-il sans attendre ma réponse, elle a régné sur le royaume. Elle a vécu et est morte célibataire. Ceux-là — il pointa les quatre autres cercueils — sont les prêtres et conseillers qui lui furent associés.

« Son règne est légendaire, mais il est appelé l'âge d'or de l'Égypte. Durant sa vie, le Nil a toujours donné la bonne quantité d'eau fertile, et la terre est restée en paix. Partout régnait la prospérité. Elle était révérée comme une déesse.

« Il n'y avait qu'une chose qui troublait les prêtres : il était considéré comme nécessaire qu'elle se mariât. La question était de lui trouver un compagnon digne d'elle. Un époux étranger était inimaginable, car Amen-Ra était considérée comme descendante du dieu Osiris.

« Il y avait un jeune noble de Thèbes, appelé Ménès, qui était tombé amoureux de la princesse, et cet amour était réciproque. Il était trop puissant pour être condamné ou banni, cependant les astrologues avaient prédit qu'un tel mariage ferait s'abattre la colère des dieux sur le royaume. Alors les prêtres conspirèrent pour mettre à mort le jeune noble en même temps que les conseillers de la princesse, pour le bien de l'Égypte.

« La nuit de la cérémonie nuptiale, les conspirateurs s'introduisirent dans le palais et assassinèrent Ménès et les principaux conseillers qui avaient donné leur assentiment au mariage, mais avant de mourir l'un d'eux, par ses arts magiques, provoqua une crue du Nil qui noya les terres et un séisme qui abattit les murs du palais. La princesse, désespérée, mit fin à ses jours par le poison. Il semble aussi qu'il y ait eu une révolte paysanne pour compléter le désastre. Tout ceci est décrit dans ce papyrus.

Neil pointa le papyrus protégé sous verre qui se trouvait juste derrière le cercueil.

— Le corps de Ménès ne fut jamais découvert, continua-t-il. Mais ceux qui survécurent au désastre déterrèrent ceux de la princesse et de ses conseillers, et les embaumèrent avec attention, sans enlever le cerveau ou les viscères, ce qui ne se fera qu'à une période ultérieure de l'histoire égyptienne. Ils furent enterrés dans le temple de Set, et exhumés par notre expédition.

— Selon la croyance égyptienne, après une période d'environ trois mille ans, le Ba reviendrait animer ces corps, et la princesse et ses conseillers resurgiraient de leur tombe pour régner à nouveau sur le pays et lui redonner sa gloire passée.

— Le Ba, c'était l'âme ? demandai-je.

— Le Ba était l'âme — par opposition au Ka, le double, ou corps astral. Il y avait aussi l'Ish ailé, l'esprit qui réside dans le domaine des dieux. Mais concernant Ménès, on pense que son corps a été réduit en cendres. Vous voyez, les deux amants s'étaient juré une fidélité éternelle au nom du dieu Horus, se promettant que ni la vie ni la mort ne les séparerait. Et les prêtres craignaient par-dessus tout que Ménès ne revienne réclamer sa promise après trois mille ans, quand renaîtrait la gloire ancienne de l'Égypte.

— Ils inscrivirent donc sur le sarcophage une malédiction contre quiconque viendrait déranger les tombes. La légende se répandit suffisamment pour les garder inviolées, aussi bien des pilleurs du désert que des envahisseurs musulmans. Nous fûmes les premiers à les ouvrir.

— Mais Neil, tu ne crois pas à ces histoires de malédiction, n'est-ce pas ? lui demandai-je.

— Je n'y croyais pas — quand je suis parti avec l'Université de Virginie en expédition. Mais qu'est-il arrivé ? Lord Cardingham, qui avait largement financé l'expédition, chuta dans une excavation et se brisa le cou. Burke tomba malade d'une fièvre mystérieuse et mourut en un jour. On a parlé de peste, mais il n'y a pas de peste en Haute-Égypte.

Watrous se piqua le doigt sur une épine et mourut d'empoisonnement du sang. Trois de nos indigènes décédèrent mystérieusement en une semaine. Lewis et Holmes tombèrent malades et furent renvoyés vers la côte. Lewis mourut et Holmes se noya quand son navire fit naufrage au large de la Sicile...

– J'étais devenu le seul survivant. J'étais supposé être à l'abri de la malédiction parce que j'étais le docteur de l'équipe. Je n'y croyais pas, mais j'avais vu trop de choses pour continuer à ne pas y croire. Je décidai alors d'explorer l'affaire jusqu'au fond.

« Je réussis, avec de l'argent, à convaincre certains des locaux de charger les cercueils et le reste sur un bateau à fond plat. Je fis en sorte de les amener jusqu'à la côte et, de là, en Amérique. Le docteur Coyne, avec qui j'avais travaillé, et l'un des plus grands neurologues du monde me laissa l'usage de cette vieille maison, qui est à lui, pour poursuivre mon expérience.

– Quelle expérience ? demandai-je tout en jaugeant Neil avec incrédulité, car son visage était presque devenu celui d'un fanatique.

– D'abord, répondit-il, je dois entendre de ta propre bouche que tu es prêt à t'associer à moi, et à prendre le risque de te retrouver sous le coup de la malédiction.

– Je t'ai dit que j'en étais jusqu'au bout, répondis-je. Mais quant à la malédiction, je pense que c'est un tas d'âneries.

Neil me jeta un regard étrange puis alla jusqu'au papyrus, qu'il commença à traduire :

– *« Que Ménes, le maudit, qui fut entièrement détruit par le feu, ne revienne jamais dans aucune incarnation terrestre... Que la malédiction d'Horus, la malédiction d'Anubis, d'Osiris, d'Hapimous, du dieu du Nil, de Shu, des vents, du dieu Metsi à la tête de faucon, s'abattent sur qui violera ces tombes. Qu'il meure par l'eau, par l'épine, par le feu. »*

– Ça parle vraiment d'épine, Neil ? demandai-je en me rappelant que Watrous était mort d'une égratignure d'épine.

– *« Qu'il meure de la pestilence et des vents et des naufrages, et par le bec et les serres de Mesti. Que ses entrailles soient consumées par un feu intérieur, et que lui et les siens périssent. Puisse-t-il.*

– Bon, je pense que c'est assez, enchaîna Neil, en levant les yeux de son papyrus. Son attitude devient presque furtive. Cela te dirait-il de voir la jeune princesse ? demanda-t-il à voix basse.

– Sans aucun doute, répondis-je. Tu veux dire que…

– Oui, je les ai tous ouverts. Bien sûr l'humidité sur l'île de Pequod leur serait fatale. Mais tu vois, l'expérience…

Il s'arrêta là, alla à l'armoire et en sortit un burin qu'il inséra dans la fente du cercueil. À l'évidence, il l'avait ouvert un certain nombre de fois déjà, car le couvercle, qui était parfaitement préservé malgré les siècles passés, glissa pour découvrir un cercueil brut et sans peinture. Neil retira le second couvercle d'un geste, et je vis devant moi la momie de la jeune fille emballée dans un tissu pourri qui diffusait une odeur presque insupportable de natron et d'épices.

Seuls les contours étaient visibles. Le drap entourait toute la tête et le corps comme un suaire. Cependant je pouvais voir qu'il avait été déroulé et enroulé plusieurs fois, j'imagine, par Neil. Ses mains tremblaient. Il ne semblait plus conscient de ma présence ; pas plus que des battements d'ailes soudains derrière les fenêtres aux volets clos ou du bruit des serres contre les barreaux.

Il me sembla confusément que la proximité des faucons était liée à ce que Neil était en train de faire. Je frémis au bruit, mais il ne se répéta pas. Je regardais Neil dérouler les premières couches de tissu, révélant graduellement les contours de la tête de la momie.

Je vis apparaître des mèches de cheveux noirs et fus ébahi de leur parfaite préservation. C'était l'expérience la plus étrange qu'il m'avait été donné de vivre, que de me trouver là et voir la figure de cette princesse égyptienne morte depuis longtemps apparaître au jour peu à peu.

Tout à coup, Neil s'arrêta au milieu de son travail, regarda autour de lui et me vit. Pendant un instant, il me regarda comme s'il ne me reconnaissait pas, comme si j'étais un intrus hostile ; et moi de mon côté, je fus éberlué de la transformation qu'il subissait.

Il avait de nouveau le même air qu'au moment de notre rencontre à sa porte. Son apparence maigre et cadavérique était davantage celle d'un cheikh du désert que d'un Américain du XXe siècle.

– Jim ! Mais que diable ! commença-t-il, puis il sembla me remettre.

Il lui fallut un effort visible pour se recomposer une contenance.

– Toute cette affaire me travaille, Jim, dit-il. Pardonne-moi si je te semble bizarre. J'allais te montrer la momie d'Amen-Ra, mais j'imagine qu'elle peut attendre…

– Au point où on en est, j'aimerais voir le reste, répondis-je, mais il regardait de nouveau dans le vide comme si j'avais complètement disparu de sa conscience, et mécaniquement ses mains continuèrent à déballer le tissu.

Encore un dernier tour, pensai-je, mais il en fallut plusieurs car le matériau était maintenant aussi fin que de la soie et parfaitement préservé. Encore un tour, et un autre, et deux encore... et puis, alors que je me demandais si cela allait finir un jour, la dernière couche s'écarta et le visage et le torse d'Amen-Ra me furent révélés.

Je fixai le visage, ébahi. Ça, une momie ? Ça, le visage d'une jeune fille morte depuis d'innombrables siècles ? Car enfin, c'était comme si elle venait à peine de mourir ! La peau, d'une délicate teinte olivâtre, était parfaitement préservée, et semblait même légèrement rosée, comme si le sang circulait sous sa surface à la douceur de pêche. Les yeux étaient fermés, mais on devinait les pupilles sous les paupières blanches ombrées de longs cils noirs.

Il me sembla même que l'ombre d'un sourire planait sur la bouche, un sourire, moqueur et aimant, comme si les dernières pensées de la jeune fille avaient été pour l'homme auquel elle avait promis par le dieu Horus que ni la vie ni la mort ne les sépareraient.

J'observai ce visage beau et hautain, et la tragédie de la légende saisit mon cœur. Cette fille semblait si vivante ! C'était incroyable que tout cela soit arrivé à l'aube de l'histoire.

Soudain, Neil se pencha sur le cercueil. Ses mains saisirent les côtés du caisson de bois. Il regarda le visage de la princesse morte et un gémissement plaintif sortit d'entre ses lèvres.

– Amen-Ra ! Amen-Ra ! cria-t-il. Je t'aime toujours et depuis toujours je t'attends ! J'ai été fidèle au serment que nous nous sommes juré, et Horus à qui j'ai fait confiance va nous rendre l'un à l'autre ! Ne me reconnais-tu pas ? Éveille-toi de ton long sommeil et parle-moi. Regarde-moi et dis-moi que tu m'aimes encore.

Puis ses lèvres prononcèrent avec passion des sons étranges. Je supposai qu'il parlait dans un égyptien ancien. Je m'avançai et posai la main sur son épaule.

– Neil, dis-je, ne te laisse pas aller comme ça. Reprends-toi, mon gars !

Mais tout son corps était dur comme la pierre, ou plutôt rigide comme celui d'un homme en catalepsie. Et alors que j'hésitais, incertain sur ce que je devais faire, une fois de plus j'entendis le raclement des serres sur les volets fermés des fenêtres.

Tout était évidemment clair pour moi : l'esprit de Neil Farrant avait été mis à mal par la mort de ses compagnons. Il avait vécu avec ses momies presque sans discontinuer depuis qu'il les avait sorties d'Égypte et il était resté seul. J'essayai à nouveau de le ramener à lui-même, mais sans plus de succès.

— Ne te rappelles-tu pas de Ménès, princesse Amen-Ra ? demanda-t-il en caressant les joues froides. Ne te réveilleras-tu pas, fût-ce un instant, pour t'en souvenir ?

Alors arriva quelque chose qui ne pouvait que provenir de mon imagination, mais je n'en reculai pas moins comme un homme ivre : j'aurais juré que les paupières de la princesse morte avaient battu légèrement et que le faible sourire au coin de sa bouche s'était accentué le plus subtilement du monde. Comme je restais là, désemparé, Neil, agenouillé, caressa encore les joues de la momie, et à nouveau je crus voir battre ses paupières.

De l'extérieur nous parvint l'aboiement rauque d'un des molosses, qu'ils reprirent l'un après l'autre. Et moi, j'observais, désemparé, un homme vivant exprimer son amour à une femme morte...

III

Ce fut la sonnerie stridente du téléphone dans la pièce d'à côté qui sortit Neil de sa transe. Il bondit sur ses pieds et son regard hésita entre moi et la momie, puis enfin son cerveau embrumé sembla retrouver ses marques.

— Voilà, Jim, tu l'as vue, dit-il ; et je comprenais à son ton qu'il n'était absolument pas conscient de la scène qui venait de se jouer. Une jolie petite chose, n'est-ce pas, et étonnamment bien conservée encore aujourd'hui. J'attendais avec impatience que tu arrives pour m'aider à mon expérience de ce soir. Coyne lui, y croit. Elle explique tous les mystères du processus de momification, tout ce que les explorateurs et les égyptologues ont essayé de découvrir...

Mais il s'interrompit, car le téléphone avait recommencé à sonner avec insistance ; il se dirigea vers la porte. Il était à nouveau lui-même.

— J'imagine que c'est Coyne », dit-il. « J'ai oublié de te dire que je devais t'amener là-bas pour dîner ce soir. Excuse-moi, je vais répondre.

Il se précipita hors de la pièce. J'étais convaincu que Neil ne se rappelait rien de son soudain éclat. Il semblait posséder deux personnalités. Sans doute dans son état altéré s'imaginait-il être le demi-mythique Ménès, l'amant de la princesse dans les siècles passés.

J'examinai de nouveau le visage de la princesse morte à la lumière des ampoules électriques. Comment notre imagination peut se jouer de nous ! J'avais été absolument sûr qu'une sorte de semi-vitalité demeurait en elle, que sa bouche et ses paupières avaient bougé, tout en refusant de croire mes sens.

Et mes sens m'avaient piégé ; je pouvais maintenant voir que le visage, aussi beau qu'il fût, et malgré son air presque aussi naturel que s'il eût été en vie, n'était simplement que la figure bien préservée d'une momie. Il n'y avait aucune trace de vitalité dans ces traits cireux.

J'entendis Neil au téléphone : « Oui, Coyne, Dewey est là. Il est arrivé il y a une heure. Je lui ai dit que nous dînions ensemble, et nous allons partir immédiatement. L'expérience ? Ce soir, peut-être, si cela vous va. Oui, bien sûr, Jim Dewey est la personne qu'il faut. Je lui fais confiance plus qu'à toute autre âme vivante...

J'entendis Neil raccrocher le combiné et revenir vers moi.

– Oui, c'était Coyne, dit-il. Il veut que je t'amène. C'est quelqu'un de très bien, et tu apprécieras sa compagnie. Nous devons nous dépêcher. Mais je dois remballer cette momie d'abord ; l'air est trop humide. Je n'aurais pas dû dérouler ses bandages, mais tu sais quoi, Jim », rit-il, j'ai fini par aimer cette jeune dame. Un type qui tombe amoureux d'une momie, c'est bizarre, hein ?

Il s'agenouilla et ses doigts rapides et expérimentés remballèrent les bandages de draps jusqu'à ce que plus rien de la princesse ne fût visible excepté ses contours, puis il replaça les couvercles intérieur et extérieur.

– Prêt, Jim ? demanda-t-il. Allons-y, alors, c'est à peine à cinq minutes de marche d'ici. Sors d'abord, je m'assurerai qu'aucun de ces sacrés faucons n'arrive à entrer.

Je sortis de la maison. Haut dans le ciel, devant la lune, je vis la meute volante ; mais cette fois, les faucons n'essayèrent pas de s'en prendre à nous et il ne fallut qu'un moment à Neil pour me rejoindre après avoir fermé et verrouillé la porte derrière lui.

– Je ferme bien cet endroit, dit-il. Ces villageois ont une curiosité insatiable et ils ont appris l'existence des momies par un des journaux du dimanche. Il y a un type appelé Jones, qui a une barge, et c'est le pire de tous. Toujours à traîner dans le coin. Coyne l'appelle le Vieil Incorruptible, parce qu'une fois, il a refusé l'offre de cinq mille dollars que lui avait fait le frère d'un des patients de l'asile pour le faire évader.

Nous marchâmes côte à côte en suivant une piste qui se dirigeait vers les terres, dans la direction de l'asile. Une tempête se levait, et de grandes vagues frappaient la plage avec régularité ; pourtant l'air était d'une immobilité mortelle, oppressante et suffocante. Je me demandais si Neil se rappelait quoi que ce soit de ce qui était arrivé.

– Il faudra qu'on abatte ces faucons, dit-il. Je crois que l'odeur de natron des momies les affecte comme l'herbe à chat affecte les félins. J'ai essayé de leur tirer dessus, mais ils sont trop méfiants.

Il m'avait pourtant dit que les faucons ne mouraient pas, et je l'avais vu arracher presque la tête de l'un d'eux sans réussir à lui ôter la vie !

Je lui jetai un regard. C'était de nouveau le Neil Farrant que j'avais connu, bien qu'il fût plus mince et bronzé par le soleil égyptien. Je décidai que je parlerais au docteur Coyne à son sujet, si du moins je trouvais le docteur réceptif.

Nous passâmes sous de remarquables chênes verts de grande taille, puis traversâmes un gazon étendu et bien tenu. Il n'y avait pas de barrière, et aucun signe des molosses. Dans un coin on voyait des filets de tennis, ailleurs un boulingrin, mais pas trace de gardiens de nuit.

Le domaine était un filet de plusieurs bâtiments plus petit autour du corps principal et tous étaient éclairés. L'institution présentait une façade bien tenue et moderne.

Nous sonnâmes à la porte d'entrée et une infirmière en uniforme vint ouvrir. Elle sourit à Neil.

– Je crois que le docteur vous attend, dit-elle. Entrez, je vous en prie.

L'instant d'après, nous étions en présence du docteur Coyne, dans un grand salon de réception au-delà duquel je pouvais voir son bureau médical avec ses vitrines d'instruments, sa chaise, ainsi que d'autres appareils. Neil me présenta, et le docteur Coyne me serra la main tout en m'examinant d'un regard critique et appuyé.

C'était un homme d'un certain âge, entre soixante et soixante-dix ans à mon avis, aux yeux bleus inquisiteurs et au visage profondément ridé qui lui donnait l'air d'un juge au caractère affirmé ; quelqu'un qui connaissait la nature humaine, et un tel homme se le devait.

– Je suis ravi de faire votre connaissance, monsieur Dewey, dit-il. Farrant m'a souvent parlé de vous et m'a dit combien il était impatient de collaborer avec vous pour son expérience. Je crois que vous êtes tous deux extrêmement chanceux.

– Et maintenant, puisque le dîner est prêt, allons-y sans autre formalité. Il observa mon visage. J'espère que vous ne vous êtes pas fait ces égratignures en cherchant votre chemin sur notre île.

– Non, nous avons été attaqués par des faucons, dis-je tandis que nous nous dirigions vers la salle à manger.

Le front de Coyne s'assombrit. Ce sont des nuisibles, répondit-il. Je suis désolé que vous en ayez fait l'expérience dès votre arrivée. Ils sont d'une espèce de balbuzard pêcheur propre à l'île de Pequod, et pour une raison ou une autre ils semblent devenus vicieux et attaquent les humains. Nous avons organisé des abattages, mais ils sont trop méfiants.

Aux nombreuses petites tables de la salle à manger, des hommes et des femmes étaient déjà installés pour le dîner. Certains d'entre eux se levèrent et s'inclinèrent à l'arrivée du docteur ; d'autres continuèrent leur repas comme s'ils n'avaient pas constaté sa présence.

Je remarquai qu'il y avait davantage de serveurs qu'on en avait besoin. Certains d'entre eux se tenaient contre les murs et ne prenaient pas part au service ; en fait des assistants habillés en serveurs.

Le docteur nous amena à une petite table dans la partie la plus éloignée de la salle, flanquée de deux énormes bow-windows par lesquelles on pouvait voir les lumières du village au loin. Le martèlement des vagues était très lourd et l'air toujours aussi oppressant.

Coyne m'entretint tout au long de l'excellent repas. Je lui parlai de mon amitié avec Neil et du poste à l'Institut de Biologie que j'avais abandonné à sa demande pour le rejoindre dans ses expériences sur l'île.

– Votre ami vous a-t-il montré la momie de la jeune et jolie princesse ? demanda Coyne. Sinon, vous avez raté quelque chose, ajouta-t-il en me lançant un regard étrange que je ne sus pas vraiment interpréter.

– Oui, répondis-je, elle devait être une beauté à son époque.

– Son histoire est des plus romantiques, si l'on en croit le papyrus, dit Coyne. Farrant, vous n'avez pas encore parlé de l'expérience à Monsieur Dewey ?

Je jetai un œil à Neil, qui répondit avec indifférence. Non. Mais nous devons tenter le coup, docteur. Je n'attendais que l'arrivée de Jim.

— Eh bien, nous verrons si c'est faisable, répondit du docteur. Je voyais qu'il était quelque peu mal à l'aise, mais je ne pouvais pas en deviner la raison. Neil tripotait ses couverts ; je sentais confusément un désaccord entre eux.

Pour changer de sujet, je demandai :

— Je suppose que ces gens ici sont en convalescence ?

— Malheureusement non, répondit le docteur à voix basse. En fait, je n'admets en général que les cas plus ou moins désespérés. À l'occasion, un de mes patients se remet, mais c'est habituellement au mépris de la littérature. Cet homme par exemple, poursuivit-il en indiquant un gentleman plutôt âgé et placide en tenue de soirée dont j'avais noté plus tôt qu'il mangeait son repas avec une cuillère de bois, cet homme peut être sujet à des crises de frénésie homicide. J'ai réussi à le convaincre que manipuler des fourchettes et des couteaux pouvait provoquer des courants galvaniques dangereux pour sa santé. Vous remarquerez qu'il est surveillé de près par les assistants. Après le dîner, j'aurai le plaisir de vous présenter certains de mes cas qui ne sont pas capables de se mêler aux autres.

À ce moment, une femme à une table proche lâcha son couteau et sa fourchette dans un tintement.

— Cette viande est électrifiée, docteur ! cria-t-elle bondissant sur ses pieds. Elle a été bombardée de rayons gamma ! J'en appelle à vous docteur. Permettez-vous à mes ennemis de poursuivre leur œuvre meurtrière sous votre propre nez ?

— Arthur, apportez-moi l'assiette de Madame Latham, dit calmement le docteur à un des serveurs. Je vous en prie, asseyez-vous et calmez-vous, madame Latham. Que les cuisines préparent une autre assiette pour madame Latham, s'il vous plaît. Si l'on a tenté quoi que ce soit, madame, nous ne ménagerons pas nos efforts pour faire toute la lumière sur l'affaire.

— Mais ils sont trop puissants pour vous ! s'écria la femme. Mes ennemis peuvent utiliser votre laboratoire pour insérer des rayons gamma dans ma nourriture ! Et après tout ce que j'ai enduré ! Juste parce que j'ai un peu d'argent !

Une femme d'un certain âge, en uniforme d'infirmière, arriva sur les lieux et prit le bras de Madame Latham qui, tout en continuant à protester, accepta de se laisser emmener. Une fois qu'elle fut partie, les signes évidents d'excitation montante du reste des convives se calmèrent et le dîner reprit.

— Je ferai examiner l'assiette dans mon laboratoire dès que possible, observa Coyne comme pour rassurer tout le monde.

Je trouvais intéressante la façon dont le docteur avait géré l'incident. Rapidement, les convives se remirent à manger et à discuter comme si l'interruption n'avait pas eu lieu.

Mais il y avait quelque chose d'étrange dans la relation entre le docteur et Neil. En fait, il me semblait presque que Coyne se comportait comme si Neil eût été un patient. Je continuai à observer et m'interroger jusqu'à la fin du repas. Seuls, à deux, ou en petits groupes, les patients sortirent de la salle ; dès que le dernier fut parti, Coyne se leva brusquement.

— Farrant, dit-il, Si vous tenez vraiment à tenter l'expérience ce soir, je serai des vôtres dans une heure.

— Splendide, répondit Neil, mais alors il faut que Jim et moi rentrions au plus vite.

— Je pense préférable que vous alliez tout préparer avant que j'arrive avec monsieur Dewey, répondit Coyne. Rappelez-vous que j'ai promis de lui montrer certains de mes cas.

Neil sembla indécis, mais l'attitude de Coyne était devenue presque péremptoire.

-Entendu, faites comme vous le dites. Mais ne me décevez pas. Vous savez que — mais je vous ai déjà fait un topo...

— Je viendrai quoiqu'il arrive, répondit Coyne, vous pouvez compter sur moi.

Neil nous laissa. Le docteur le regarda partir puis se tourna vers moi. Le pauvre Farrant... fit-il. Il souffre d'une instabilité mentale causée par ce qu'il a vécu en Égypte et par le surmenage.

— Voulez-vous dire qu'il est fou ? demandai-je horrifié. Tout devenait soudain très clair pour moi.

— La folie, répondit Coyne lentement, n'est qu'un simple terme médical. Ce qui est sûr c'est que Farrant n'est pas arrivé ici en tant que patient. Le docteur se tut un instant. Mais depuis qu'il est là... Bon, je crois cependant préférable de remettre à plus tard ce que j'allais vous dire jusqu'à ce que nous ayons visité les cas dont je vous ai parlé. Ils sont intimement liés, mais encore une fois…

IV

Il s'arrêta là, bizarrement, et me conduisit hors du bâtiment principal vers un autre qui lui faisait face, plus petit, et séparé du premier par une allée de gravier. Dans l'entrée, une infirmière en uniforme était assise . Elle se leva quand nous entrâmes, il lui adressa un hochement de tête et elle nous conduisit par deux volées de marches vers le premier étage où un long couloir couvrait toute la longueur du bâtiment, flanqué de nombreuses portes.

Deux infirmières occupaient des fauteuils en osier dans un renfoncement au milieu du couloir.

– Quoi d'important, miss Crawford ? demanda Coyne à l'une d'elles de son ton brusque.

– Je crains que le vieux monsieur Friend ne meure cette nuit, répondit-elle. Il est au plus mal.

– Nous prendrons soin de lui, répondit Coyne qui se tourna vers moi. Certains de mes plus anciens patients s'approchent de la fin de leur séjour terrestre, et ils semblent s'être concertés pour le quitter ensemble.

L'infirmière déverrouilla une des portes et nous entrâmes. Sur le lit, comme entré dans son dernier sommeil, se trouvait un très vieil homme fripé et desséché semblable à une momie. Il était très étrange de voir combien il était flétri alors que la vie restait en lui, comme s'il avait été embaumé par les Égyptiens des milliers d'années plus tôt. Il semblait impossible que la vie pût continuer à habiter ce corps recroquevillé. Il était allongé parfaitement immobile, respirant à peine, et apparemment dans son dernier coma.

C'est alors que j'entendis le battement des ailes contre la vitre de la fenêtre, dont je remarquai qu'elle était au moins deux fois plus épaisse et forte qu'une vitre ordinaire. Pendant un instant, un de ces oiseaux obscènes resta accroché par ses serres, ses yeux vicieux fixés aux miens ; puis le docteur fit un geste menaçant avec sa main et l'oiseau disparut silencieusement dans la nuit.

Le docteur se tourna vers l'infirmière.

– Si vous remarquez un changement, demandez au docteur Sellers de lui administrer une forte injection intraveineuse, ordonna-t-il. Nous devons le garder en vie aussi longtemps que possible. Comment sont les autres ?

– Presque pas de changement, répondit l'infirmière.

Elle déverrouilla plusieurs portes successivement. Il y avait trois autres vieillards, tous presque à la fin de leur vie. Deux d'entre eux étaient étendus sur leur lit dans un état de semi-conscience, le troisième était assis dans un fauteuil, regardant droit devant lui. Il n'accorda pas la moindre attention à notre intrusion.

– Celui-ci est avec moi depuis vingt-trois ans, dit le docteur à voix basse. Comment vous sentez-vous ce soir, monsieur Welland ? demanda-t-il en touchant l'épaule du vieil homme.

Weyland tourna lentement la tête comme si elle était entraînée par un mécanisme lubrifié. Je frissonnai en voyant ses yeux. Car c'était les yeux d'une momie comme on les peignait sur un couvercle de sarcophage ! Le vieil homme marmonna quelque chose puis retomba dans sa torpeur.

– Oui, il est assez mal en point, murmura Coyne en faisant signe à l'infirmière de quitter la pièce. Il me dirigea vers l'embrasure de la fenêtre.

– Avant que vous ne voyiez mon dernier patient, je pense que nous devrions conclure un accord, surtout si l'on considère l'expérience que ce pauvre Farrant a l'intention de tenter ce soir. Vous allez voir, qu'elle réussisse ou pas, des choses extraordinaires dont j'ai moi-même mis l'existence en doute pendant très longtemps. Mais j'ai été forcé d'y croire après l'arrivée de Farrant sur l'île.

– Il m'a beaucoup parlé de vous, et je dois vous le dire, j'ai aussi examiné votre dossier. De plus, je suis assez bon juge des hommes. Nous ne nous connaissons pas depuis longtemps, mais je crois que vous êtes une personne particulièrement apte à l'assister dans son expérience. Bref, j'ai confiance en vous, dit Coyne, et je perçois en vous cette chose très rare qu'est un esprit ouvert.

- Je vous ai dit que Farrant n'est pas lui-même. C'est un cas de ce qu'on appelle une double personnalité. Bien sûr ces cas ne sont pas rares, mais tout de même plus qu'on ne l'imagine.

Je ne comprenais pas où il voulait en venir. Je regardai par-dessus son épaule et croisai les yeux de momie du vieux Welland assis dans son fauteuil.

Pourquoi Coyne me montrait-il ses patients, et qu'avaient-ils à voir avec Farrant et ses momies ? Il me semblait qu'il pouvait y avoir une sorte de lien étroit. Le docteur en avait évoqué un.

– La littérature sur ce sujet vous est-elle familière ? demanda Coyne.

Il se trouvait que c'était le cas, et je le lui dis. Il en sembla ravi.

— Je dirige cet asile d'une façon qu'on pourrait considérer comme peu orthodoxe, dit-il. On soupçonne depuis longtemps que les cas de double personnalité, comme on les appelle, seraient en réalité des cas de possession.

— Par quoi ?

— Par des entités étrangères, Dewey.

— Vous voulez dire par les morts ? laissai-je échapper.

— Par des entités étrangères, vivantes ou mortes, répondit Coyne. Il y a sans nul doute une entité qui a entrepris de prendre possession de Neil Farrant, et je crois que de temps à autre, elle y parvient ; et il est possible que vous l'ayez déjà remarqué.

— Mais – mais… bafouillai-je.

La suggestion que l'Égyptien Ménès, mort de longue date, fut en train d'essayer de prendre le contrôle du corps de Neil Farrant violait tous les canons du sens commun pour moi. Je réalisai que le docteur m'observait d'un regard attentif.

— Allons voir notre dernier patient, Dewey, fut son seul commentaire. Il nous fit sortir dans le couloir où l'infirmière nous attendait.

— Miss Ware ? demanda-t-il.

— Exactement comme elle est depuis deux semaines, répondit la femme.

— Je vais la voir, dit Coyne.

— Vous avez avec elle, m'expliqua-t-il, un cas de ce qu'on appelle la démence précoce. Pendant des semaines, le patient peut rester dans le même état sans conscience apparente. Miss Rita Ware vient d'une grande famille du Sud. Elle fut un temps fiancée à un jeune homme fort bien, fils d'un millionnaire dans le coton. Elle a rompu ses fiançailles. Peu après, les symptômes de folie se sont développés. Cela fait près d'un an qu'elle est avec moi.

— N'y a-t-il pas d'espoir pour elle ? demandai-je.

— La démence précoce est une maladie de l'adolescence généralement considérée comme incurable, répondit Coyne. Dans certains cas, avec mes méthodes, j'ai accompli beaucoup, mais comme je l'ai dit, elles sont peu orthodoxes et je ne peux m'appuyer que sur moi-même, bien que Sellers, un jeune homme que je forme, apprenne à les appliquer.

Il haussa à nouveau les épaules.

— Allons donc voir miss Ware, dit-il à l'infirmière.

L'infirmière nous conduisit jusqu'à une porte au bout du long couloir et la déverrouilla. La pièce était bien plus grande que celles que j'avais vues. À la lumière de la petite ampoule électrique allumée au-dessus du lit, je pouvais voir qu'elle était meublée de bon goût, avec des peintures, des tentures vives et des tapis.

Assise dans un grand fauteuil de rotin, le visage détourné de nous, se trouvait une jeune femme. Comme les autres, elle ne donna pas l'impression de nous reconnaître quand nous entrâmes dans la pièce. Le docteur Coyne vint se placer face à elle pour regarder son visage. Il lui leva un bras qui retomba aussitôt.

– Venez, Dewey, s'il vous plaît, dit Coyne d'un ton autoritaire. Gardez votre sang-froid. Regardez son visage et vous commencerez peut-être à comprendre.

Je m'approchai du fauteuil. À cet instant précis, la tempête éclata dans une folie furieuse. Les lumières dans la pièce s'éteignirent et celles qu'on distinguait à travers les fenêtres du bâtiment, au-dessus de la pelouse, disparurent aussi vivement. Il eut un éclair vif puis un coup de tonnerre. Le hurlement du vent sembla secouer le bâtiment. Un déluge de pluie se déversa par les fenêtres ouvertes. Au même instant, nous parvint de l'extérieur ce qui semblait être le hurlement d'une âme perdue.

Pendant un instant, dans la lumière de l'éclair qui fendait les cieux en deux, je vis les têtes hideuses et les becs solides de deux des faucons qui me regardaient à travers la vitre épaisse. La seconde d'après, comme animés d'une furie diabolique, ces monstres ailés s'étaient frayé un chemin dans la pièce — pas juste deux, mais au moins vingt !

L'infirmière hurla. Coyne laissa échapper un juron. Je levai mes mains instinctivement pour protéger mes yeux, mais les faucons ne semblaient pas s'intéresser à moi. L'un d'entre eux se posa un instant sur la tête de la fille inconsciente puis ces diables se ruèrent dans le corridor.

Coyne jurait et criait furieusement en se lançant à leur poursuite.

– Idiote, espèce d'idiote ! cria-t-il à l'infirmière terrorisée. Vous avez laissé les portes ouvertes ! Il se précipita dans la pièce la plus proche et je vis les formes de trois des faucons passer en sortant à moins d'un pied de sa tête.

Toutes les lumières revinrent à ce moment-là. Je regardai le vieux Welland. Il était retombé dans son fauteuil et ses yeux de momie étaient fermés. La mort habitait ses traits cireux.

Au même instant j'entendis des cris provenant des pièces adjacentes.

– Ils sont morts ! Ils sont tous morts ! L'éclair a dû les tuer !

Une infirmière paniquée au visage blême se précipita vers Coyne qui l'écarta de son chemin.

– Attrapez ces faucons ! hurla-t-il.

Mais ils se précipitaient déjà hors de toutes les pièces que l'infirmière avait par inadvertance oublié de verrouiller pour s'égailler dans le couloir, à travers les portes qui battaient violemment tandis que la tempête soufflait sur la maison.

Les oiseaux ne me semblaient plus du tout agressifs, mais simplement anxieux de s'échapper. Enfin l'un d'entre eux trouva la porte ouverte de la chambre de Rita Ware et toute la volée l'y suivit, puis passa à travers la fenêtre et disparût dans la nuit.

La fureur de la tempête était glaçante. Je pouvais entendre les patients dans les bâtiments hurler de terreur et les bruits de course des assistants. Des éclairs fourchus alternaient avec des coups de tonnerre, le tout dans un déluge de pluie. L'infirmière s'était évanouie dans le couloir. Une autre, penchée sur elle, essayait de la ranimer. La troisième courait de pièce en pièce. Toutes les trois étaient à l'évidence en train de perdre la tête.

Mais Coyne s'était précipité dans la chambre de Rita Ware à la poursuite des oiseaux, et alors que le dernier d'entre eux s'échappait à tire-d'aile, il souleva la jeune fille du sol qui avait glissé sur le sol et regarda son visage. Un cri s'échappa de ses lèvres.

– Dieu merci, ils n'ont pas pu la tuer, ces démons ! exulta-t-il. Elle est vivante, Dewey, elle est vivante !

Il leva les yeux sur moi alors que j'entrais dans la pièce exposée à la tempête. Coyne n'avait même pas pensé à fermer la fenêtre et la pluie continuait à tomber à l'intérieur. Je dépassai Coyne, repoussai le grillage déchiré qui pendait à l'intérieur de la pièce et fermai la fenêtre. Je me retournai. Le docteur tenait Rita Ware dans ses bras comme si elle avait été une statue.

– Regardez-la ! dit Coyne dans un murmure.

Je regardai et eus un hoquet. Le visage de la fille inconsciente était trait pour trait la copie de celui, ravissant, de la princesse momifiée Amen-Ra !

V

Coyne la réinstalla dans son fauteuil.

— Maintenez-la en place, Dewey, dit-il, tandis que des bruits de pas se faisaient entendre dans le couloir. Nous devons l'amener à la maison de Farrant le plus vite possible. Ne la brusquez pas ! Assurez-vous juste qu'elle ne glissera pas.

Il se précipita à la rencontre des assistants tout en fermant la porte derrière lui. Il s'ensuivit quelques échanges brefs d'où je compris que certains patients terrorisés étaient devenus violents.

— Non, non ! s'exclama Coyne sur un ton péremptoire. Que Sellers s'en occupe ! Il sait quoi faire. Ensuite il montera ici pour certifier certains décès. J'ai des choses plus urgentes à régler.

Pendant qu'il parlait, j'examinai le visage blême de Rita Ware ; j'essayais de me convaincre que la ressemblance était due au hasard, mais j'échouai totalement. Je savais maintenant — je savais à coup sûr qu'il y avait un lien subtil entre la fille et la princesse et que Coyne avait l'intention de m'en parler. Je savais que l'expérience de Neil était en rapport avec ce lien. Abasourdi, confus, je retins la fille inconsciente en écoutant les pas des assistants et des infirmières s'éloigner le long du couloir.

Puis Coyne revint dans la pièce.

— Bon, Dewey, vous avez vu maintenant de quoi il retournait. Vous comprenez Dewey, je vous fais confiance. Je n'ai pas le choix et vous devez travailler avec moi, pour le bien de Farrant et pour notre bien à tous. Nous devons éliminer ces momies maudites. Elles sont vivantes, Dewey.

— Vivantes ? m'exclamai-je.

— Pensez-vous que les Égyptiens étaient des idiots ? Ces momies ont leurs cerveaux et leurs organes internes intacts. Ce n'est que plus tard dans l'histoire égyptienne que les prêtres ont perdu le secret de cette technique et ont éviscéré les morts. Ces momies-là sont vivantes, desséchées, mais capables de reprendre vie tout comme beaucoup de formes de vie inférieures peuvent être déshydratées pendant des mois puis ressusciter si on les place dans un environnement convenable. Si seulement Farrant avait gardé ces oiseaux de malheur loin de chez lui !

— Mais que sont ces oiseaux ? Quel rapport ont-ils avec l'affaire ? Enfin, ce ne sont que des faucons devenus fous, ou quelque chose comme ça, non ? protestai-je.

– Je ne peux pas vous en parler maintenant, Dewey, mais vous avez probablement deviné que Rita Ware est la réincarnation de la princesse Amen-Ra.

- Ne vous méprenez pas et ne tirez pas de conclusion erronée. Je sais que l'âme qui quitte le corps d'un humain après avoir assimilé l'expérience d'une vie revient pour essayer de se réincarner en un humain meilleur, guidée par les leçons du passé. Le problème est que l'âme de Amen-Ra possède deux corps — deux corps vivants, Dewey, car son incarnation précédente n'a pas été détruite.

« L'une d'elles doit mourir, ou bien Rita Ware ou bien la momie, et si c'est Rita Ware qui meurt, nous serons confrontés à la momie d'Amen-Ra vivante sur terre et capable de Dieu sait quels méfaits… !

– C'est donc cela qui explique l'état mental de miss Ware ? demandai-je.

– Vous avez compris, Dewey. Le corps était là, l'âme aussi — mais cela, encore une fois, je vous l'expliquerai quand j'en aurai le temps. Je veux que vous promettiez de coopérer avec moi. Je ne sais pas précisément quelle expérience Farrant a l'intention de mener, mais j'imagine qu'il a conçu un moyen de ramener ses momies à la vie...

« Au moment crucial, quand nous en aurons l'occasion, j'essaierai de mettre un bâton dans ses roues, détruire ces monstres et ramener Rita Ware à la raison.

– Vous voulez dire…

– Une âme ne peut pas occuper deux corps en même temps, Dewey. Pour l'instant notre travail immédiat est d'amener miss Ware à la demeure de Farrant. J'ai demandé qu'on gare la voiture devant le bâtiment. La voici, d'ailleurs, dit-il, comme le ronronnement d'un moteur se faisait entendre en bas. Amenons-y cette pauvre fille.

« Et priez, si vous avez la foi, Dewey. Les vieux dieux animaux d'Égypte n'étaient peut-être pas réels, mais ils représentaient des points de conscience pour ainsi dire, et en ce sens ils constituent une réalité effroyable, la matérialisation de ces pouvoirs sombres qui attendent toujours de s'emparer d'un mécanisme humain pour se manifester.

– Aidez-moi à emmener miss Ware jusqu'à la voiture, ajouta-t-il. J'ai renvoyé les infirmières et je veux que nous partions avant que Sellers n'arrive.

Nous soulevâmes la fille inconsciente. J'avais remarqué qu'un étrange changement s'était produit en elle : chaque muscle de son corps, flasque auparavant, était devenu raide comme si elle se trouvait en transe cataleptique. La flamme de la vie brûlait très faiblement en elle, si elle n'était pas déjà éteinte. Son visage affichait la teinte cireuse de la mort, et je ne discernais aucun signe de respiration.

Nous fîmes une pause et Coyne prit son pouls.

– Elle est vivante, dit-il, répondant à mes pensées, parce qu'elle est la réincarnation de Amen-Ra et que le fil de la nouvelle naissance ne peut pas être rompu. Les quatre vieillards n'étaient que des étrangers dont les âmes ont été prises par les momies.

– Leurs âmes ont été prises ? m'exclamai-je.

– Elle n'est pas en danger de mort, continua-t-il sans me répondre, jusqu'à ce que la lutte entre son corps et celui de la momie commence. C'est alors que nous devrons garder la tête froide et travailler ensemble.

Je frissonnai. Tout mon scepticisme avait été en quelque sorte anéanti, bien que tout ce qui était arrivé puisse avoir une explication rationnelle. À deux, nous descendîmes Rita Ware dans l'escalier. Une petite voiture était arrêtée devant la porte, moteur tournant, mais sans personne au volant. L'agitation dans le bâtiment s'était calmée, même si une femme était toujours en train de hurler à une fenêtre éclairée tout en haut de la façade.

Mais la tempête continuait à frapper l'île avec une sévérité sans merci. Elle semblait pire que jamais. Du côté de l'océan, je pouvais entendre les brisants se fracasser furieusement sur les galets, et alors même que nous partions, un grand arbre s'abattit non loin.

Nous eûmes du mal à faire entrer Rita dans la voiture : son corps refusait de se plier, quels que soient nos efforts pour y parvenir. Nous dûmes la placer debout à l'arrière comme si elle avait été faite de marbre, et je craignais qu'elle ne se brisât une jambe.

– N'ayez pas peur, dit Coyne en s'installant à la place du conducteur. C'est la femme vivante contre la momie, et les probabilités sont en notre faveur si les choses se déroulent comme je l'attends et l'espère. Rappelez-vous cependant que nous luttons principalement pour ramener miss Ware à la vie et à la raison, et ensuite seulement pour sauver Neil Farrant...

– Vous ne savez pas en quoi consiste son expérience ? criai-je par-dessus le bruit du vent.

– Non, mais j'imagine qu'il a conçu un moyen de ramener à la vie la princesse morte ainsi que ses assistants. Et nous devons nous opposer à cela, Dewey ! Nous avons affaire à un homme qui, dans certains états, est un génie malade, et il faudra toute notre ingéniosité pour comprendre ses plans et les contrecarrer.

Un nouvel arbre s'abattit. Le vent enragé semblait vouloir chasser la voiture de la route. La pluie continuait à tomber dans un déluge torrentiel. Le son des vagues qui se brisaient était terrifiant. La boue dégoulinait de nos vitres tandis que Coyne progressait lentement vers la maison de Farrant comme à travers un marécage.

Nous aperçûmes enfin ses lumières. Chaque pièce était éclairée. Soudain, Coyne écrasa les freins.

— Seigneur, regardez ça ! s'exclama-t-il. Un coin du toit avait été arraché par les vents et les tuiles ainsi qu'une partie des briques de la cheminée étaient répandues sur la piste. Deux gros arbres s'étaient abattus et nos phares en montraient les troncs juste devant nous. Coyne et moi sortîmes et fûmes aussitôt trempés jusqu'à l'os.

Mais dans le ciel, j'aperçus la nuée de faucons qui tournoyaient. Ils se trouvaient juste au-dessus du trou dans la toiture.

— Ainsi ils sont entrés... marmonna Coyne. Cela nous complique les choses considérablement, Dewey.

— Devons-nous amener miss Ware à l'intérieur ? demandai-je.

Il me saisit par le bras.

— Vous ne comprenez toujours pas ? fit-il. C'est sa vie contre celle de cette momie infernale, de ce vampire damné. Le corps de la princesse doit être réduit en cendres. C'est ce pourquoi je suis venu, et c'est ce que Farrant ne doit pas soupçonner !

Nous sortîmes Rita Ware de la voiture et l'amenâmes à la porte de devant. Je craignais les oiseaux du diable, mais ils n'essayèrent pas de nous attaquer ; ils tournoyaient inlassablement, tantôt flottant sur le vent, tantôt plongeant sans raison jusqu'à ce qu'un autre courant les emporte et les renvoie à nouveau vers le haut. C'est ainsi que, trempés comme des soupes, nous atteignîmes le porche.

Coyne frappa.

Personne ne répondit.

Mais à l'intérieur de la maison, nous pouvions entendre Neil qui lançait des cris incohérents.

Le docteur fit un vacarme monstrueux à l'aide du vieux heurtoir de fer et au bout d'un moment, nous entendîmes les pas de Neil à l'intérieur. Il déverrouilla la porte et nous regarda avec cette expression d'incompréhension que j'avais déjà remarquée. Puis soudain, il nous reconnut.

— Pour l'amour de Dieu, dépêchez-vous ! Nous sommes trempés ! s'écria Coyne.

Neil s'écarta à contrecœur. Il ne sembla même pas remarquer la fille que nous portions.

— Ces démons sont entrés, et ils sont passés chez vous d'abord, je le sais ! Je vais vous montrer. Ils sont passés par le trou dans le toit et ils ont fait leur travail. Les momies sont contentes. Elles sont ravies de savoir qu'elles vont être libres, elles essaient de sortir de leur cercueil. Seigneur que c'était amusant à voir ! Mais elles obéissent à ma volonté.

Il rit puis saisit la manche du docteur et attira celui-ci face à lui.

— Elles vont devoir attendre, comme la petite princesse. Je ne vais pas les laisser sortir tant que mon expérience ne sera pas lancée.

Nous étions tous les deux dans le passage, tenant le corps de miss Ware entre nous, raide comme un bout de bois. Neil le regarda.

— Qu'avez-vous amené là ? demanda-t-il.

— Une de mes patientes, répondit Coyne en adoptant un ton autoritaire qui cherchant à dominer l'autre. Je compte mener une petite expérience de mon côté...

Neil observa le visage de Rita Ware.

— Hum, jolie fille, rit-il. Elles sont toujours bienvenues. Peut-être que la petite princesse voudra l'avoir comme domestique quand elle sortira. Elle avait beaucoup de domestiques, vous savez, et nous n'avons pas eu la chance d'en déterrer.

J'étais stupéfait que Neil ne paraisse pas remarquer la ressemblance entre Rita Ware et la princesse, bien que la pièce fût largement éclairée.

— Allez, entrez, poursuivit Neil, ça ne devrait pas durer longtemps, même si je pense que ça va nous sembler long.

Il nous précéda à travers les deux pièces et jusqu'au musée. Les lumières étaient allumées, pas seulement celles du plafond, mais aussi d'autres, au mur, dont la présence m'avait échappé l'après-midi.

La pièce était donc brillamment éclairée, mais instantanément mon attention fut attirée par les cinq cercueils alignés contre le mur du fond.

De quatre d'entre eux provenaient des craquements, des gémissements, suivis par le grattement de phalanges contre le bois !

Neil s'approcha d'eux.

— Vous êtes bien agités, mes vieux amis, et je ne vous le reproche pas après tout ce temps, dit-il. Mais vous devrez attendre votre tour.

Pourquoi ne prenez-vous pas exemple sur la princesse ? Voyez comme elle se comporte bien, elle...

Son regard se tourna vers le cinquième cercueil, placé au bout de la rangée, et qui, en contraste avec les autres, était absolument silencieux

Un des quatre cercueils fit entendre un gémissement faible et étouffé qui me glaça le sang.

Neil lui donna un coup de pied et j'entendis de nouveau le même raclement.

Seules les phalanges d'une main pouvaient produire ce son.

Je regardai Coyne et vis qu'il était presque aussi accablé que moi.

Je fis un grand effort pour m'avancer vers les cercueils et écouter. Il ne faisait pas de doute que le son venait bien d'eux, et qu'il n'y avait aucun mouvement visible. Pourtant, je savais sans l'ombre d'un doute que les momies étaient vivantes à l'intérieur et qu'elles essayaient d'en sortir !

Et sur tous les cercueils, je pouvais voir les traces de pattes des faucons, comme si ces oiseaux obscènes s'y étaient perchés !

VI

Pendant un moment, je le confesse, je fus glacé d'horreur. Je reculai en trébuchant contre un mur. Neil rugissait de rire.

– J'ai essayé de te prévenir dans mon télégramme que tu devais t'attendre à des expériences inhabituelles, Jim, s'exclama-t-il. Parlez-lui des faucons, docteur !

– Je vous résume l'histoire, dit Coyne. Le faucon était un oiseau sacré dans la mythologie de l'Égypte ancienne. Metsi, le dieu faucon, était vénéré plus que tous les autres, sauf Osiris et Horus. Sa fonction était, pense-t-on, d'emporter l'âme d'un mort et de la rapporter à la fin du cycle de momification pour ramener le mort à la vie. Vous me suivez, Dewey ?

– Vous voulez dire que — ces oiseaux — ont porté les âmes de ces vieillards dans le corps de ces momies ?

– Dewey, je ne suis pas en train d'exprimer ce que je crois ; je vous raconte juste le mythe comme Farrant me l'a demandé, répondit le docteur.

Il me semble avoir alors secoué la tête. Non. Impossible pour moi de croire que les faucons avaient transporté les âmes de mourants dans ces cercueils. J'essayais de conserver mes facultés normales, mais pendant tout ce temps, les raclements, les craquements, les gémissements continuaient dans les cercueils. Neil se tourna vers eux.

– C'est bon, c'est bon ! cria-t-il, je vais vous laisser sortir, mais ne soyez pas si pressés. Tout le monde doit avoir sa chance !

Il saisit le burin et entreprit de soulever rapidement l'un des couvercles. Il détacha celui du caisson intérieur et l'odeur forte des épices aromatiques emplit immédiatement à nouveau la pièce. Et je criai quand je vis la chose. Pareil pour Coyne.

Car la silhouette informe de la momie dans le cercueil bougeait à l'intérieur des tissus qui l'emballaient. Elle gigotait, ondulait comme une larve, luttant contre les bandages qui l'emprisonnaient.

Je la regardais, incapable de croire l'évidence sous mes yeux. Et pourtant je savais qu'ils ne me mentaient pas. Ses mouvements se poursuivaient inlassablement. Parfois la chose se calmait, comme épuisée par l'effort, puis les contorsions reprenaient de plus belle.

J'étais si malade d'horreur que beaucoup des détails de la scène m'échappèrent, mais je me rappelle que Neil avait arraché les couvercles des cercueils un à un, que la puanteur du natron était devenue presque insupportable et que dans chaque cercueil on pouvait voir, non pas la momie silencieuse qu'il avait abritée pendant des siècles, mais une larve mouvante qui luttait âprement pour se libérer de sa prison de tissu tandis que des gémissements s'échappaient de ses lèvres mortes.

Enfin, en dernier, Neil souleva le couvercle de la momie de la princesse. Bien que je fusse bouleversé intensément et physiquement retourné, je m'approchai pour voir, poussé par une curiosité que je ne pouvais réprimer.

Les yeux d'Amen-Ra étaient grand ouverts !

Les globes oculaires n'étaient pas racornis, leurs iris étaient d'un brun sombre et leurs pupilles larges et lumineuses. C'étaient les yeux de quelqu'un qui voyait ; elle voyait, et elle regardait le visage de Neil. Et le petit sourire sur son visage s'était agrandi.

Les bandes de tissu replacées avec négligence pendaient autour d'elle, mais elle n'essaya pas de se libérer comme les autres momies ; elle ne bougeait pas.

Ce n'était plus une momie : c'était une femme ! L'apparence cireuse avait disparu de sa peau, remplacée par la roseur du sang qui coulait en dessous ; les tissus étaient ceux d'une personne vivante. Ce que je regardais était le visage d'une personne vivante...

Et c'était le visage de Rita Ware. Il n'y avait pas un atome de différence entre les deux figures. On aurait pu les croire jumelles, mais ce n'était pas le cas ; c'était juste la même personne.

Coyne se précipita à l'autre bout de la pièce, souleva Rita dans ses bras et la déposa à côté du cercueil.

– Farrant ! cria-t-il. Regardez, pour l'amour de Dieu ! Ne voyez-vous pas qu'elles sont les mêmes ?

Neil jeta un œil négligent sur Rita.

– Les mêmes ? Comment ça, les mêmes ? demanda-t-il, d'un ton indifférent. Il y a une certaine ressemblance superficielle, mais c'est tout. De quoi diable voulez-vous parler, docteur ?

Il alla vers l'armoire. Je vis les yeux d'Amen-Ra le suivre. La femme inconsciente et la morte consciente étaient allongées côte à côte, mais c'était la morte qui affichait les marques de la vie sur son visage, plus profondément à chaque instant qui passait, et la vivante qui semblait morte.

Neil avait pris quelque chose dans l'armoire. Un plat d'obsidienne d'un vert terne, profond presque comme un vase pour fleurs. Il versa un peu d'une poudre grise à l'intérieur, puis il le posa sur une table et nous regarda, l'air triomphant.

– Le secret ? demanda le docteur d'une voix faible. Il semblait fortement troublé, son assurance presque disparue. C'était Neil qui dominait désormais notre petit trio.

– Oui, le secret ! s'écria Neil.

À ces mots, les momies se contorsionnèrent à nouveau et raclèrent les parois de leur cercueil de leurs doigts, tandis que je me tenais contre le mur, trop étourdi pour même prononcer un mot. Le visage de la princesse affichait un sourire de triomphe comme si elle comprenait ce qui se passait. Peut-être Neil avait-il trouvé le moyen de lui parler lorsqu'il était dans sa personnalité alternative.

– Je vais vous confier le secret maintenant, mais vite, parce que nous avons peu de temps à perdre. Ce secret que j'ai appris des papyrus. Ce secret qui fait passer les plus grands égyptologues pour des enfants. La raison pour laquelle les Égyptiens embaumaient les corps de leurs morts…

– C'était tout sauf des idiots, ces anciens Égyptiens qui embaumaient les corps sans retirer le cerveau ni les viscères. Ils ne croyaient pas que l'âme ne retournerait jamais dans la même incarnation. Ils savaient ce qu'on ne découvrirait que plus tard, que le temps est une illusion, que la vie soi-disant future et celle-ci existent simultanément, que chaque acte de nos corps physiques est reproduit en même temps dans l'au-delà par le Ba, l'âme, et le Ka, le double éthéré.

« Tant que l'organisme humain resterait intact, l'âme continuerait sa vie active dans l'au-delà jusqu'à ce que le cycle de réincarnation mette fin à ses activités. Détruisez le corps, et l'âme errera désespérément pendant environ trois mille ans. Préservez le corps, et l'âme en reprendra possession sans délai ni le moindre changement.

« Croyez-vous que les prêtres qui ont frappé Amen-Ra et ses conseillers ont échappé à leur vengeance même par-delà la mort ? Je peux vous dire que le drame continue encore et encore et que nous allons en être les spectateurs privilégiés… !

– Que voulez-vous dire ? demanda Coyne, qui avait récupéré une partie de son sang-froid et observait Neil attentivement.

– Cet encens, répondit Neil, que j'ai pris dans la tombe, hermétiquement scellé dans une fiole de verre, est la légendaire drogue de l'immortalité connue seulement des Égyptiens anciens, bien que les Crétois aient ait eu vent de la rumeur de son existence. Ses vapeurs agissent sur l'organisme humain un peu comme le haschich, mais bien plus puissamment ; elles détruisent l'illusion du temps. Tant qu'il brûlera, nous serons tous les trois libérés des liens du temps. Nous vivrons dans le Ba, pendant que nos corps inertes resteront ici. Nous serons transportés dans l'ancienne Égypte parce que c'est l'idée qui domine nos pensées. Nous serons les spectateurs de la fin de ce drame qui a commencé il y a trois mille ans !

Il était incroyable que les momies aient pu comprendre ce qu'il venait de dire, cependant le bruit des phalanges recommença. Je vis l'une d'elles, dans un effort considérable, se soulever dans son cercueil.

– Je t'ai dit de rester allongé, mon vieux ! cria Neil en se tournant vers elle. Ton temps viendra et ce sera grandiose, mon garçon ! Tu l'as vécu durant tout ce temps, mais tu ne te le rappelles pas maintenant que tu as été ramené à la vie ; sois patient !

Neil gratta une allumette puis la laissa tomber sur la poudre au fond du vase. Lentement, la marque sombre de la combustion se répandit, puis la poudre prit feu dans un embrasement soudain et minuscule. Une petite bouffée de fumée intense et malodorante commença à se diffuser dans la pièce, supplantant très vite l'odeur du natron.

La poudre s'enflammait par petites bouffées successives. La puanteur devint plus forte et étouffante. Je pris conscience d'une sensation étrange dans ma tête et, tout aussi étrangement, la pièce sembla s'assombrir et s'agrandir, se transformant un ensemble de longues salles plongées dans la pénombre.

– Maintenant c'est à vous de jouer, mes vieux ! cria Neil.

Il attrapa une paire de ciseaux, alla se pencher sur la momie au bout de la rangée et coupa rapidement les bandages de tissu. J'entendis la chose émettre des grognements de satisfaction. Les replis de toile retombèrent et la momie s'assit dans son cercueil, luttant pour libérer ses membres inférieurs.

C'était un homme âgé d'environ soixante-dix ans, aux longs cheveux blancs plaqués sur un visage mince, squelettique. Ses yeux roulaient comme s'il chercher à reconnaître ce qui l'entourait. Un squelette habillé de peau ; et pourtant sous mes yeux les tissus semblaient se reformer et les os devenir de moins en moins apparents.

Neil parla au monstre dans une langue étrangère et sifflante comme pour expliquer quelque chose à la momie assise tel un homme dans un bain. Ses yeux brillants d'intelligence fixaient ceux de Neil.

Une par une, Neil libéra les momies de leur suaire. Des cercueils émergeaient les têtes, les visages, les épaules de vieillards, de morts ressuscités.

Tout devenait brumeux tel dans un rêve ; il me semblait voir Neil, Coyne et les momies de très loin comme dans un livre d'images. Je n'étais plus réellement conscient de ma propre identité et les vapeurs de la poudre, qui se consumait et continuait à brûler par bouffées, m'étouffaient.

Quatre hommes sombres, maigres, émaciés, étaient assis dans leur cercueil, cadavres nouveau-nés de chair et de sang au lieu d'être des squelettes desséchés. Je voyais leurs bras se lever et j'entendais leurs marmonnements se métamorphoser en exclamations.

Enfin, à peine fut-elle effleurée par les ciseaux de Neil que la princesse se releva. Elle ôta son suaire. Vêtue d'un tissu blanc et soyeux qu'elle semblait avoir enfilé à l'instant, elle sortit avec légèreté de son cercueil, femme vivante d'une exquise beauté. Apparemment inconsciente de la présence de Rita Ware à côté d'elle, pourtant son double parfait, elle se tourna vers Neil et lui tendit les bras.

Deux mots d'une langue inconnue s'échappèrent de ses lèvres et sur son visage s'afficha un sourire de pur bonheur.

Neil laissa tomber ses ciseaux, se tourna vers elle et la prit dans ses bras. Leurs lèvres se rencontrèrent et je sus qu'il avait tout oublié, sauf elle.

Je ne pouvais bouger, mais dans la brume de ma conscience, je réalisai que Coyne avait saisi mon bras.

– Dewey, c'est le moment ! cria-t-il. Nous devons sauver miss Ware et mettre fin à cette sorcellerie. Je vais la tuer, mais d'abord…

Je le vis tendre la main vers le plat d'encens, mais avec une lenteur infinie et le manque d'assurance d'un homme atteint de paralysie ; je réalisai que l'influence étourdissante de la fumée l'avait affecté autant que moi.

– Seigneur, je ne vois plus rien ! s'exclama-t-il en laissant retomber son bras.

Je me rendis compte d'autre chose : d'un bond soudain, la momie du cercueil le plus éloigné s'était mise sur ses pieds. Pendant un instant, elle oscilla, vieil homme vêtu d'une robe de tissu usé et décoloré et d'une sorte de longue gaine descendant presque jusqu'à ses pieds. De ses lèvres sortirent des cris qui ressemblaient à des invectives tandis qu'il se tenait les bras tendus et que sa tête oscillait grotesquement sur son cou.

Puis elle s'élança vers la porte entrouverte, s'y cogna, puis semblant enfin comprendre son usage, l'ouvrit et se précipita dehors, en criant et en marmonnant.

Ou bien était-ce Coyne ?

Car la momie ressemblait à Coyne… tel qu'il serait dans trente ans, mais c'était là le résultat du pouvoir stupéfiant de l'encens en train de brûler. Je ne pouvais pas penser rationnellement. Les silhouettes de Neil et de la princesse dans les bras l'un de l'autre devenaient ténues comme des fantômes.

Dans sa course, la momie se heurta à l'une des chaises égyptiennes placées contre le mur. Je la vis lentement glisser au sol. Ce fut la dernière chose dont j'eus conscience avant que l'obscurité totale ne m'envahisse.

VII

J'étais moi-même et pourtant pendant un instant j'eus un sentiment d'hébétude. Je marchais dans une cour pavée flanquée de piliers cyclopéens. Le soleil se couchait en une boule rouge gigantesque à travers le désert devant moi. Plus près se trouvait une rivière large et calme avec des navires aux voiles latines blanches, ambre et chamois, tirés au sec de chaque côté.

La cour que je traversais faisait face à un immense bâtiment constitué d'énormes blocs de maçonnerie décorés de représentations colossales des Dieux sur ses quatre côtés. Dans le bâtiment, je pouvais entendre le son de voix qui semblaient provenir de partout et s'entremêlaient en un murmure plaisant. Des lumières brillaient à travers les ouvertures ici et là, et la partie juste devant moi était brillamment illuminée.

J'étais moi-même — je me connaissais. N'étais-je pas depuis six ans ou presque l'un des gardes du corps de confiance de la princesse Amen-Ra d'Égypte ? N'étais-je pas le fils d'un petit noble de la campagne, possesseur de nombreux esclaves et de larges étendues de terre des deux côtés du Nil sacré, choisi à ce poste parce que ma famille était loyale à la dynastie régnante depuis des générations ?

Je savais tout cela comme le reste, mais mon esprit était confus comme si j'étais en train de rêver. Il y avait une odeur curieuse dans mes narines. Je venais d'arriver à mon poste après avoir assisté à l'embaumement d'un parent éloigné, un vieil homme qui avait exercé une fonction très honorable à la cour.

C'était l'odeur du natron et des épices qui m'était montée à la tête, pensais-je pendant que je parcourais les pavés, mon épée se balançant à mon côté, mes sandales claquant, monotones, sur les pierres. Je devais monter la garde pendant trois heures comptées à la clepsydre de la cour, car la princesse Amen-Ra était protégée par des nobles et non par des soldats du rang.

Des pensées aigres de jalousie agitaient mon cœur. C'était la nuit où serait célébrée son union avec Ménès de Thèbes, un homme qui ne pouvait pas prétendre à une descendance plus longue que la mienne puisque nous descendions tous deux des dieux. Elle était tombée amoureuse de lui et avait prononcé le serment sur Horus qui lie les amants ensemble pour trois incarnations successives.

Toute l'Égypte était en ébullition, car Amen-Ra affirmait avoir Osiris pour ancêtre, et ce mariage serait sûrement la fin de l'âge d'or de paix qui s'était étendu sur la terre, où la guerre avait été oubliée et où les vaisseaux rapportaient des richesses de leurs pacifiques avec les Crétois, les Hittites et les Atlantes.

Et j'aimais la Princesse Amen-Ra depuis la première fois où je l'avais vue, adorable enfant, six ans auparavant. Ce parvenu de Ménès m'avait supplanté et la pensée de ce mariage m'était intolérable.

Le soleil avait plongé dans le désert pendant que je méditais. Les longues ombres des piliers se mélangeaient en une pénombre universelle. La silhouette d'un esclave glissa le long de la clepsydre et vint s'incliner devant moi.

– Seigneur Seti, dit-il, je suis envoyé par le grand prêtre Khof. Il attend votre bon vouloir.

– Dis-lui que je ne faillirai pas, répondis-je ; je serai à son service au moment convenu. »

L'esclave s'inclina de nouveau et disparut. Je repris mes allées et venues. Une autre silhouette apparut entre deux piliers ; c'était celle d'une jeune fille qui s'approcha de moi en manquant de trébucher.

– Seigneur Seti, la princesse requiert votre présence, me dit-elle.

– Qui gardera la cour si je quitte mon poste ? demandai-je.

Elle rit de bon cœur.

– Son Altesse n'a aucune crainte, seigneur Seti. Les babillages de Khof, le grand prêtre, sont comme le vent qui souffle et s'arrête puis souffle de nouveau dans une autre direction. Elle a ses partisans fidèles, d'autres en dehors de vous. Le seigneur Seti contesterait-il les commandements de celle qui descend du soleil ?

– Non, je viens avec toi, lui répondis-je. C'était l'une des suivantes de la princesse, une de ses favorites, et je savais que j'étais moi-même l'objet de son intérêt. Si mon cœur n'avait pas été enflammé d'amour pour Amen-Ra, j'aurais pu lui répondre favorablement, car nos familles se connaissaient depuis des générations et nos terres près du Nil se jouxtaient ; et c'était une belle fille convoitée par de nombreux hommes.

– Ce n'est pas souvent, seigneur Seti, que votre chemin croise le mien, dit-elle timidement. Mais ça n'a rien de surprenant, puisque la princesse Amen-Ra vous a ensorcelé.

– Qu'est-ce que c'est que ces inepties ? » répondis-je avec brusquerie. « Tu n'as donc aucun bon sens pour proférer de telles choses ? Ne sais-tu pas que si tes paroles étaient écoutées, ta punition serait terrible ?

– Ah, seigneur Seti, répondit la fille en s'arrêtant et en se tournant vers moi dans la pénombre, mais que m'importe ? Que vaut ma vie, si j'aime en pure perte ? Soit, je vais parler maintenant, poursuivit-elle, élevant la voix dans une incantation passionnée. Je vous aime, Seti, et vous le savez depuis longtemps, et votre amour pour la princesse provoquera sans doute votre ruine.

– Maintenant, tuez-moi avec cette longue épée que vous portez... ajouta-t-elle en faisant mine de découvrir son cœur.

Je fus quelque peu touché par la dévotion de la fille, en dépit des feux de la jalousie qui me consumaient.

– Ce que tu as dit est vrai, Liftha, répondis-je. J'aime la princesse, je l'ai aimée dès la première fois où je l'ai vue ; et qui est ce parvenu, ce Ménès, qu'elle a choisi pour être son compagnon royal ? Sa lignée est-elle plus longue que la mienne, est-il plus riche que moi ? Je te le dis... »

– Chut – chut ! » murmura la fille, si l'on vous entendait, on vous enverrait droit au bourreau. Je vous adjure par Osiris de ne plus rêver à l'impossible. La princesse ne compte-t-elle pas sur vous et vos compagnons pour la protéger contre les prêtres ? Comment un homme pourrait-il être fidèle à cette confiance tout en ruminant de telles pensées ?

J'hésitai, et de nouveau cette étrange confusion m'envahit pendant un moment. Je me vis debout dans une petite pièce, dans un pays étrange, avec la princesse et Ménès. Mais Ménès était habillé de vêtements bizarres et barbares, et le grand prêtre Khof se tenait à côté de moi et me tendait le bras en essayant de me dire quelque chose. Il menaçait de tuer Amen-Ra, qui se tenait dans les bras de son amant, et lui aussi portait des vêtements barbares.

La vision disparut. C'était décidément là l'effet des fumées que j'avais respirées à l'embaumement cet après-midi...

– Oui, tu as raison, Liftha, concédai-je, avant d'accompagner la fille dans le palais.

Des gardes, choisis parmi mes compagnons nobles comme moi, parcouraient les longs couloirs, l'épée au côté. Ils me saluèrent quand nous passâmes et je leur rendis leurs saluts. Liftha me conduisit à travers une longue antichambre dans laquelle six autres gardes étaient postés. Ces hommes étaient les fils des plus nobles de nos terres, et pourtant, par la faveur d'Amen-Ra, j'avais le privilège de les commander.

Un rideau de tissu cramoisi pendait devant une ouverture. De l'autre côté parvenait le murmure de conversations. Le garde de faction annonça mon nom à travers le rideau. La voix bienveillante d'un vieil homme lui répondit et m'invita à entrer.

Le rideau levé, je passai seul, m'inclinant humblement vers le dais sous lequel Amen-Ra et Ménès étaient assis côte à côte. Installés sur des tabourets bas, devant eux, se trouvaient les quatre sages, les vieux conseillers du royaume, tous âgés de plus de soixante-dix ans, qui avaient servi la princesse et son frère avant elle, et auparavant, leur père, et son père à lui.

Amen-Ra et Ménès était assis dans des fauteuils, et devant eux était placée une simple planche de bois sur laquelle on avait mis du pain, du sel, des gobelets et un flacon d'eau du Nil. Le mariage venait juste d'être célébré par un des prêtres inférieurs qui avait bravé la fureur de Khof, et les amants royaux étaient sur le point de se lier par le repas cérémoniel.

Je m'inclinai puis me relevai. Je n'osais regarder la princesse, mais je fixais mes yeux sur Ménès assis à côté d'elle comme un roi — Ménès qui m'avait supplanté.

S'il avait eu l'esprit plus clair, il aurait lu dans le mien...

Mais toutes ses pensées étaient tournées vers la jeune femme. Chacun n'avait d'yeux que pour l'autre et ce ne fut que lorsque j'eus approché le cercle des sages en m'inclinant maintes fois, suivant l'étiquette, qu'Amen-Ra détourna le regard de Ménès. De la main, elle me fit signe d'approcher et je m'agenouillai devant le dais.

– Seigneur Seti, dit-elle, je vous ai fait chercher parce que vous êtes mon ami que je vous fais confiance comme à nul autre excepté mon mari et mes sages conseillers.

D'un seul coup, la rage habitant mon cœur fit place à la froideur. J'avais presque formé le projet de me jeter sur Ménès avec mon épée et de le tuer ; si le grand prêtre Khof avait su qu'une telle occasion se présenterait à moi, il n'aurait pas conçu le plan élaboré dont nous avions préparé.

Je regardai Amen-Ra et l'amour dans mon cœur se changea donc en froideur soudaine dépourvue de toute pitié. Il fut un temps, quand elle était sur le point de devenir femme, où j'aurais pu la courtiser avec succès. Je le savais comme je savais qu'elle avait eu plus que de simples pensées envers moi avant que Ménès ne fasse son apparition.

Mais maintenant il était là, le parvenu vêtu de tissu pourpre, au côté d'Amen-Ra, et me fixant avec l'attitude hautaine d'un roi.

– Promettez-moi que vous et vos compagnons me garderez bien cette nuit et pour toujours, fit la princesse. Et sachez qu'il est dans mon intention de vous promouvoir à un poste de la plus haute dignité.

– Soyez assurée, Épouse du Soleil, que je ferai mon devoir, répondis-je.

Elle sourit.

– Je n'en doutais pas, seigneur Seti, répondit-elle. Et pourtant mon astrologue me dit qu'il y a une étoile maléfique dans mon horoscope. En ce moment même, il l'observe. Et précisément au point de transit dans le Verseau... Une étoile nouvelle et inconnue dont l'apparence annonce un grand péril. Aussi, tant qu'elle n'aura pas quitté la frontière du Verseau, Ménès et moi devons nous attendre pour partager le repas cérémoniel.

Elle hocha la tête à l'adresse du plus vieux des sages, qui me fit signe d'approcher.

– Avez-vous des nouvelles de Khof, seigneur Seti ? me demanda celui-ci.

– Le grand prêtre, répondis-je, n'ose rien faire. Croyez-vous qu'il porterait la main sur quelqu'un qui descend d'Osiris ?

La princesse m'entendit.

– Ah, mais je suis toute seule, si on excepte mon seigneur Ménès, s'exclama-t-elle soudain anxieuse. Si le grand prêtre monte la populace contre moi…

– Alors, Ô fille du Soleil, ils mourront par mon épée et celles de mes compagnons, répondis-je. N'ayez pas peur.

– Fort bien, répondit-elle en reprenant son calme. Mes craintes sont levées, seigneur Seti.

Elle se tourna vers Ménès pour lui sourire, et les derniers doutes s'évanouirent dans mon cœur. À cet instant, les rideaux derrière le dais s'écartèrent et l'astrologue entra. C'était un homme entre soixante-cinq et soixante-dix ans, aux yeux bleus inquisiteurs et au visage profondément ridé. Il s'inclina très bas devant Amen-Ra, ses robes ornées de l'image du dieu soleil et du dieu faucon dansant autour de lui.

– L'étoile maléfique a-t-elle passé le Verseau ? demanda la princesse dans un souffle.

– Pas encore, répondit l'astrologue, mais à l'instant, elle se trouve à sa frontière. D'ici une heure elle en sera loin et là, Votre Altesse, il sera permis de partager le repas cérémoniel, car le péril sera écarté.

– Et si elle ne la franchit pas ?

– Si elle ne la franchit pas, mais continue sa course parabolique sous l'attraction du Verseau, il y aura danger de crues, ceci découlant de la domination de la constellation aqueuse, Votre Altesse.

– Des crues... et quoi d'autre ? s'enquit la princesse.

– La position de la planète Mars indique le sang. Il y aura des troubles civils, peut-être même une guerre.

– Soit, répondit Amen-Ra avec une touche d'amertume dans la voix, mais pourquoi me tromper avec des demi-vérités ? J'ai tant de gens autour de moi qui veulent me dire leur vérité, et il faut que vous hésitiez ? Donc, quels sont les présages pour moi et mon seigneur Ménès ?

– Si dans sa course parabolique, l'étoile maléfique s'approche dans les vingt-cinq degrés de Mars — et si Jupiter gardien bienveillant ne s'est pas encore levé — il y aura d'autres dangers.

– Des dangers ? fit la princesse en se levant. Dites-moi toute la vérité ! s'exclama-t-elle. Je vous adjure de le faire au nom d'Osiris, d'Isis et de l'enfant Horus, la Sainte Trinité dont les noms ne doivent pas être invoqués en vain !

– Il y aura des morts... répondit l'astrologue qui se jeta face contre terre devant elle

VIII

Je faisais les cent pas entre les statues des dieux. Je regardai la clepsydre : l'eau coulait régulièrement sur les dalles et le cadran montrait qu'un peu plus d'une heure me restait avant de finir mon tour. Le palais était toujours illuminé, mais les voix s'étaient tues maintenant, et de l'extérieur on ne pouvait rien entendre excepté le flot monotone des petites vagues du Nil montant contre ses berges.

C'était comme si la nature attendait le passage de l'étoile maléfique. Et moi, le cœur plein de rage et de haine — qu'étais-je sinon un pion déplacé par les puissances de l'orbe errante qui avait surgi dans la sphère du Verseau ?

Cependant, je m'imaginais Amen-Ra, assise à côté de Ménès à la table, avec ses sages conseillers, attendant l'heure propice pour commencer le repas, et mon cœur était touché. Combien elle était seule, elle, qui régnait sur le plus grand empire du monde ! À nouveau je me remémorai ses paroles de confiance envers moi et j'hésitai.

Je regardai le Verseau dessiné dans les cieux. Je pouvais voir l'étoile errante, car comme à tous les nobles égyptiens, on m'avait enseigné l'astrologie et l'influence des étoiles et des planètes sur les destinées. Elle quittait à peine le bord de la constellation ; mais quelques degrés en dessous, Mars se levait, rouge de sang, dans le ciel sombre. Et je sus que, déjà, Mars tenait l'étoile vagabonde sous son emprise.

Je me courbai et ôtai mes sandales, puis descendis sans bruit vers la berge. La barque de loisirs de la princesse, aux voiles de toile pourpre repliées, balançait à l'ancre. Je ne me dirigeai pas vers elle cependant, mais vers un vaisseau plus petit aux voiles d'un blanc pur. C'était le plus rapide qu'on n'ait jamais construit et c'était le mien. Pendant trois mois, des artisans ingénieux avaient travaillé secrètement sur lui, et je savais qu'il ne serait jamais rattrapé pour peu qu'il ait une douzaine de gouttes de clepsydre d'avance.

Mon esclave en chef, Kor, parcourait le pont. Il s'immobilisa comme une statue en me voyant approcher.

– Eh bien ? Tout est-il prêt ? demandai-je à voix basse.

Il s'approcha de moi.

– Tout est prêt, mon Seigneur, répondit-il. L'ancre peut être abandonnée d'un seul coup de hache et les vents nous sont favorables.

– Les réserves de vivres sont en cale ?

– Oui Seigneur Seti, assez pour nous amener jusqu'au pays de Crète. Toutes vos instructions ont été exécutées.

– Les deux sous-esclaves sont à bord ?

– Ils attendent en bas, Seigneur Seti.

– Très bien, répondis-je. Sers-moi fidèlement dans cette affaire, Kor, et tu seras affranchi dès que nous toucherons les côtes de Crète où j'aurai un refuge garanti.

Je m'éloignai, le cœur plus léger. J'avais trois fidèles dans la garde royale, des jeunes nobles voués à ma cause par le serment d'Horus, et de plus, avec une dette envers moi. Il ne devrait pas être difficile, dans la confusion, de sauver Amen-Ra non seulement de la garde, mais aussi du rusé prêtre Khof.

J'avais calculé que lorsque les deux forces se lanceraient dans la bataille, moi et mes trois hommes pourrions facilement porter la princesse jusqu'au navire, et, qu'une fois à bord, nous aurions un passage dégagé le long du Nil puis à travers l'océan méridien jusqu'à la terre de Crète.

Je fis demi-tour et retournai vers le grand temple de Sérapis, qui n'était dépassé en dimension que par le palais. Devant lui se tenait la gigantesque statue du dieu, la mesure de blé sur sa tête, le sceptre dans sa main, le chien et le serpent à ses pieds. L'énorme temple paraissait plongé dans les ténèbres. Rien ne semblait bouger, à part un bâtard de chacal qui s'enfuit en grognant, la gueule pleine de nourriture prise dans les offrandes jetées chaque jour par les prêtres. Cependant, alors que je passai entre deux des colonnes à l'avant de la structure, une silhouette bondit vers moi, dague à la main, puis me reconnut et reprit la même posture immobile que mon esclave en chef.

C'était l'esclave qui m'avait approché une heure plus tôt devant le palais.

— Salutations, mon Seigneur ; le grand prêtre Khof vous attend, murmura l'homme.

— Dis-lui que j'arrive, répondis-je ; et l'esclave s'inclina puis s'éloigna comme une ombre silencieuse.

Je passai les colonnes et entrai dans le temple. L'intérieur était si sombre que seul quelqu'un qui, comme moi-même, avait été initié à ses mystères pouvait y trouver son chemin. De nouveau, une énorme statue de Sérapis me fit face, haute du sol au plafond, le panier de maïs cette fois tendu dans sa main pour recevoir les offrandes votives.

Je longeai l'allée derrière elle. Je pouvais voir maintenant la faible lueur d'une lumière derrière les lourds rideaux qui voilaient l'entrée de la salle des prêtres. Je m'arrêtai devant un moment, le temps de passer en revue les plans que j'avais faits sans pouvoir y trouver de défaut.

J'avais juré fidélité à Amen-Ra, et je tenais mon serment à ma façon...

J'écartai les rideaux et j'entrai. Le grand prêtre Khof m'attendait, ainsi qu'une douzaine de ses assistants. Il était assis au bout d'une petite table, resplendissant dans ses habits religieux, à la lumière de la petite lampe qui brûlait devant lui. Sa longue barbe blanche pendait sur son thorax. Ses assistants étaient des hommes plus jeunes, rasés de près à notre mode, et je pouvais voir le métal scintiller dans leurs robes.

Je m'inclinai. Il y eut un moment de silence ; Khof observait mon visage sans sourciller.

— Vous avez mis du temps, seigneur Seti, dit-il.

— Oui, fils d'Osiris. La princesse a daigné me faire appeler et me demander de lui prêter allégeance à nouveau.

— L'avez-vous fait ? demanda-t-il vivement.

— Oui, mais pas par le serment secret par lequel je me suis mis à votre service.

— Le repas sacré a-t-il commencé ?

— Pas encore, Seigneur. Elle et le parvenu maudit attendent toujours la permission de l'astrologue. Et lorsque je suis passé dans la cour, j'ai vu que l'étoile était toujours sous l'influence du Verseau, et que Mars monte rapidement pour la rejoindre. Ils n'auront pas d'échappatoire, seigneur Khof.

— Il n'y a pas d'échappatoire, répondit-il, car moi qui connais d'autres savoirs que l'astrologie, j'ai lu ce qui est écrit à la lumière de mon pectoral.

Il me jeta un regard si sombre que je sentis un frisson de peur remonter mon échine. Je savais que les grands prêtres possédaient un savoir qui faisait des prophéties des astrologues des gamineries — un savoir apporté en Égypte par un sage de l'Inde des siècles plus tôt.

— Qu'avez-vous lu, Seigneur Khof ? demandai-je.

— J'ai lu la mort et la trahison, répondit-il, mais aussi la mort pour ceux qui trahissent. J'ai lu les désastres qui ne pourront cependant pas être évités. Aussi devons-nous poursuivre. Combien de temps avant que la destinée de l'étoile maléfique ne soit connue ?

— Moins d'une heure, répondis-je.

— Vos hommes vous seront-ils fidèles ?

— Assez d'entre eux pour assurer que le plan peut être exécuté, répondis-je.

— Alors, retournez à votre mission. Le moment venu, vous nous ferez entrer dans le palais. Et nous dépendrons ensuite essentiellement de votre valeur Seigneur Seti...

— Soit, mais qu'en est-il de ma récompense ? demandai-je pour le tromper sur mes motifs. La récompense que vous vous êtes engagé à me donner ?

— Une salle pleine d'argent et le poste le plus élevé sur cette terre à part le mien.

— C'est entendu. Je ne vous décevrai pas, répondis-je.

J'observai les visages des prêtres plus jeunes. Ces hommes-là étaient des fanatiques que rien n'arrêterait, mais le vieux Khof, rusé et astucieux, avait ses propres plans. Peut-être ses hommes pensaient-ils qu'ils accomplissaient les souhaits des Dieux en assassinant Ménès, mais Khof savait que les Dieux eux-mêmes ne sont que des aspects de l'Un et de l'Indivisible ; ce qui le guidait n'était pas le fanatisme, mais la politique.

Je m'inclinai, sortis puis retournai à mon poste dans la cour devant le palais. Je remis mes sandales ; seul leur clic-clac monotone rompait le silence. C'était étrange, ce silence absolu à l'intérieur, cette pensée de la princesse et Ménès en train d'attendre que l'étoile maléfique s'en aille.

Mais elle ne s'en irait jamais. Je regardai dans le ciel et vit que l'étoile et Mars n'étaient qu'à quelques degrés l'un de l'autre.

Une ombre se glissa à travers la cour vers moi. C'était la fille, Liftha. Elle s'approcha de moi et se tint les mains croisées sur sa poitrine me regardant d'un air implorant.

— Eh bien, que voulez-vous maintenant ? Suis-je encore convoqué par la fille du soleil ? demandai-je abruptement.

— Non pas, seigneur Seti. Mais d'autres nouvelles funestes viennent du palais.

— Lesquelles ? demandai-je.

— L'étoile maléfique ne s'en va pas. Le repas cérémonial est reporté. Je vous aime.

Je ris.

— Cela fait-il aussi partie des nouvelles funestes ? lui demandai-je.

— Elle posa sa main sur mon bras.

— Écoutez-moi, seigneur Seti. Ne jouez pas avec moi. Je ne suis plus une enfant. Promettez-moi de me prendre pour épouse aussitôt que ces affaires seront réglées, ou je ne vivrai pas. Dites-moi la vérité et ne me faites pas languir plus longtemps.

Je la regardai me supplier et une colère soudaine me prit.

— Vous ai-je jamais adressé des paroles d'amour, Liftha ?

— Jamais, Seigneur, mais l'amour ne dépend pas que de mots, il s'exprime par les regards, et c'est de plus une langue inconnue qui ne s'appuie pas sur les lèvres. Mon destin veut que je sache maintenant et pour toujours.

— Alors, sachez que je ne vous aime pas ! Je n'aime personne excepté Amen-Ra, et n'aimerai jamais quelqu'un d'autre. Cherchez quelque jeune noble dans la garde, et oubliez-moi.

— Est-ce là votre décision ? demanda-t-elle doucement.

— Oui, par la Trinité d'Osiris, d'Isis et de l'enfant Horus, répondis-je prononçant le serment que l'on ne peut rompre.

D'un geste vif, sa main se porta à sa bouche puis retomba dans un tintement de métal. Je la saisis par le bras.

— Quelle folie est-ce là ? m'exclamai-je.

— Ce n'est rien, seigneur. Juste un morceau de viande préparé pour les chacals et enduit d'un poison puissant. Ma vie touche à sa fin ; soyez aussi heureux que vous le pouvez. Peut-être…

Elle fit quelques pas puis s'effondra sur les pavés de pierre. J'essayai de la relever, mais déjà elle rendait son dernier souffle. Elle mourut en une douzaine de gouttes de la clepsydre. Cette viande trempée d'un poison subtil connu seulement des prêtres avait été placée là pour les chacals qui profanaient les sanctuaires en volant les offrandes votives.

Ainsi, l'étoile maléfique avait fait sa première victime. Je relevai les yeux et vis que l'étoile et Mars n'étaient qu'à un doigt l'un de l'autre.

Je pris alors conscience d'ombres qui se déplaçaient silencieusement vers moi parmi les colonnes. Elles se révélèrent bientôt être le grand prêtre et ses assistants. Tous tenaient des épées et des dagues, et je pouvais voir au renflement de leurs vêtements qu'ils portaient des cottes de mailles.

– Tout va bien ? demanda Khof.

– Tout va bien, répondis-je.

– Alors montrez-nous le chemin.

Je dégainai ma lame et entrai de nouveau dans le palais. Les gardes parcouraient toujours les couloirs, mais la venue du grand prêtre leur arracha à peine un salut. Ce ne fut que lorsque notre groupe s'approcha du rideau cramoisi que ceux des gardes qui m'avaient juré fidélité se déplacèrent silencieusement et se rassemblèrent derrière moi.

De la main, j'écartai le rideau cramoisi. Rien ne semblait avoir changé depuis mon départ une heure auparavant. La Princesse et Ménès étaient toujours assis côte à côte devant la table où le pain et l'eau du Nil n'avaient pas été touchés, et leurs conseillers étaient toujours assis devant eux. À côté se tenait l'astrologue, la tête penchée ; il disait quelque chose à voix basse et sur son visage se lisait le désespoir.

Quand j'écartai le rideau, Amen-Ra leva la tête et me regarda. Ses yeux fixèrent les miens, et à cet instant je crois qu'elle sut lire au plus profond de mon cœur.

Elle me fixa et se leva à moitié.

– Que signifie cette intrusion, seigneur Seti ? demanda-t-elle. Vous ai-je fait appeler, ou bien n'ai-je… Ah !

Son regard s'était posé sur le grand prêtre et son escouade d'assistants. Leurs épées étaient à demi tirées et ils fixaient Ménès avec une furie irrépressible. Ce qui arriva ensuite fut si soudain que je ne vis que des bribes successives de gestes brutaux.

Amen-Ra se tourna vers Ménès qui s'était déjà levé et se tenait, désarmé, à côté d'elle. Elle se jeta à son cou. Les vieux conseillers s'efforcèrent de se lever en donnant l'alarme. Les gardes de l'anti-chambre entrèrent, l'air confus. Khof, le grand prêtre, cria puis, l'épée à la main, bondit en avant.

IX

– Halte, Khof ! Tu connais le pouvoir que je possède, et que même tes sorts ne peuvent prévenir ! cria le plus vieux des conseillers en se plaçant devant le dais la main levée. Halte, dis-je, ou par les dieux Annbia et Mesti, j'agiterai le Nil en une crue funeste. À nouveau, je te le dis halte ! Tu sais ce que je veux dire !

Pendant un instant, Khof et ses assistants s'arrêtèrent. Sur le dais, je pouvais voir les amants qui se tenaient dans les bras l'un de l'autre. Il n'y avait pas de peur dans leurs regards ; seulement un mépris mortel dans les yeux de la princesse quand elle se tourna vers moi.

– Traître ! cria-t-elle d'une voix claire. Traître à ma confiance ! Viens et commets ton crime, mais tu le paieras — oui, tu le paieras, ou bien c'est que les Dieux n'existent pas !

J'avais hésité moi aussi ; mais maintenant, la vue d'Amen-Ra dans les bras de mon rival me fut insupportable. Je bondis vers le dais ; j'entendis le vieux conseiller scander la formule utilisée seulement en dernière extrémité, et connue seulement du second après le trône dans l'ordre des pouvoirs. Je ne lui prêtai aucune attention. Je bondis sur Ménès. Amen-Ra se jeta devant lui pour le protéger. Un court instant elle me déconcerta. Puis je vis une ouverture et, comme un serpent, mon épée jaillit et le perça de part en part.

J'écartai la fille, je soulevai l'homme mourant dans mes bras et le jetai au milieu de la mêlée. Des cris de triomphe et des rires saluèrent mon acte. À cet instant, la salle était en proie à une confusion de silhouettes, les gardes combattant aux côtés des intrus en pensant sauver Amen-Ra, puis s'engageant contre eux avec une égale férocité, pendant que trois ou quatre autres, guidés par Khof lui-même, assassinaient les conseillers. Mes trois hommes, sans prendre part au combat, essayaient de s'ouvrir un chemin vers moi qui tenais la princesse évanouie.

Le plus vieux des conseillers, seul survivant, quoiqu'horriblement blessé par les épées des prêtres, se tenait toujours debout et chantait toujours la formule sacrée. Il la termina sur une note d'extase et je le vis tomber sous un coup terrible de l'épée du vieux Khof.

Aussitôt tout le palais fut secoué. Je trébuchai et, tout en tenant Amen-Ra dans mes bras, roulai au sol parmi les morts et les mourants entassés les uns sur les autres.

Le palais était secoué jusqu'à ses fondations. Les vieux Dieux morts, les plus anciens Dieux de la terre, endormis depuis longtemps, avaient été réveillés par la formule magique connue du seul vieux conseiller. Ils bougeaient dans leurs tombes cachées sous le palais et sous les temples ; le palais et les temples commencèrent à s'effondrer.

Les puissantes colonnes frémirent, fléchirent, et tombèrent en fragments de pierre, sonnant comme si les cieux eux-mêmes se fracassaient. Le toit s'écroula au-dessus de ma tête. Les murs s'éventrèrent et le sol se fendit.

Je reçus un coup violent au front. Tout devient noir, les cris des prêtres et des gardes s'estompèrent. Je fus plongé dans un abysse de noirceur, de silence et d'inconscience.

Mais pas pour longtemps. À ce moment suprême, pour lequel je m'étais préparé si longtemps, je ne comptais pas me laisser voler ma récompense. Aussi, dans un effort de volonté titanesque, je me forçai à ressortir de ces profondeurs.

Tout autour de moi n'était qu'énormes pierres tombées du toit du palais. J'avais échappé à la mort par miracle, car à la lumière des étoiles qui brillaient par l'ouverture, je pouvais voir les gardes et les prêtres gisant en tas. Je m'en étais sorti sans même un os brisé...

Dehors j'entendais les cris confus d'une foule, mais dans le palais, rien ne bougeait ni ne bruissait. Je sortis en titubant du trou creusé par la chute d'une énorme pierre et auquel je devais mon salut. Je me dirigeai vers le dais, passant par-dessus les débris et les cadavres.

Je découvris Amen-Ra, vivante, comme moi-même, tentant furieusement de déplacer une pierre tombée sur le corps de mon rival Ménès. Et tout en poussant et tirant, elle gémissait des petits mots d'amour ; et je restai là, à la regarder, ébahi à la vue de sa dévotion.

Je prononçai son nom doucement, mais elle ne m'écouta pas. Je la pris par la main.

– Il est mort. Viens avec moi, Amen-Ra ; nous trouverons la sécurité en fuyant ensemble !

Elle retomba, me regarda comme si elle ne me connaissait pas. Puis ce fut comme si un voile avait été levé de ses yeux.

– Traître ! s'écria-t-elle. Tu vis et mon amour, lui, est mort ! Mais sache ceci : si les Dieux ont souffert que tu vives, ce n'est que pour te faire endurer à ton tour de tels tourments que même moi j'en viendrais à m'apitoyer sur toi ! Que la malédiction de Toth, la malédiction d'Horus, d'Anubis à la tête de chacal, de Metsi à la tête de faucon, du Grand Osiris lui-même, s'abattent sur toi pour toujours !

Elle était comme un serpent recroquevillé, accroupie, prête à me frapper. Mais j'eus un ricanement de triomphe. Que pouvaient signifier les noms des Dieux pour moi qui avais passé l'initiation suprême et savais qu'ils n'étaient qu'un aspect d'une seule unité ?

— Je t'aime depuis que je t'ai vue, répliquai-je. Une fois tu as daigné me sourire, puis ce parvenu est arrivé. Est-il de meilleure naissance que moi ? Je t'aime, je te le dis, et je te parle non plus comme un serviteur à une princesse, mais comme un homme à une femme, puisque ton royaume s'enfonce dans les ténèbres. Regarde ! ajoutai-je tandis que les cris de la foule devenaient plus forts. Maintenant les paysans viennent t'arracher à ton trône !

« J'ai un navire tout prêt, continuai-je. Cela fait trois mois que mes esclaves le préparent. Aucun vaisseau fait par l'homme ne pourra le rattraper. J'ai assez de richesses à bord pour faire de toi une princesse dans quelque autre pays que nous conquerrons. Viens avec moi, oublions le passé dans notre amour !

Elle continua à me regarder, mais maintenant ses yeux semblaient s'adoucir. Je me mépris sur son regard. Je pensais que je l'avais touché et qu'elle acquiesçait à ma demande. Je bondis en avant et la pris par la main.

— Je t'aimerai comme aucun homme n'a aimé une femme jusqu'ici ! criai-je. N'est-ce pas pour ton amour que j'ai détruit le trône de l'Égypte ancienne ? Je te jure que je te bâtirai un nouveau royaume plus grand encore que celui-ci. Viens avec moi, Amen-Ra !

Ses paroles solennelles brisèrent net ma frénésie. Elles m'immobilisèrent comme un sortilège. Il n'y avait plus de haine en elles. Elles ressemblaient plutôt au chant d'une Sybille ancienne.

— Seigneur Seti, me dit-elle, tout ceci m'avait été annoncé, nébuleusement, par mon astrologue. Il ne pouvait le savoir puisque l'arrivée de l'étoile maléfique n'avait pas été prédite, cependant il révélé qu'un jour l'homme en qui j'avais le plus confiance me trahirait.

« Oui, poursuivit-elle, et que cet homme lui-même aussi était une marionnette de la destinée liée à la roue de la Fortune. Et plus encore, seigneur Seti.

« Car il m'a montré qu'un jour, quand le cycle de la réincarnation serait complété, c'est par cet homme que Ménès, mon amour, et moi-même serions réunis, parce que nous nous sommes promis le serment d'Horus, qui ne peut être rompu. Ce sera donc votre devoir un jour que de restaurer ce que vous avez brisé.

« Entre-temps, je souhaite rejoindre mon amour dans les ombres parmi lesquelles règne Osiris. Quant à vous, Seigneur Seti, vous avez une chance de rédemption. Saisissez-la, et les Dieux vous pardonneront. Refusez-la, et votre punition éternelle sera si terrible que même les Dieux détourneront le regard de pitié… !

– Quelle est cette chance de rédemption ? murmurai-je, la gorge soudain sèche.

Elle porta la main à sa robe et en sortit une curieuse dague : elle avait deux lames à double tranchant, faites de telle sorte qu'avec un coup, les lames se séparaient, produisant une terrible double blessure qui serait instantanément fatale pour peu qu'elle atteignît le corps.

– Frappez-moi, seigneur Seti, murmura la princesse en s'approchant de moi, et je vis que ses yeux brillaient du souhait de mourir ; ainsi seulement, m'a dit l'astrologue, pourrez-vous apaiser la destinée. Frappez-moi !

Je pris la dague de sa main. J'hésitai. Je savais fort bien qu'Amen-Ra ne serait jamais mienne, et pourtant il m'était impossible de la tuer.

– C'est de la folie ! criai-je.

– C'est la vérité. Cela signifie la paix éternelle pour mon amant et moi, et pour vous, la libération du terrible jugement qu'Osiris prononcera sûrement contre vous après votre mort, à moins que vous ne fassiez ce que j'ai dit.

J'hésitai à nouveau, puis fourrai la dague dans mes vêtements.

– Jamais ! m'écriai-je. Pensez-vous que j'ai fait tout cela pour vous perdre ? Si je n'ai que vous dans cette vie, alors je suis prêt à affronter une éternité de souffrance en sachant que même l'éternité finit par s'arrêter et que dans les âges futurs, je finirai par être libre à nouveau !

Je la saisis dans mes bras. Elle n'offrit aucune résistance et pourtant elle ne s'était pas évanouie. Je l'emportai. Je devais être devenu fou d'excitation. Je me souviens d'avoir crié en forçant mon chemin parmi les pierres tombées et les corps écrasés en dessous. Je brisai la maçonnerie qui bloquait l'entrée du palais. J'avais dû acquérir une force surhumaine, car tout en tenant la princesse contre moi, d'une main je poussai de grandes masses de débris tombé d'un côté et de l'autre ; des pierres qu'un homme vigoureux aux deux mains libres aurait peiné à soulever ! Ensuite, tenant la princesse, je sortis dans la pénombre.

Un chacal errant hurla, et d'autres répondirent à son cri. Le long du Nil, les flammes rouges dansaient vers le ciel noir. J'entendis les hurlements de la foule en plein pillage, mais je compris pourquoi elle n'était pas arrivée au palais. Le palais et les temples étaient bâtis sur la pente d'une petite élévation, et entre eux s'étendait maintenant une avancée d'eau dans laquelle je dus m'enfoncer d'abord jusqu'aux genoux, puis jusqu'à la taille.

Alors, portant Amen-Ra à bout de bras, je nageai avec énergie dans la direction du canal sur le Nil, criant le nom de mon esclave en chef, Kor. Mais personne ne répondit. Dans l'obscurité, il me fut impossible de discerner où j'étais jusqu'à ce que je voie le haut des planches sur les quais devant moi.

Le Nil était déjà monté d'une douzaine de pieds et une grande masse d'eau déferlait en direction de la mer, contre laquelle je luttais de toutes mes forces. L'eau s'étendait aussi loin que je pouvais voir, rouge comme le sang dans la distance, là où se reflétaient les feux de la cité en flammes.

Mais mon navire, ma fierté, mon espoir n'était plus à son amarre ! Pas plus que celui de la princesse aux voiles pourpres. Pas plus qu'aucun autre. En un éclair je compris : tous ceux qui pouvaient s'échapper avaient hissé les voiles ; Kor m'avait donc trahi et faisait route vers la Crète avec tous mes trésors !

Une trahison pour une autre ! Je criai de désespoir. Serrant le corps inerte d'Amen-Ra contre moi, je nageai vers une plate-forme avancée au-dessus des eaux tourbillonnantes. C'était une structure de bois sur laquelle les guetteurs se tenaient habituellement pour annoncer l'arrivée des navires ou des galères en amont ou en aval. Elle avait été bâtie bien au-dessus de l'eau, mais maintenant elle n'était plus qu'à deux pieds de la surface et il ne faudrait pas longtemps avant qu'elle ne soit totalement submergée.

Je traînai Amen-Ra avec moi et regardai son visage. Ses yeux étaient ouverts et elle me regardait avec un petit sourire silencieux au coin de la bouche. Elle avait l'air de quelqu'un qui était passé par tous les malheurs et les outrages de la vie, et qui ne craignait plus rien désormais.

— Frappez-moi maintenant, seigneur Seti, que la volonté des Dieux soit satisfaite, dit-elle. Et que vous puissiez échapper aux punitions et aux tortures des Enfers.

— Jamais ! m'écriai-je.

J'étais possédé tout à coup par une exultation féroce. L'amour de la vie montait en moi ! Je poursuivrai Kor, mon esclave traître, jusqu'au pays de Crète où je récupérerai mon vaisseau et mes trésors ! Je bâtirai un nouvel empire pour Amen-Ra, ou même, avec de la chance, je reprendrai pour elle le royaume d'Égypte.

Dans la pleine lumière de la lune levée, je pouvais voir les navires avançant dans les flots enflés vers le palais. J'entendais les cris de leurs occupants : c'étaient des esclaves et des paysans qui, ayant satisfait leur vengeance sur la cité, entreprenaient maintenant de s'approprier les trésors des rois égyptiens qui reposaient dans les cryptes du palais et du temple. Je pouvais les entendre crier, accroupi sur la plate-forme et tenant le corps inerte d'Amen-Ra. Invisible derrière les planches les plus avancées, je les regardai approcher.

Ce fut alors que je réalisai qu'une autre silhouette était accroupie au bout de la plate-forme, là où les ombres étaient les plus profondes. Elle s'approcha lentement de moi et je reconnus d'abord les vêtements détrempés puis le visage du vieil astrologue qui avait prédit tous les malheurs qui s'abattraient sur nous.

Les feux de la rage brûlaient en moi. Je sortis la dague à double lame de mes vêtements et l'empoignai fermement. Je tenais le vieillard pour la cause de tout ce qui était arrivé. Je menaçai son sein des lames acérées.

Il se remit sur pied et s'avança sans peur. Il se tint devant moi et quelque pouvoir sembla m'empêcher de lui délivrer le coup fatal. Il regarda Amen-Ra.

— Frappez-la, murmura-t-il. Frappez-la, que la volonté des Dieux puisse être satisfaite. Ce n'est qu'ainsi qu'elle pourra retrouver son amant dans son prochain cycle de la vie mortelle.

— Imbécile ! criai-je. Penses-tu que je veuille la laisser partir et la perdre pour toujours ?

Il posa sa main sur mon bras.

— Seigneur Seti, répondit-il, votre destin et le sien ne sont pas différents de celui de l'étoile maléfique qui a croisé Mars. Bientôt, ils s'éloigneront l'un de l'autre. Il en est de même pour vous et elle ; dans votre prochaine naissance, vous la reverrez et la reconnaîtrez alors qu'elle n'est pas pour vous. Votre désir pour elle passera. Frappez-la maintenant et accomplissez les intentions des Dieux, et les plans qui ont été établis avant la création du monde. Frappez-la, vous dis-je, échappez à la punition de l'au-delà, et rendez-la à Ménès !

J'entendis les hurlements des chacals chassés du désert par les crues. Il me sembla sentir une odeur puissante qui m'étouffait, me suffoquait. Un puits de ténèbres semblait s'ouvrir devant moi. Quelle magie diabolique était-ce là ? Les formes d'Amen-Ra et du vieil astrologue devenaient soudain indistinctes.

– Frappez-la ! » cria à nouveau ce dernier.

Je levai un bras indécis, mais les ténèbres étaient déjà sur moi et j'étouffai dans les fumées. Je tombai, tombai... Quelque chose s'écrasa près de moi puis mes yeux s'ouvrirent en grand.

J'étais de retour dans la pièce de la maison de Neil Farrant... !

X

Une des deux chaises égyptiennes posées contre le mur était tombée au sol ; c'était le bruit de son impact qui m'avait sorti d'un rêve déjà ténu. La forme brune et squelettique de la momie qui s'échappait disparaissait à peine par la porte.

À sa suite, titubant, oscillant, et poussant des cris aigus d'oiseaux, les autres momies suivirent.

Mais pas la princesse Amen-Ra ; je la tenais dans mes bras. Et dans une main, j'avais la paire de ciseaux aux lames longues et acérées avec laquelle Neil avait coupé les suaires des momies.

J'étais presque jusqu'aux genoux dans l'eau qui s'écoulait régulièrement dans la pièce à travers la porte ouverte. Dehors, la pluie continuait à s'abattre, le vent à souffler, la tempête semblait avoir atteint une intensité plus grande que tout ce que je n'avais jamais connu. Le rugissement des vagues était même plus fort que le vent.

– Arrêtez-les ! Arrêtez-les ! m'exclamai-je confusément en voyant les momies s'enfuir. Je n'avais pas encore bien récupéré ma conscience normale, ou plutôt, celle-ci était toujours troublée par les fragments du rêve qui s'effilochait.

La poudre dans le vase d'obsidienne s'était entièrement consumée, mais l'odeur puissante emplissait toujours la pièce. Neil Farrant se tenait contre le mur, apparemment étourdi ; près de moi Coyne semblait lui aussi chercher ses repères.

– Tuez-la ! s'écria-t-il. Tuez-la !

Je réalisai alors que c'était lui qui m'avait mis les ciseaux dans la main.

La tuer ? La momie ? Mais c'était une femme en vie que je tenais dans mes bras, fût-elle enveloppée dans les draps du cercueil. La tuer ? Ses yeux cherchaient ceux de Neil, mais elle semblait incapable de discerner son visage, car elle regardait droit devant elle, comme si elle aussi était tout juste revenue de cette scène infernale.

– Tuez-la ! Regardez ! Regardez ! cria le docteur en pointant quelque chose du doigt.

C'est alors que je vis la forme pâle et immobile de Rita Ware sur le dais. Trait pour trait, à part la pâleur de la peau, son visage était le double de celui d'Amen-Ra. Je me rappelai alors ce que Coyne m'avait dit : que l'une des deux devait mourir.

À cet instant, la princesse sembla découvrir Rita Ware pour la première fois. Soudain, avec une force terrifiante, elle se dégagea de mes bras, m'arracha les ciseaux de la main et bondit vers elle.

Ce fut Coyne qui l'intercepta. Les pointes creusèrent deux sillons dans sa joue. Il réussit à empêcher Amen-Ra d'exprimer sa fureur sur le corps de la femme vivante.

– Dewey ! Dewey ! Les ciseaux ! Attrapez-les ! Tuez-la ! cria-t-il.

La lutte qui s'ensuivit fut la partie la plus effrayante de toute l'affaire. Je réalisai qu'Amen-Ra n'était pas un être humain, mais un cadavre doté d'une vie vampirique, que la survie de Rita Ware dépendait de sa destruction. Aucune femme n'aurait pu faire preuve d'une telle force démoniaque. Non, c'était là une chose animée par la volonté, mais pas par l'intelligence. Amen-Ra était l'effigie de la princesse des temps passés, mais la vraie Amen Ra, c'était Rita Ware, étendue comme morte sur le dais à côté de nous… !

Je réalisais confusément que si Amen-Ra réussissait à tuer Rita Ware, nous aurions libéré un démon sur terre, et que la santé mentale de Neil Farrant, son âme même, dépendaient de la destruction de ce vampire sorti du cercueil.

– Ménès ! Ménès ! cria-t-elle.

Puis elle prononça quelques mots qui devaient être de l'égyptien antique, bien qu'ils n'éveillèrent que de vagues souvenirs en moi et que je ne fusse pas capable d'en dire le sens.

Mais Neil, lui, entendit ; il s'éveilla d'un coup. Il bondit vers nous.

Ce n'était plus Neil, mais à nouveau le Ménès mort depuis longtemps en Égypte, et dans son esprit, je n'en doutais pas, il combattait de nouveau les conspirateurs du palais. Non, il me combattait, moi ! Je crois qu'il avait vu en moi le traître Seti. Il bondit, alors que Coyne et moi-même luttions contre Amen-Ra pour l'empêcher de plonger les ciseaux mortels dans le cœur de Rita.

– Retenez-la un moment ! lançai-je à l'adresse du docteur en me tournant vers Neil.

J'avais été assez bon à la boxe quand j'étais plus jeune, et je lui balançai un coup qui l'étourdit et l'envoya valser contre le mur.

Puis je me retournai vers Amen-Ra — juste à temps, car elle avait repris les ciseaux et s'apprêtait à frapper Rita. Je saisis sa main et la irai en arrière jusqu'à entendre un os craquer dans le poignet. Elle me cracha dessus comme un chat sauvage et les ongles de sa main gauche écorchèrent mon visage.

Neil revenait déjà pour l'aider.

Cette fois ce fut Coyne qui affronta Neil.

– Tuez-la ! me cria-t-il en se jetant sur Neil — un vieux docteur maigrichon contre un homme jeune aux muscles et aux tendons endurcis par la vie du désert, et doté d'une réserve de force presque surhumaine, comme il en vient à ceux qui, en transe, puisent dans leurs ressources cachées de vitalité. Coyne s'effondra sous un coup dévastateur qui l'étendit de tout son long dans l'eau, laquelle montait maintenant au-dessus du genou.

Je n'aurais pas pu combattre à la fois Neil et la princesse, mais le sort intervint. Neil, sur la lancée du coup qui avait assommé Coyne, trébucha sur la chaise, tomba au sol et y resta prostré. De nouveau, je luttai contre Amen-Ra. Je la tenais par son poignet brisé, mais même ainsi, elle tentait des gestes frénétiques vers Rita avec les ciseaux. Je me mis en travers. Les pointes déchirèrent mon manteau — et je réussis enfin à arracher l'arme à la créature.

– Ménès ! Ménès ! pleura-t-elle, de la lamentation de celle qui a perdu quelqu'un pour toujours.

Neil se releva. Il rugit et s'élança comme un fou ; et ce qui arriva, par la grâce de Dieu, ne tint qu'à une demi-seconde.

Je tenais les ciseaux. Je frappai Neil de ma main gauche, lui assénant un coup au visage qui l'arrêta ; je me retournai alors vers Amen-Ra et plongeai les lames mortelles droit dans son cœur.

Les lames percèrent son corps si profondément que mon poing heurta son sein.

Le sang gicla puis s'arrêta. L'espace d'un moment, Amen-Ra resta debout, épinglée par l'acier, puis ce fut comme si toute méchanceté disparut tout à coup de son visage.

Elle était de nouveau la belle jeune fille que j'avais vue dans le cercueil et que je me rappelais confusément, comme en rêve, avoir vue en Égypte.

Un sourire tout en douceur céleste traversa ses lèvres, et sous mes yeux, elle tomba en poussière...

L'arme se détacha de la silhouette qui s'effritait. Ce n'était plus une momie — ce n'était plus qu'un tas de poussière qui se déposait sur le dais. Il ne restait rien de l'Amen-Ra que j'avais vue dans son cercueil.

Je m'en étranglai d'horreur. Je jetai les ciseaux au loin et me tournai pour affronter la folie de Neil. Mais Neil était adossé au mur, regardant autour de lui comme s'il venait de s'éveiller d'un rêve. Puis Coyne sortit de l'eau et se dirigea vers moi.

Il hoqueta en voyant le tas de poussière que le courant emportait déjà. Il se précipita vers Rita Ware et la sortit de l'eau qui commençait à lécher son visage. Je vis alors ses yeux ouverts ; elle regardait, troublée, autour d'elle.

Coyne la mena jusqu'à un canapé et l'y allongea. Elle marmonnait, à moitié consciente. Neil marmonnait également. Coyne se tourna vers moi.

– Dieu soit loué, Dewey ! s'exclama-t-il. Je savais que vous ne failliriez pas. Ceci n'était pas Amen-Ra ; cette fille-là est Amen-Ra, née à nouveau. Aussi longtemps que ce double vampirique aurait vécu, trois âmes seraient restées en enfer : la sienne, celle de Farrant, et celle de la fille. Dieu merci, le sort est rompu !

Neil Farrant nous rejoignit en titubant.

– Où suis-je ? marmonna-t-il. D'où vient toute cette eau ? Qu'est-il arrivé ? L'expérience a-t-elle échoué ? Je ne me rappelle pas bien — mais j'ai rêvé. J'ai rêvé que j'étais ce Ménès, et vous deux aussi étiez dans mon rêve...

Il fut pris d'un rire hystérique et tout à coup son regard se posa sur Rita Ware.

– Qui est-ce ? souffla-t-il au docteur.

– Je vous le dirai plus tard, Farrant, répondit Coyne. Nous devons sortir d'ici. L'eau ne cesse de monter. Nous ferions mieux de retourner à l'asile tant que nous pouvons le faire. S'il y a quelque chose ici qui risque particulièrement d'être endommagé, et si nous pouvons l'emporter...

Il jeta un regard dubitatif autour de lui.

– Les momies sont parties ! s'écria alors Neil. Qu'est-ce qui leur est arrivé ?

– Emportées hors de leurs cercueils, répondit Coyne laconiquement. Vous les aviez ouverts, vous le rappelez-vous ?

– Eh bien, je leur souhaite bonne chance, rétorqua Neil d'une voix aiguë. J'en ai assez d'elles, Coyne. Cette formule magique était fausse, et j'ai comme l'impression qu'elle les a abîmées.

Ayant dit cela, il bascula en avant, mais Coyne l'attrapa et le remit debout.

– Allez-y doucement, Farrant, dit-il. Pensez-vous y arriver ? Dewey, aidez-moi à emmener miss Ware.

– Où suis-je, docteur ? demanda Rita faiblement d'une voix qui ressemblait tellement à celle d'Amen-Ra qu'un instant, le rêve me revint à l'esprit. Je pensais qu'on m'avait envoyé dans votre établissement pour me reposer. Mais on n'y est pas, n'est-ce pas ?

– Non, mais nous y allons, répliqua Coyne.

Sa lèvre, entamée par le coup de Neil, saignait ; ses vêtements pendaient, grotesques autour de lui, dégoulinants d'eau — comme du reste les miens — , mais il était redevenu le directeur courtois que j'avais rencontré cette nuit-là pour la première fois.

– Ce monsieur que voici et moi-même allons vous porter, ajouta-t-il. Une grande marée nous a inondés. Non, n'essayez pas de marcher. Faisons-lui un siège avec nos bras, Dewey, dit-il. Vous savez comment faire ?

J'acquiesçai, et ensemble nous levâmes la jeune fille du canapé. Nous avions de l'eau presque jusqu'à la taille. Au dehors des exclamations confuses s'élevaient au-dessus du vent et du rugissement des vagues. Un trait de lumière traversa le ciel.

– Mon Dieu, qu'est-ce que c'est encore ? s'exclama Coyne.

Neil s'arrêta à la porte.

– Faites attention aux faucons, nous avertit-il.

– Je pense que les faucons ne nous poseront plus de problème, répondit le docteur.

Neil ouvrit la porte et une bouffée de vent soudain et violent la décrocha presque de ses gonds, la pièce fut remplie par la bourrasque et l'eau s'y déversa un peu plus. Tout en portant Rita, nous fîmes de notre mieux pour progresser dans les pièces centrales puis jusqu'à la porte d'entrée. Au moment où nous l'atteignîmes, nous entendîmes de forts coups portés contre elle.

Neil ouvrit la porte. Nous nous protégeâmes le visage contre le vent, progressant pouce par pouce. Un groupe d'hommes était là, dans une grande embarcation. Deux d'entre avaient des perches à la main.

– Grimpez ! Grimpez ! cria l'un d'eux. On ne s'attendait pas à trouver quelqu'un d'vivant ! Eh, mais c'est vous, docteur ! V'savez qu'vot'bicoque est en feu ? Et qu'ces foutues momies courent partout sur l'île ?

C'était le passeur, le Vieil Incorruptible.

XI

Il n'était guère utile de préciser que l'asile était en feu, car nous pouvions voir les flammes à travers les arbres. Il semblait que tout le bâtiment s'était embrasé et qu'il était perdu. Nous montâmes Rita dans le bateau avant de nous hisser à bord après elle ; Coyne paraissait abattu.

– J'crois bien qu'vos gens sont tous sauvés, docteur, fit le Vieil Incorruptible. Y'a une d'mi-douzaine de bateaux par là-bas et y font de leur mieux. Mais j'vous l'dis en face, on s'rait v'nus faire un sort à ces momies de Monsieur Farrant si le feu n'avait pas éclaté. Et il n'est pas question qu'elles cavalent en liberté sur l'île de Pequod et qu'elles effraient nos femmes et nos gosses !

– Fariboles ! Fariboles ! répondit le docteur avec colère.

Mais Neil, lui, ne répondit rien ; il était penché sur Rita Ware et paraissait transfiguré.

La grande marée avait submergé la partie inférieure de l'île ; les déferlantes venaient s'écraser contre les arbres. La tempête était toujours à son plus haut et alors même que nous retournions à la force de la perche vers l'asile, d'autres arbres s'abattirent. Mais la pluie déclinait, et au-dessus de nous la couche de nuages commençait à se déchirer.

Parvenu au pied de la hauteur où se trouvait l'établissement, le bateau accosta. Nous sautâmes hors de la coque. Neil chargea Rita dans ses bras et entreprit de la porter.

– Restez là avec miss Ware, Farrant, dit Coyne. Venez, vous, Dewey !

Les bateaux tournaient tout autour du bâtiment, et je pouvais voir sur la hauteur de nombreuses silhouettes en train de courir. Le feu semblait incontrôlable en dépit de la pluie et ce n'était à l'évidence qu'une affaire d'heures avant que l'ensemble des structures ne soit dévasté. L'un des assistants se précipita en reconnaissant le docteur.

— On les a tous mis à l'abri, bafouilla-t-il, sauf — sauf les…

Je savais ce qu'il voulait dire. Coyne et moi nous nous précipitâmes à travers la foule qu'encadrait le personnel hospitalier. L'assistant qui nous avait suivi arriva, haletant, et pointa quelque chose du doigt tout en bafouillant des paroles inintelligibles.

Sur le toit du petit bâtiment qu'il désignait, et qui avait abrité Rita Ware, quatre silhouettes à moitié nues gesticulaient follement, les bras tendus vers le ciel.

— On ne peut pas les atteindre ! cria un homme qui nous avait rejoints. Qui sont-ils ? Je ne les ai encore jamais vus...

Les flammes montèrent, rendant la scène aussi claire que de jour. Les quatre silhouettes sur le toit, indifférentes aux flammes, sautaient et dansaient ; et le chant sauvage qui sortait de leurs lèvres était à peine audible au-dessus du rugissement des vents et du choc des déferlantes.

— Mon dieu, mais on dirait le docteur ! s'exclama quelqu'un.

En effet, je vis que le meneur de la bande était le double de Coyne. Il en avait le visage et la silhouette, sauf qu'il était habillé de fragments de tissu, et je le reconnus ; c'était l'astrologue de la cour d'Amen-Ra ! Dans mon esprit revinrent des fragments du rêve oublié, qui ne disparaîtraient plus jamais.

Coyne s'avança.

— Billevesées ! Vous voyez bien que je suis là !

— Il faut qu'on les fasse descendre, quels qu'ils soient ! haleta un petit homme à la face noircie de fumée et aux cheveux brûlés par les flammes. Tous les autres sont à l'abri, mais ces quatre-là — je ne les ai jamais vus avant...

— On n'a aucune chance d'y parvenir, Sellers, répondit Coyne. Ce serait la mort assurée.

— Mais qui sont-ils ? D'où viennent-ils ?

— Ce sont ces sacrées momies ! hurla alors le Vieil Incorruptible. Qu'elles crèvent ! Pas question qu'elles effraient nos femmes et nos enfants, j'ai déjà dit ! Bon débarras !

Une clameur générale d'approbation s'éleva des pêcheurs rassemblés. Pendant ce temps-là, la danse endiablée continuait, alors même que les flammes rugissaient autour des quatre, jusqu'à ce qu'on ne les vît plus que sur le fond d'un mur de feu rampant.

Et puis, soudain, ce fut la fin. Il y eut une bouffée furieuse de feu, le toit s'effondra d'un seul coup, produisant une haute colonne de flammes. Les quatre morts-vivants furent plongés dans la fournaise. L'instant d'avant ils se découpaient sur les flammes, l'instant d'après il n'y avait plus qu'un holocauste déchaîné.

Coyne se tourna vers moi, le visage pâle, le corps tremblant.

— C'est fini, Dewey, dit-il avant de se tourner vers Sellers. Faites ramener nos gens au village avec les bateaux, ordonna-t-il. Nous allons être occupés, ce soir...

XII

Je retournai là où j'avais laissé Neil et Rita Ware. Ils se tenaient ensemble au même endroit et semblaient intensément absorbés l'un par l'autre, de sorte qu'aucun des deux ne me vit jusqu'à ce que je fusse tout près d'eux.

— Bon, ça va tout le monde est sauvé... dis-je à Neil.

— C'est bien, répondit-il. Jim, toi et miss Ware vous connaissez-vous ? Elle dit t'avoir déjà rencontré. Elle pense que c'était à Philadelphie.

— Eh bien, il se peut en effet que je sois passé par Philadelphie... répondis-je bien que je n'eusse jamais mis les pieds dans cette ville.

— Jim, écoute, tu es mon ami. Ce que je vais te dire va paraître dingue, mais j'en ai fini avec les momies et l'égyptologie pour toujours. Vois-tu, nous allons nous marier aussitôt que...

— Pouvons-nous avoir confiance en ton ami ? demanda Rita Ware en me regardant avec une expression étrange. J'ai... j'ai été malade, vous savez. Une sorte de crise. Mais maintenant, je vais bien, et si vous êtes l'ami de Neil...

— J'espère bien être votre ami pour le reste de votre vie, répondis-je. Je suis plus heureux que quiconque de ce qui vous arrive à tous les deux.

— Je sais que cela paraît fou, dit alors la fille, mais voyez-vous, nous nous sommes reconnus l'un l'autre dès que nous nous sommes vus. Je ne sais pas si nous nous sommes rencontrés dans cette vie ou dans une autre, mais nous savons sans doute possible que nous — eh bien, que nous sommes faits l'un pour l'autre... !

Elle se tourna de nouveau vers Neil, et je vis que tous deux m'avaient déjà oublié ; et c'était ainsi que je voulais que les choses soient. Car je savais que le serment d'Horus avait rassemblé ces deux âmes, trois mille ans après que leurs corps eussent été scellés dans leurs tombes. Ni l'eau, ni le feu, ni même mon épée traîtresse n'avaient réussi à les séparer.

Je me retournai et repartis aider à sauver les patients. Et un poids mort se leva de mon cœur.

Titre original : *The Curse of Amen-Ra*
Traduit par Albert Aribaud
Publié avec l'autorisation de l'agent des
héritiers de l'auteur, Morgan A. Wallace

BIBLIOGRAPHIE FRANÇAISE DE VICTOR ROUSSEAU

–« Chapelle ardente » (“Chapelle Ardente ”, in *Red Book Magazine,* jan. 1915, USA), in *La Canadienne* de juil. 1920, Québec.

–« Le roman de Fanchette » (“The Wooing of Fanchette”, in *Blue Book Magazine*, fev. 1915, USA), in *La Canadienne* d'août 1920, Québec.

–« Comment s'accomplit un miracle » (« The Curé's Love Story », originale peut-être in *Everywoman's Magazine,* 1917, Canada), in *La Canadienne* de jan. 1921, Québec.

–« La main du cadavre » (« The Crooked Finger », originale peut-être in *Fiction Magazine*, 12 août 1917, USA), in *Mon magazine policier #1*, fév. 1941, Québec.

–« Quand veillent les dieux morts » (“When Dead Gods Wake”, *Strange Tales of Mystery and Terror*, USA), in *13 histoires de sorcellerie*, Marabout : Verviers, Belgique, 1975.

– *L'Œil de Balamok* (*The Eye of Balamok, All-Story Weekly,* janvier 17, janvier 24, janvier 31 1920, USA), Éd. Antarès : La Valette, 1991, coll. « L'Or du Temps ». Dans une traduction révisée, réédition en eBook chez L'ivre-Book : Ménétrol, 2018 et en papier chez L'Œil du Sphinx/RDN Books : Paris, 2018, coll. « Vintage Fiction » n° 2.

—“La femme de Jackson” (« Jackson's Wife », *The Smart Set,* mai 1909, USA), in *Wendigo* n ° 1, 2011.

–« Le cas de la fille du geôlier » (« The Case of the Jailer's Daughter », sous le nom de H. M. Egbert, in *The Globe and Commercial Advertiser*, 5 février 1910, USA), première de la série Dr Ivan Brodsky, in *Wendigo* n° 2, 2013.

–« La femme au nez crochu » (« The Woman with the Crooked Nose », sous le nom de H. M. Egbert. in *The Globe and Commercial Advertiser,* 12 février 1910, USA), deuxième de la série Dr Ivan Brodsky, in anthologie *Détectives rétro* réunie par André-François Ruaud et Xavier Mauméjean, Les Moutons Électriques : Lyon, 2014.

–« L'héritage de la Haine » (« The Legacy of Hate », sous le nom de H. M. Egbert, in *The Globe and Commercial Advertiser*, 5 mars 1910, USA), troisième de la série Dr Ivan Brodsky, in *Wendigo* n° 3, 2016.

–« Le Dixième Commandement » (« The Tenth Commandment », sous le nom de H. M. Egbert, in *The Globe and Commercial Advertiser*, 26 fév. 1910), quatrième de la série Dr Ivan Brodsky, in *Wendigo* n° 4, 2017.

–« La malédiction d'Amen-Ra » (“The Curse of Amen-Ra”, in *Strange Tales of Mystery and Terror*, oct. 1932, USA), in *Wendigo* n° 5, 2019.

LA JARRE

par Charles R. Tanner

Charles Roland Tanner Jr est né en 1896 à Cincinatti, dans l'Ohio. Après un passage dans l'US Navy, il est incorporé dans l'armée en 1918 et sert ensuite brièvement en France. En 1923, il se marie avec Frances King avec qui il aura trois enfants dont l'aînée, Anne Marie, décédera d'une crise d'appendicite à neuf ans juste avant Noël 1934, ce qui constituera pour lui une tragédie qui le marquera pour toujours.

En novembre 1929, Tanner participe à un concours de nouvelles organisé par le Wonder Stories *de Hugo Gernsback, qu'il remporte avec « The Color of Space », histoire qui sera publiée dans le numéro de mars 1930 avec à la clé un chèque de 150 $, une somme pour l'époque.*

Auteur occasionnel, bien loin de l'image des « pulpsters », Charles R. Tanner ne publiera en tout que 17 nouvelles et novellas entre 1930 et 1951 plus une longue nouvelle à titre posthume en 2005 dans le recueil Tumithak of the Corridors *regroupant, outre cet inédit, les trois novellas ayant le personnage pour héros et parues dans* Amazing Stories *en 1932 et 1933 et dans* Super Science Stories *en 1941. Cette série se déroule sur une Terre au 53ᵉ siècle où les Humains ont été relégués sous la terre par des envahisseurs venus de Vénus deux mille ans auparavant. Il laissera dans ses tiroirs huit nouvelles et un roman, toujours inédits.*

Charles R. Tanner a travaillé longtemps pour la Formica Corporation avant de prendre sa retraite en 1961 à Torrance, en Californie. Il est décédé en 1974.

La nouvelle qui suit, parue en 1941, fait partie des toutes premières, en lien avec ce qui va devenir le « Mythe de Cthulhu », à avoir été écrites par un écrivain hors du cercle des amis de Lovecraft. Il est dommage que son auteur n'ait pas persévéré dans cette voie... — **RDN**

Je présente, sur les instances de mon ami James Francis Denning, le compte-rendu d'un événement ou d'une série d'événements qui selon lui l'aurait concerné à la fin de l'été et au début de l'automne 1940. Je m'acquitte de cette tâche non parce que je partage son espoir qu'elle entraînera une investigation diligente sur les phénomènes dont il soutient l'existence, mais pour laisser une trace desdits phénomènes comme étude de cas aux futurs étudiants en occultisme... ou en psychologie. Pour ma part, la rubrique à laquelle ce récit devrait figurer me laisse plutôt perplexe.

Si mon esprit me poussait à accepter sorcières, vampires et loups-garous comme participant de l'ordre naturel, jamais je ne mettrais en question l'exposé de Denning, car il ne fait aucun doute qu'il y croit, lui ; son manque d'imagination et son mode de vie banal jusqu'au moment crucial témoignent en sa faveur. Tenons compte aussi de la crise nerveuse du brillant Edward Barnes Halpin comme pièce au dossier. Ce jeune spécialiste de l'histoire de l'occulte et des sectes les plus obscures était un proche de Denning depuis des années et c'est chez ce dernier qu'il a subi l'attaque cérébrale qui a fait de lui l'épave prostrée d'aujourd'hui.

Tout ceci constitue des faits dont peuvent attester divers individus. Quant à l'explication avancée par Denning, je me bornerai à déclarer qu'elle mérite une enquête approfondie. Si elle comporte une part de vérité, il faudrait l'avérer et la consigner. Passons maintenant à l'épisode même.

Il débuta, selon Denning, durant la belle saison de l'an passé, alors qu'il assistait à la liquidation du stock d'une de ces boutiques d'occasions qui se proclament des magasins d'antiquités, mais que la plupart appellent des brocantes. Il y avait là le fatras habituel de curiosités indiennes, de verrerie, de mobilier victorien et de livres anciens ; notre homme participait à cette vente, comme à tout autre du même ordre, afin de s'adonner au seul vice qu'il possédait — lequel consistait à remplir sa demeure d'un stock d'objets inutiles venus de partout dans le monde.

De ces enchères, il sortit, triomphant, nanti d'une défense d'éléphant sculptée, du masque d'un guérisseur d'Alaska et d'une jarre de faïence. Cet objet, plutôt ordinaire, un globe au goulot court et cylindrique, montrait une bande vernissée à mi-corps, bleue, avec d'étranges caractères anguleux dont même Denning, peu instruit, voyait qu'ils présentaient une vague parenté avec l'alphabet grec. Le commissaire-priseur les disait syriaques ou samaritains ; il avait attiré l'attention de son acheteur sur le sceau fixé au couvercle qui, du même matériau que la jarre, fermait le goulot comme un bouchon qu'étanchéifiait une bordure d'argile recuite. Sur ce sceau, on avait poinçonné un symbole fort curieux : deux triangles entrelacés pour former une étoile à six branches, avec trois caractères inconnus au centre. Le directeur de la vente avait beau ignorer lui aussi la signification du sceau, il avait joué habilement de ce mystère afin de captiver Denning qui, une fois l'objet acheté, le rapporta chez lui où il lui attribua, en dépit des objections de son épouse, la place d'honneur sur le manteau de la cheminée du salon.

C'est là qu'il trôna, dans une obscurité relative, durant quatre ou cinq ans. Je parle d'obscurité relative parce que, pour autant que je puisse le déterminer, il constitua, au long de cette période, une pomme de discorde entre le mari et son épouse. Je trouve naturel que cette dame estimable regimbe à voir la meilleure pièce de leur modeste résidence envahie par ce qu'elle tenait pour un bric-à-brac inutile. Pourtant, le statu quo perdura. À la lumière du récit que fit Denning des événements ultérieurs, il paraît presque incroyable que cette horreur ait pu rester jour après jour dans ce salon ordinaire ; il arrivait même qu'on la prenne pour l'épousseter avant de la remettre en place.

C'est pourtant ce qu'il advint, du moins jusqu'à la visite initiale du jeune Halpin. Denning le connaissait de longue date ; au cours de l'année, leur amitié avait peu à peu mûri, car le jeune homme se trouvait en position d'accroître de beaucoup le savoir de son aîné sur sa collection. Tous deux travaillaient pour la même firme ; se croisant chaque jour, il n'y avait rien d'étonnant à ce qu'ils se lient, malgré le fait qu'aucun d'eux n'avait rendu visite à l'autre chez lui. Mais la description que fit Denning de certaines des gravures sur la défense d'éléphant qu'il avait acquise finit par intriguer Halpin, au point qu'il passa examiner ce bien en personne.

Même s'il n'avait alors pas encore trente ans, on le tenait déjà dans ce pays pour un expert du domaine frontalier entre l'occulte et le mysticisme qu'étudient aussi bien Fort que Churchward, Lovecraft que l'université de Miskatonic. Les occultistes américains avaient accueilli favorablement ses articles sur les chapitres les plus obscurs du *Culte des goules* du comte d'Erlette et sa traduction des passages expurgés du *Leabhar Mor Dubh* gaélique. Bref, on tenait là un érudit en devenir chez qui les traits de ce qui passe désormais pour de la démence précoce brillaient alors par leur absence. Une de ses caractéristiques dominantes, m'affirme Denning, c'était d'ailleurs un intérêt prononcé pour à peu près tous les sujets imaginables.

– Le soir de sa venue, il s'est comporté ainsi, dit Denning. Il a étudié la défense, expliqué les étranges gravures autant qu'il a pu, copié le reste pour effectuer des recherches à son gré, puis parcouru du regard toute la pièce, de sorte qu'il a remarqué un objet distinct, bien que je ne me rappelle plus lequel, et entrepris de m'en parler. J'avais quelques pointes de Folsom, ces drôles de silex qui remontent censément à beaucoup plus loin que les autres objets américains anciens, et il les a évoquées pendant près de vingt minutes.

Après quoi, il les a remises en place pour reprendre son exploration du salon et se saisir d'un nouvel article dont il a parlé. J'en apprenais toujours beaucoup de sa part, mais je crois bien que, ce soir-là, j'ai décroché la timbale. Enfin, il a avisé la jarre.

Oui, il avisa la jarre, lançant ainsi l'enchaînement de circonstances qui a fini par rendre nécessaire ce récit. Car Halpin, frappé de curiosité, saisit l'objet, le scruta et montra une excitation palpable.

– Ça alors, quelle antiquité ! C'est de l'hébreu antique, Jim. Où diable l'avez-vous déniché ?

Denning le lui dit, ce qui ne diminua en rien la curiosité que montrait le jeune homme : il consacra plusieurs minutes à tenter d'extirper les connaissances manquant à son aîné. Comme, de toute évidence, Halpin maîtrisait mieux le sujet, il cessa son interrogatoire.

– Vous devez quand même savoir à quoi elle était censée servir, non ? demanda-t-il alors. Le commissaire-priseur ne vous a-t-il rien confié ? Ou le propriétaire précédent, si vous l'avez aperçu ? Seigneur, Denning ! Comment pouvez-vous trouver un quelconque intérêt à ces reliques sans apprendre le plus de détails possibles les concernant ?

Son exaspération patente rendit Denning confus. Halpin ne tarda guère à se radoucir ; il rit et s'expliqua.

– Cette étoile à six branches, Jim, on l'appelle le sceau de Salomon, un symbole puissant utilisé dans la kabbale depuis des millénaires. Ce qui me fascine, c'est son usage conjoint avec les caractères phéniciens sur le corps du vase, qui me paraît indiquer sa véritable antiquité. Il pourrait même s'agir du sceau de Salomon originel !

Son attitude changea tout d'un coup.

— Jim, vendez-moi cet objet, voulez-vous ?

Bon, il paraît incroyable que Denning n'ait rien discerné de l'exposé limité d'Halpin. Le jeune érudit avait forcément idée de l'importance de la jarre, mais l'amateur assure pour sa part que l'énoncé le laissa dans le noir. Certes, il n'avait guère poussé ses études, n'avait sans doute jamais entendu parler de la kabbale, d'Abdul Alhazred, ni de Joachim de Cordoue, mais tout de même, il avait dû lire les *Mille et Une Nuits* dans son enfance, ce qui lui aurait fourni un indice. Mais non : il me dit qu'il a refusé l'offre d'achat de son ami par simple caprice de collectionneur. Pour le citer : « Si ce machin valait dix dollars pour lui, il les valait pour moi. »

Halpin eut beau augmenter sa première offre, Denning resta intraitable. Le cadet dut se contenter d'une offre de revenir quand il le souhaitait afin d'examiner le vase autant qu'il lui plairait.

Au cours des trois semaines suivantes, il revint bel et bien à plusieurs reprises. Il copia l'inscription de la bande bleue, réalisa un moulage à la cire du sceau, photographia la jarre et alla jusqu'à la mesurer et à la peser. Tout du long, son intérêt ne fit que croître, ainsi que le montant de ses offres d'achat. Enfin, incapable de pousser plus haut, il se trouva réduit à supplier Denning de vendre, ce qui fâcha ce dernier tout rouge.

— Je lui ai dit que j'en avais assez de ses implorations : je ne lui céderais pas mon bien. Même si cela devait me coûter son amitié, j'entendais le garder. Alors, il a essayé une autre tactique — il voulait l'ouvrir pour voir ce qu'il contenait.

Mais j'avais un bon prétexte pour refuser. Il m'avait indiqué l'intérêt que présentait le sceau et je n'allais pas lui permettre de le briser, par conséquent. Je me suis montré si intraitable qu'il a renoncé et s'est de nouveau excusé. Du moins, j'ai cru qu'il avait renoncé. Désormais, je ne vois plus les choses de la même façon.

Aucun de nous ne voit plus les choses de la même façon. Halpin avait décidé d'ouvrir la jarre coûte que coûte — il n'avait donc renoncé qu'à essayer de l'acheter. En dépit de ses actes ultérieurs, nous ne devons pas, cependant, le tenir pour un vulgaire cambrioleur. L'attitude du jeune homme s'expliquera à tous ceux qui comprennent le point de vue d'un scientifique. Il se voyait offrir l'opportunité d'étudier l'un des mystères les plus obscurs de l'occultisme, et seule l'obstination, combinée à l'ignorance du détenteur tâchait de l'en empêcher. Il résolut donc de passer outre, et tant pis pour les bassesses qu'il devrait commettre.

Ainsi, quelques nuits plus tard, un bruit ténu inhabituel au rez-de-chaussée de sa demeure tira Jim Denning du sommeil vers potron-minet. Mal réveillé, il réfléchit. Sa femme se serait-elle levée pour casser la croûte ? Avait-il entendu une souris à la cuisine ? Ou… C'est alors qu'un soupir venu du lit de son épouse lui apprit qu'elle n'était pas en cause ; au même moment, le bruit se répéta, un *cling* étouffé, comme le choc d'un métal sur du métal emmitouflé. En alerte, il se redressa sur son séant, sortit du lit, trouva à tâtons sa robe de chambre et ses pantoufles, puis descendit l'escalier sur la pointe des pieds, ne marquant une pause que pour sortir son revolver du tiroir où il le rangeait.

Du palier intermédiaire, il aperçut une chiche lueur au salon ; le *cling* assourdi se répéta. Se penchant par-dessus la rambarde, il put jeter un regard dans la pièce où le faisceau d'une torche électrique posée par terre détourait la silhouette sombre d'un homme que son long manteau et son chapeau dissimulaient. L'intrus se penchait sur un objet rond ; sous les yeux de Denning, il brandit un marteau qu'il abattit sur le ciseau qu'il tenait de l'autre main. La tête de l'outil était entourée de chiffons ; le bruit sourd qui avait réveillé l'hôte des lieux retentit une fois de plus.

Bien entendu, ce dernier devina aussitôt l'identité de cette ombre et la nature de cet objet rond. Mais, durant quelques secondes, il se retint de crier, de déranger l'homme dans sa tâche. Si la raison de sa réserve lui échappe, j'estime, vu ce que je sais de son caractère, que la curiosité l'avait emporté. De manière semi-consciente, il comptait découvrir pourquoi Halpin manifestait tant d'intérêt pour la jarre. Il garda donc le silence ; quelques secondes passèrent encore avant qu'un bruissement d'étoffe qu'il produisit sans le vouloir fasse se retourner le jeune érudit pris de panique.

Ce faisant, le dernier vestige du sceau se détacha du vase, tandis que l'intrus se relevait sans remarquer qu'il tenait encore le couvercle. La jarre débouchée bascula ; ni l'un ni l'autre n'y prêta attention, au début. Halpin semblait horrifié d'être pris en flagrant délit. Un torrent de bredouillis lui échappa, sur le ton de la supplication.

— N'appelez pas la police, Jim ! Écoutez-moi. Je n'allais pas vous voler, autrement je serais parti depuis belle lurette. Je vous le jure, Jim ! Laissez-moi m'expliquer. Il s'agit bien d'une des jarres de

Salomon. D'accord ? J'allais seulement l'ouvrir. Seigneur dieu, mon vieux, vous n'avez jamais rien lu là-dessus ? Jamais eu connaissance des vieilles légendes ? Je vais vous les raconter, Jim…

Durant ce laïus, Denning avait descendu les marches. Il entra dans le salon, empoigna Halpin par les épaules et le secoua comme un prunier.

– Arrêtez de bafouiller et de vous comporter en idiot patenté. Ce vase et son contenu m'appartiennent toujours, je suppose. Reprenez-vous, bon sang, et expliquez-moi de quoi il retourne, à la fin.

Halpin déglutit, s'apaisant, et soupira.

– Il existe de vieilles légendes arabes et hébraïques sur un groupe ou une classe de créatures appelées les djinns — des fadaises, surtout, mais à ce qu'on peut déduire, il s'agissait d'êtres supérieurs issus d'un autre plan d'existence, sans doute ceux-là mêmes que d'autres récits appellent les Grands Anciens ou les Préadamites. Ils portent peut-être des noms par dizaines s'ils apparaissent aussi dans les mythes d'autres pays. Avant l'Âge des hommes, ils régnaient sur le monde, mais les combats fratricides et certaines conditions dues à la période glaciaire ont entraîné leur quasi-extinction, ici sur Terre. Les rares survivants ont cependant causé d'énormes dégâts parmi les humains jusqu'à l'époque du roi Salomon.

Selon la légende arabe, c'était le plus grand de tous les rois. D'un point de vue occulte, cela se tient, malgré le fait que son royaume n'était qu'une principauté de seconde zone même pour la période. Mais le savoir occulte de Salomon lui a permis de mener la guerre contre les djinns et de les vaincre. Ensuite, faute de pouvoir les tuer (leur métabolisme diffère par trop du nôtre), il les a scellés dans des jarres, des jarres qu'il a jetées au fond de l'océan !

Denning restait bouché à l'émeri.

– Halpin, vous escomptez trouver un djinn dans ce vase ? Vous n'êtes pas superstitieux au point de croire que…

– Je ne sais plus que croire, Jim. Rien n'indique qu'on n'en ait jamais trouvé un par le passé. Par contre, je sais que les Grands Anciens ont existé, et que l'examen de cet objet pourrait en apprendre beaucoup à un occultiste sur…

Pendant la réponse, Denning porta son regard vers la jarre que le jeune érudit avait renversée en se relevant d'un coup. Les poils sur sa nuque se dressèrent et il bredouilla soudain :

– Pour l'amour de Dieu, Halpin, regardez !

L'autre s'exécuta et lui aussi demeura figé, incapable de détourner ses yeux de la scène. De la gueule du vase se déversait, lent et mou, un épais matériau visqueux, bleuté, quelque peu luminescent. Cette masse se répandait par terre, tendant des pseudopodes curieux en tous sens. Elle semblait se comporter non comme une masse inerte, plutôt comme… une amibe sous le microscope. Volatile au possible, il en montait de petits panaches de fumée ou de vapeur. Un bruit leur parvenait aux oreilles, d'abord presque inaudible, puis discernable, un *clic-clic-clic* régulier émanant de la masse à mesure qu'elle s'étalait.

Les deux hommes avaient oublié leur différend. Denning s'approcha d'Halpin et lui empoigna l'épaule en un geste angoissé. Le jeune érudit statufié haletait comme un coureur de fond épuisé. Ils ne pouvaient qu'observer sans relâche le mouvement de la gelée fumante au sol.

Par-dessus tout, je crois, c'était la luminosité de cette masse qui les horrifiait (sa lueur bleutée garantissait qu'elle n'avait rien d'un simple reflet du faisceau de la torche électrique, dardé telle la queue d'une comète), ainsi que les propriétés de la brume, évoquant une créature vaporeuse, avec sa volonté propre, plutôt qu'un brouillard ordinaire. Elle flottait de-ci de-là, en quête, pourtant elle évitait les deux hommes comme si elle redoutait leur contact. Et elle prenait du volume. De toute évidence, la masse répandue par terre s'évaporait, se transférant dans la brume ; bientôt, elle aurait disparu.

– C'est… c'est l'une de ces choses, Halpin ? murmura Denning d'une voix rauque.

L'autre, au lieu de répondre, lui prit la main et la serra de plus en plus fort. La brume entama une lente giration qui tira un soupir du jeune érudit. Il parut trouver là une certitude. Il se pencha vers son compagnon et murmura avec un certain aplomb :

– Oui, sans aucun doute possible. Regagnez le seuil. Laissez-moi m'en occuper. Les livres que j'ai lus m'ont offert quelques armes.

Denning recula ; Halpin, à sembler savoir quelque chose de cette horrible manifestation, lui inspirait désormais de la frayeur, mais il acceptait néanmoins sa suggestion. Une fois campé dans l'encadrement de la porte avec l'espoir vague que ses jambes traîtresses obéiraient s'il décidait de fuir, il observa le processus de matérialisation. Je pense qu'il ne s'en est jamais tout à fait remis ; sûrement, à cet instant, sa philosophie de vie changea du tout au tout. D'ailleurs, j'ai constaté qu'il fréquente l'église avec assiduité, à présent.

Il n'empêche qu'il resta à regarder. À regarder la fumée ou la vapeur tournoyer de plus en plus vite afin de rétracter les volutes et les serpentins qui avaient dérivé aux quatre coins de la pièce ; elle les aspirait, les incorporait dans une colonne centrale qui, tout en pivotant, s'élevait et prenait de la consistance jusqu'à paraître presque solide.

Le processus s'acheva. Cessant sa giration, elle se dressa, tremblotante comme de la gelée, souple, mais solide, donc. Modelée par les mains d'un sculpteur invisible, elle s'altéra — par des indentations ici, des protubérances là. Sa texture se modifia : sa surface, de lisse et lustrée, se fit rugueuse, écailleuse. Perdant sa luminosité, elle prit l'aspect verdâtre du lichen. Pour enfin devenir une... chose.

Denning tient cet instant précis pour le plus épouvantable de toute l'aventure, non seulement par le caractère horrible de la créature qui se dressait face à lui, mais encore parce qu'une automobile pilotée par un couche-tard passa dehors, les pinceaux de ses phares peignant d'étranges reflets sur les murs et le plafond ; envisager la différence entre le monde du quotidien où vivait ce conducteur et l'épisode effrayant qui se jouait dans la pièce faillit submerger le spectateur pris d'angoisse sur le seuil du salon, d'autant que ces lueurs ne firent que souligner les détails répugnants de la créature.

Elle les dominait de toute sa taille, laquelle s'établissait, selon toute apparence, à près de trois mètres, puisque sa tête effleurait le plafond de la pièce. En gros, elle possédait une forme humaine : un corps vertical, quatre membres — deux supérieurs, deux inférieurs — et une tête, avec une sorte de visage. Là cessaient les similarités avec l'homme. Cette tête arborait une crête marquée courant du front à la nuque. Le nez et les yeux brillaient par leur absence — à leur place se déployait un organe qui pouvait évoquer l'anémone de mer, sous lequel se situait une bouche dont la lèvre supérieure se projetait tel un bec de chair, en un V sardonique.

Le devant du corps affectait la nudité plate du ventre d'un lézard ; les jambes, longues, étaient squameuses, rachitiques et torses. On pouvait en dire autant des bras, que terminaient des mains surprenantes — par leur délicatesse comme par leur humanité.

Halpin avait suivi la matérialisation d'un œil de faucon ; à peine le processus s'achevait-il et remarquait-il la tension des muscles indiquant un contrôle conscient qu'il crachait une étrange logorrhée. Il se trouve que Denning, l'esprit en alerte, garde un souvenir clair des mots prononcés, dans un langage obscur dont je n'ai pu obtenir la traduction. Je les transcris ici pour tout étudiant qui souhaiterait effectuer les recherches nécessaires.

– *La, Psuchawrl I !* s'écria le jeune érudit. *Ng topuothiki Shelemoh, ma'kthoqui h'thrl !*

L'injonction fit réagir le monstre, qui se dressa de toute sa hauteur, avança d'un pas vers Halpin, sa rosette faciale se haussant tels les sourcils d'un individu surpris, et… forma des mots sur ses lèvres. L'homme, bizarrement, lui répondit en anglais.

– Je réclame le gage ! lança-t-il sans montrer la moindre peur. Jamais un membre de ton espèce n'a refusé d'octroyer un vœu à son libérateur, si c'était en son pouvoir !

La créature, alors, s'inclina ; on n'aurait su s'y tromper. D'une voix de basse profonde — insondable, inhumaine — , elle prononça ce qui était de toute évidence un assentiment. Plaquant ses mains sur son torse, elle s'inclina de nouveau, dans une attitude en laquelle même Denning, paralysé, vit une humilité narquoise.

– Très bien ! reprit Halpin, insoucieux. Je veux savoir ! Tel est mon vœu : savoir. Toute ma vie, j'ai étudié, fouillé, cherché… et je n'ai rien appris. Maintenant, je souhaite connaître le pourquoi des choses, leur cause, leur raison, et la fin dernière vers laquelle nous nous dirigeons. Dis-moi la place de l'homme dans cet univers, et la place de cet univers dans le cosmos !

La créature s'inclina une fois de plus. Comment le jeune érudit ne voyait-il pas sa raillerie ? Elle tapa dans ses mains si singulièrement humaines, les écarta, et entre les bouts de ses doigts jaillirent des entrelacs d'étincelles. Dans le dédale de ce firmament, un dessin prit forme, un rectangle, bientôt affermi : une petite fenêtre. Un fenestron argenté, en treillis, dont les panneaux paraissaient transparents, mais donnaient (du point de vue de Denning) sur un néant noir. Hochant la tête, le djinn énonça un mot, le seul de sa bouche que l'hôte des lieux reconnut.

– Regarde !

Obéissant, Halpin s'avança pour scruter l'espace sombre par cette fenêtre.

D'après Denning, le jeune homme resta contemplatif « le temps de compter jusqu'à dix ». Ensuite, il recula de deux ou trois pas, heurta des mollets le bas du divan et s'assit tout d'un coup. « Oh ! dit-il tout bas, dans un murmure. Oh ! Je vois… » On aurait juré entendre, selon mon témoin, un petit enfant auquel un parent dévoué vient d'exposer la solution d'un problème. Il ne tenta plus de se lever, ni de s'expliquer, ni de parler le moins du monde.

Et le djinn, le Grand Ancien, l'ange ou le démon s'inclina et se retourna — pour disparaître ! Soudain, la transe et la terreur quittèrent Denning qui courut à l'interrupteur pour inonder la pièce de lumière. Une jarre vide gisait par terre ; sur le canapé, un homme fixait du regard le néant, la mine atterrée.

Il n'y a pas grand-chose à ajouter. Le maître de maison héla son épouse, lui servit une version abrégée et déformée des événements, qu'il répéterait par la suite, de manière un peu plus détaillée, aux policiers, et passa le restant de la nuit à s'efforcer de ranimer Halpin. Au matin, il fit quérir un médecin, puis emmener le jeune érudit à l'hôpital. De là, on le transféra à l'asile où il se trouve toujours, plongé dans une perpétuelle méditation, à moins qu'on n'essaie d'attirer son attention — auquel cas il adresse au bon samaritain un sourire empreint de pitié et de tristesse, puis s'en retourne à sa contemplation.

Hormis les apparitions fugaces de ce sourire apitoyé, son expression n'est que désespoir absolu.

Titre original : « Out of the Jar »
Traduit par Pierre-Paul Durastanti

BIBLIOGRAPHIE FRANÇAISE DE CHARLES R. TANNER

— "La jarre" ("Out of the Jar"), in *Stirring Science Stories*, février 1941), in *Wendigo* n ° 5, 2019.

GRANT ALLEN

est chez

RIVIERE BLANCHE

Collection « Baskerville »
dirigée par
JEAN-DANIEL BRÈQUE

https://www.riviereblanche.com/

Titres disponibles aussi en eBooks
dans la collection « e-Baskerville »
sur toutes les grandes plateformes
(Amazon, Fnac, etc.)

Contient la nouvelle inédite en français
« Le grand vol de rubis »

« Baskerville » propose des romans et des recueils en majorité inédits dus aux grands auteurs de policier, d'aventure et de fantastique de l'Angleterre victorienne – avec des échappées vers les États-Unis et des contrées plus lointaines.

PALLINGHURST BARROW

par Grant Allen

Né le 24 février 1848 à Kingston, dans l'Ontario, Charles Grant Blairfindie Allen connaît une enfance idyllique puis une adolescence chahutée : ses parents vivent successivement dans le Connecticut, en France — où il apprend notre langue au Collège impérial de Dieppe — puis à Birmingham. Mais, lorsque les Allen regagnent le Canada, le jeune Grant reste en Angleterre pour poursuivre des études à Oxford. Il les interrompt en 1869, date de son mariage, pour devenir professeur, un métier qui ne lui convient guère. En 1873, désormais veuf, il reprend ses études, mais un second mariage l'oblige de nouveau à quitter Oxford pour gagner sa vie. Jusqu'en 1876, il est « professeur de philosophie mentale et morale » au Queen's College de Spanish Town, en Jamaïque : un fiasco retentissant, qui lui permet néanmoins d'amasser un petit pécule et de se passionner pour les travaux de Darwin.

De retour en Angleterre, il renonce à l'enseignement en faveur du journalisme scientifique, mais ses débuts sont difficiles. Son premier livre, Physiological Aesthetics, un traité publié à compte d'auteur, paraît en 1877 dont il ne vend que trois cents exemplaires, mais attire l'attention sur lui. Il tire alors parti de ses connaissances encyclopédiques et de sa puissante capacité de travail pour inonder de sa prose les nombreux périodiques qui fleurissent à l'époque. Peu après, découvrant que ses fictions sont tout aussi demandées, voire davantage, que ses articles, il se lance dans le roman à sensation, comptant se ménager du temps afin de composer les œuvres plus sérieuses qui lui tiennent à cœur. Malheureusement, la tuberculose dont il souffre l'oblige à ralentir la cadence et à séjourner fréquemment sous les cieux cléments de la Côte d'Azur.

Sa carrière est jalonnée de succès dont les plus marquants sont une bio-graphie de Charles Darwin, la toute première à être publiée, qui constitue un bon résumé de son apport à la science, « Le Roman d'une féministe », qui déclencha un véritable scandale, et un essai anthropologique, The Evolution of the Idea of God, *qui connut des ventes considérables quelques années après sa mort, lorsqu'il fut réédité par la Rationalist Press Association ; dans les débats d'idées qui agitaient le monde victorien, Grant Allen se rangeait fermement dans le camp progressiste : tenté par le communisme dans sa jeunesse, il se déclarait athée et fervent partisan de l'émancipation féminine.*

Lorsqu'il s'éteignit le 25 octobre 1899 dans sa demeure de Hindhead, dans le Surrey — une colonie d'artistes où vivait notamment Sir Arthur Conan Doyle, qui acheva d'après ses notes le roman La Vengeance de Hilda Wade *—, Grant Allen laissait derrière lui une œuvre considérable : plus de soixante-dix livres en vingt-deux ans de carrière, dans des domaines aussi divers que l'épistémologie, le naturalisme, l'histoire des religions, la biographie, le livre pour enfants, le guide touristique, la poésie, le roman à thèse et le roman tout court. Si la majorité de son œuvre a mal résisté au temps — l'évolution, dont il était un farouche défenseur, touche aussi la science et les idées —, il reste à découvrir dans ses fictions quantité de petits bijoux, et il n'est pas jusqu'à ses guides touristiques qui restent dignes d'in-térêt — il faut dire qu'ils s'attachent davantage aux richesses artistiques et architecturales de Florence, de Paris, de Venise et de la Belgique qu'à leurs hôtels et restaurants, ce qui les a rendus intemporels.*

Outre la nouvelle que nous vous présentons, Grant Allen a écrit plu-sieurs textes de fantastique et de science-fiction, ainsi que quelques-uns dans le registre du policier plus ou moins humoristique. « Pallinghurst Barrow » est important à plus d'un titre et annonce les Chroniques du Petit Peuple *d'Arthur Machen. —* **Jean-Daniel Brèque**

I

Rudolph Reeve était assis seul sur l'Old Long Barrow, le tumulus du terrain communal de Pallinghurst. C'était un soir de septembre et le soleil se couchait. L'ouest baignait dans une mystérieuse lumière rouge, étrange et criarde — une lumière qui se reflétait en un pourpre luisant sur les bruyères brunes et les fougères mouvantes. Rudolph

Reeve était un journaliste et un homme de science ; mais il avait néanmoins l'âme d'un poète, et ce en dépit de ses activités, dont ni l'une ni l'autre ne sont connues pour favoriser le développement d'un tempérament poétique. Il resta assis un long moment, observant les nuances livides du ciel incarnadin — plus rouges et plus féroces qu'il ne se rappelait en avoir vu depuis la célèbre année des couchants du Krakatoa[2] —, bien qu'il sût qu'il se faisait tard et qu'il aurait dû rentrer au manoir depuis longtemps afin de s'habiller pour le dîner. Son hôtesse, Mrs Bouverie-Barton, la célèbre avocate du droit des femmes, était inflexible en matière de promptitude, de ponctualité et autres vertus n'ayant rien de féminin. Mais Rudolph Reeve s'attarda, en dépit de Mrs. Bouverie-Barton. Il y avait quelque chose dans ce coucher de soleil, dans ces lumières sur la bruyère — quelque chose d'étrange et d'irréel — qui le fascinait positivement.

La vue sur le terrain communal, haut placé et ouvert à tous les vents, une véritable profusion de lande et d'ajonc, est vaste et panoramique. Pallinghurst Ring, alias l'« Old Long Barrow », un lieu bien connu, ainsi appelé depuis des temps immémoriaux par tous les habitants de la contrée, couronne son sommet et domine les collines environnantes jusque dans le cœur enténébré du Hampshire. Assis sur son coteau en terrasses, Rudolph contemplait l'étendue du paysage avec tout le plaisir esthétique d'un poète ou d'un peintre (car il était un peu des deux), baigné de la rougeur exquise des reflets mourants du soleil mourant sur la bruyère mourante. Il se demandait pourquoi la mort est toujours bien plus belle, bien plus poétique, bien plus calme que la vie — et pourquoi on apprécie toujours mieux les choses quand on sait qu'on devrait être en train de s'habiller pour le dîner.

Toutefois, il était sur le point de se lever, redoutant la colère durable de Mrs. Bouverie-Barton, lorsque, soudain, un sentiment étrange, mais bien défini l'amena à marquer une pause et à hésiter un instant. Pourquoi il éprouvait ce sentiment, il n'en savait rien ; mais alors même qu'il restait là, assis sur le tumulus herbeux, couvert d'une masse compacte de trèfle souterrain, cette curieuse et astucieuse plante qui enfouit automatiquement ses propres graines dans le sol, il prit conscience, non par l'entremise de ses sens, mais par la seule action de son esprit, de

---

[2] L'éruption du Krakatoa, survenue à partir du 26 août 1883, a eu entre autres conséquences la projection de dioxyde de soufre dans la stratosphère, ce qui a modifié la physionomie du ciel pendant quelque temps. *(N. d. T.)*

quelque chose qui vivait et se mouvait à l'intérieur du tumulus. Il ferma les yeux et tendit l'oreille. Non ; fantasme, fantasme que tout cela ! Pas un son ne brisait la quiétude de ce début de soirée, hormis le bourdonnement des insectes — ces insectes mourants, qui commençaient à succomber en prélude aux premières froidures de l'automne approchant. Rudolph rouvrit les yeux et les baissa. Dans la petite dépression tourbeuse en contrebas, d'innombrables droséras déployaient leurs rosaces meurtrières de feuilles rouges et poisseuses, toutes perlées d'un liquide visqueux, conçues pour capturer et engloutir les mouches qui agitaient frénétiquement leurs petites pattes dans de vains efforts pour se libérer. Mais c'était tout. Rien d'autre ne bougeait. Cependant, en dépit du témoignage de ses yeux et de ses oreilles, il frissonnait encore à cette étrange idée d'une entité vivant et se mouvant sous le tumulus ; vivant et se mouvant… ou bien morte et se mouvant ? Quelque chose qui rampait et se refermait, comme les longues feuilles des droséras rampent et se referment sur les mouches impuissantes, qu'elles vident ensuite de leurs fluides. Un étrange et horrible sentiment, mais tellement fascinant ! Cette nécessité vulgaire de rentrer pour le dîner ne lui inspirait que de l'aversion. Pourquoi les dînent-ils ? C'est tellement prosaïque ! tellement banal ! Et l'univers qui grouille d'étranges secrets à percer ! Il ne savait pourquoi, mais un farouche désir possédait son âme, l'incitait à s'abandonner à ce sentiment irrésistible du mystérieux, du merveilleux, dans les sombres profondeurs du tumulus.

Non sans effort, il se leva et mit son chapeau, qu'il tenait à la main, car son front était brûlant. Le soleil était à présent couché et Mrs. Bouverie-Barton dînait ponctuellement à sept heures et demie. Il devait rentrer. Mais quelque chose d'inconnu le retenait. Une nouvelle fois, il marqua une pause et hésita. Ce n'était pas un homme superstitieux, mais il lui semblait que nombre de formes étranges se tenaient tout près, invisibles, et l'observaient avec une grande attention pour voir s'il allait partir ou bien céder à la tentation de s'attarder pour assouvir sa curieuse folie. Étrange ! — et il ne voyait ni n'entendait rien ni personne ; mais il avait vaguement conscience que des formes invisibles le guettaient en retenant leur souffle, ne le perdaient pas de vue un seul instant, comme impatientes de savoir s'il allait se mettre en route ou bien rester pour enquêter sur ce sentiment dénué de toute cause.

Durant une minute ou deux, il resta irrésolu ; et les témoins invisibles retinrent alors leur souffle et le fixèrent avec un espoir fou. Il sentait leurs cous tendus à se rompre ; il imaginait leur attention soutenue. Finalement, il s'ébroua.

– Ridicule, dit-il pour lui-même, et il prit le chemin du retour.

Comme il s'éloignait, un profond soupir, comme de soulagement après un long suspens, mais un soulagement mal inspiré, sembla monter — muet, impalpable, spirituel — de la foule invisible et immatérielle massée autour de lui. Une meute irréelle de créatures furieuses et déçues sembla le suivre sur la lande, l'accablant d'imprécations muettes dans quelque langue inconnue — ineffables, inaudibles. L'horrible sensation d'être suivi par des ennemis d'outre-monde prit possession de l'esprit de Rudolph. Peut-être n'étaient-ce que les nuances criardes du crépuscule, ou la désolation de la lande, ou encore l'obligation d'arriver à l'heure pile au dîner de Mrs. Bouverie-Barton ; mais, quoi qu'il en fût, il perdit un moment toute maîtrise de soi et courut — courut à perdre haleine, à toute vitesse, du tumulus au portail du jardin du manoir. Là il fit halte et jeta un regard alentour avec la douloureuse conscience de sa stupide couardise. C'était positivement puéril : il n'avait rien vu, rien entendu, rien trouvé qui fût de nature à l'effrayer ; mais il avait couru comme pour fuir une ombre imaginée, à l'instar de la dernière des écolières, et il tremblait encore à l'idée que quelque chose d'invisible était sur ses talons.

– Quel imbécile je fais, dit-il pour lui-même, à demi furieux, d'avoir ainsi peur de mon ombre ! Je vais retourner faire un tour là-bas, rien que pour recouvrer le respect de moi-même et pour montrer que je n'ai pas peur.

Et alors même qu'il prononçait ces mots, il sut au fond de lui que ses ennemis dépités, se tenant derrière le portail en grinçant des dents, partaient d'un gloussement de surprise, de plaisir et de satisfaction en l'entendant changer d'avis.

II

Rien de tel que la lumière pour dissiper les terreurs superstitieuses. Fort heureusement, le manoir de Pallinghurst était équipé de l'électricité ; car Mrs. Bouverie-Barton était en vérité furieusement moderne. Bien avant que Rudolph n'ait fini de s'habiller pour le dîner, il souriait à nouveau *in petto* de sa conduite grotesque. Jamais auparavant — du moins depuis qu'il avait dépassé les vingt ans — il n'avait fait une chose pareille ; et il en savait la cause désormais. C'était une dépression nerveuse. Il s'était torturé la cervelle à Londres à cause des calculs complexes que nécessitait son article sur « L'état actuel des finances chinoises » pour la *Fortnightly Review* ; et Sir Arthur Boyd, le célèbre spécialiste des maladies du système nerveux, avait bien mérité ses trois guinées lorsqu'il lui avait recommandé « une ou deux semaines de repos à la campagne ». C'était pour cela qu'il avait accepté l'invitation de Mrs. Bouverie-Barton de rejoindre sa brillante fête automnale au manoir de Pallinghurst ; et c'était également pour cela, sans aucun doute, qu'il avait eu si stupidement peur de son ombre sur le terrain communal. Mémorandum : ne plus jamais surmener sa cervelle ; ça ne paie pas. Et pourtant, ces temps-ci, comment gagner son pain dans la littérature sans se creuser la tête ?

Toutefois, ce fut dans de bonnes dispositions qu'il descendit dîner. Son hôtesse était fort aimable ; elle l'autorisa à aborder cette charmante Américaine. Dès le consommé, la conversation porta sur le soleil couchant. La conversation accompagnant le consommé est toujours des plus banale ; elle s'améliore avec le poisson et atteint son point culminant avec les douceurs et les fromages ; après quoi elle redescend au niveau des fruits.

— Vous étiez sur le tumulus vers sept heures, Mr. Reeve, remarqua Mrs. Bouverie-Barton d'un air sévère lorsqu'il évoqua le crépuscule. Vous avez vu ce couchant-là de près. Vous avez dû rentrer à toute vitesse ! Je craignais presque que vous ne fussiez en retard pour le dîner.

Rudolph rougit légèrement ; c'était un trait féminin, indigne d'un journaliste ; mais il en était affecté.

— Oh ! grands dieux, non, Mrs. Bouverie-Barton, répondit-il d'un air grave. Je suis peut-être stupide, mais j'espère ne pas être criminel. Je suis trop avisé pour commettre un acte aussi répréhensible au manoir de Pallinghurst. Certes, je marche vite, et le couchant… eh bien ! le couchant était trop splendide.

— Élégant, intervint la jolie Américaine dans son langage.

— Il l'est toujours à cette époque de l'année, dit doucement la petite Joyce, de l'air de qui énonce un fait scientifique bien connu. C'est cette nuit, savez-vous, que les lumières étincellent sur l'Old Long Barrow.

Joyce était l'enfant unique de Mrs. Bouverie-Barton — une frêle et mignonne petite créature, âgée de douze ans à peine, légère comme une fée, mais avec un étrange regard timide qui, néanmoins, lui seyait fort.

– Quelles sottises racontez-vous là, mon enfant ! s'exclama sa mère, lui décochant un regard qui la fit aussitôt replonger dans le silence. Elle me fait honte, Mr. Reeve ; les nourrices racontent de telles stupidités aux enfants.

Car Mrs. Bouverie-Barton était moderne et ne croyait en rien. C'est là un credo fort simple ; une clause suffit à le conclure.

Mais les mots de l'enfant, quoique prononcés dans un murmure, avaient fait frémir l'oreille d'Archie Cameron, le distingué électricien. Il se jeta aussitôt dessus ; car le moindre soupçon de surnaturel était pour lui irrésistible.

– De quoi s'agit-il, Joyce ? s'écria-t-il en se penchant au-dessus de la table. Non, Mrs. Bouverie-Barton, je *dois* vraiment entendre cela. Quel jour sommes-nous et qu'avez-vous dit à propos du couchant et de la lumière sur l'Old Long Barrow ?

Joyce adressa un regard suppliant à sa mère, puis se tourna vers Cameron. En dépit de la réprobation maternelle, un infime hochement de tête l'autorisa à poursuivre son récit ; car Mrs. Bouverie-Barton ne croyait pas aux droits de la femme au point de les accorder à sa propre fille. Il y a des limites à tout. Joyce hésita puis commença :

– Eh bien, c'est cette nuit, vous savez, que le soleil tourne, ou se pose, ou franchit le tropique, ou fait demi-tour, ou quelque chose comme cela.

Mrs. Bouverie-Barton émit un toussotement.

– L'équinoxe d'automne, corrigea-t-elle sévèrement, et le soleil ne font rien de la sorte. Il va falloir insister sur vos leçons d'astronomie, Joyce ; une telle ignorance est immense. Mais continuez avec votre mythe, je vous prie, et finissons-en vite.

– L'équinoxe d'automne, c'est cela, poursuivit Joyce sans se démonter. Je me rappelle que c'est ce mot-là, car Rachel, la vieille Gitane, me l'a dit. Eh bien, ce jour-là, chaque année, une sorte de lueur descend sur la lande ; oh ! mais c'est vrai, mère, car je l'ai vue de mes yeux ; et la chanson dit :

« Chaque année à la Saint-Michel
« Pallinghurst Barrow brille plus clair.

« Mais la Gitane m'a dit que c'était la nuit de Baal avant d'être la nuit de Saint Michel ; et c'était aussi la nuit de quelqu'un d'autre avant Baal, mais j'ai oublié son nom. Et c'est un dieu à qui il ne faut jamais faire de sacrifice avec le fer, mais toujours avec une hachette de pierre ou de silex.

Cameron se carra dans son siège et fixa la fillette d'un œil critique.

— Voilà qui est fort intéressant, dit-il ; profondément intéressant. Car nous avons là ce qui nous manque le plus souvent, à savoir un indice de première main. Et vous êtes sûre, Joyce, d'avoir bien vu cela ?

— Oh ! Mr. Cameron, comment osez-vous ? s'écria Mrs. Bouverie-Barton avec quelque pétulance ; car même une dame d'un âge avancé est parfois suffisamment féminine pour se montrer pétulante. Je prends toutes les peines du monde à préserver Joyce de ce genre de billevesées ; et vous, un homme de science, vous lui parlez de cette manière et gâchez le travail de plusieurs mois.

— Eh bien, que Joyce ait vu quelque chose ou pas, dit gravement Rudolph Reeve, je peux vous assurer que, moi, j'ai vu ce soir une curieuse lumière sur le Long Barrow ; et, en outre, j'ai éprouvé une sensation des plus étrange.

— Qu'était-ce ? demanda Cameron, se penchant vers lui avec impatience.

Car le monde entier sait que Cameron, sceptique en presque toutes choses (excepté la lampe Brush[3]), conserve une âme de Highlander friand d'histoires de fantômes.

— Eh bien, alors que j'étais assis sur le tumulus, commença Rudolph, juste après le coucher du soleil, j'ai eu vaguement conscience de quelque chose qui frémissait à l'intérieur, ni visible, ni audible, mais…

— Oh, je sais, je sais ! le coupa Joyce en se penchant en avant, une curieuse lueur dans les yeux ; une sorte d'impression, comme s'il y avait quelqu'un quelque part, très ténu et très obscur, qu'on ne peut ni voir ni entendre ; ils ont essayé de vous attraper, de vous entraîner vers le fond : et quand vous êtes parti en courant, ils ont semblé vous suivre et se moquer de vous. De grandes créatures qui riaient ! Oh, je sais ce que c'est ! J'étais là-bas et je l'ai senti !

---

[3] Premier modèle de lampe à arc commercialisable, inventé en 1876 par l'ingénieur américain Charles F. Brush (1849-1929). *(N. d. T.)*

– Joyce ! intervint Mrs. Bouverie-Barton en fronçant les sourcils en guise d'avertissement, quelles stupidités ! Vous êtes vraiment ridicule. Comment pouvez-vous imaginer que Mr. Reeve est parti en courant — lui, un homme de science — , effrayé par quelque créature imaginaire ?

– Eh bien, je n'irai pas jusqu'à dire que j'ai couru, répondit Rudolph d'un air penaud. On n'admet jamais de telles choses passé l'âge de vingt ans, je suppose. Mais j'ai marché le plus vite possible pour gagner le manoir — je ne voulais pas être en retard pour le dîner, vous savez, Mrs. Bouverie-Barton ; et, entre nous, Joyce, j'avoue que j'avais l'impression d'être suivi par vos créatures hilares.

Mrs. Bouverie-Barton lui décocha un nouveau regard réprobateur.

– Je pense, dit-elle de cette voix glaciale capable de frigorifier une assemblée, qu'à une table comme la nôtre, où sont assis de si grands penseurs, nous trouverons sûrement des sujets de conversation plus appropriés que ces superstitions éculées. Professeur Spence, avez-vous mis au jour de nouveaux spécimens paléolithiques dans la carrière ce matin ?

III

Un peu plus tard, au salon, un petit groupe se rassembla dans le coin le plus éloigné du fauteuil présidentiel de Mrs. Bouverie-Barton pour écouter Rudolph et Joyce comparer leurs expériences de la lumière au-dessus du tumulus. Lorsque les deux rêveurs de rêves et visionnaires de visions eurent achevé, Mrs. Bruce, la bouddhiste ésotérique et hôtesse de mahatmas (ils lui rendaient souvent visite à l'improviste quand sonnait l'heure du thé, disait-on), ouvrit les vannes de son discours torrentiel avec une véhémence triomphante.

– C'est exactement ce que j'aurais dû prévoir, dit-elle en cherchant du regard un sceptique à équarrir. Novalis avait raison. Les enfants sont des premiers hommes. Ils sont plus proches de la vérité. Ils viennent tout droit de l'infini pour arriver jusqu'à nous. De petites âmes à peine échappées de la vastitude du ciel divin voient bien plus de choses que nous autres adultes — exception faite de quelques-uns. Nous-mêmes, que sommes-nous sinon des couches successives de *fantasmata* ? Il est rare que la lumière spirituelle baigne notre enveloppe de chair. La poussière des ans nous recouvre. Mais l'enfant, surgissant tout nouveau dans le monde obscur du karma, traîne un sillage de gloire du fait de ses visions béatifiques. Ainsi dit Wordsworth ; ainsi nous l'ont enseigné les mages du Tibet, longtemps avant l'ère de Wordsworth.

— Il est curieux, intervint le Pr Spence avec à la commissure des lèvres un sourire scientifique fort retenu, que tout cela soit arrivé à Joyce et à notre ami Reeve sur un tumulus long. Car vous avez lu le dernier ouvrage de MacRitchie[4], je suppose ? Non ? Eh bien, il démontre de façon irréfutable que les tumuli longs, qui servent de sépultures au petit peuple ayant précédé les invasions aryennes, sont à l'origine de toutes les légendes de palais souterrains et de collines féeriques. Vous connaissez l'histoire de l'enfant Roland qui s'en vint à la Tour noire, n'est-ce pas, Cameron ? Eh bien, cette tour noire n'était rien d'autre qu'un tumulus long ; Pallinghurst Barrow, peut-être, ou peut-être un autre ; et l'enfant Roland y est entré pour secourir sa sœur, Burd Ellen, enlevée par le roi des elfes, comme il en a la coutume, en vue d'un sacrifice humain. Les Pictes, rappelez-vous, étaient un peuple profondément religieux, qui croyaient au sacrifice humain. Ils pensaient en retirer de grands bénéfices spirituels. Et le plus bizarre dans l'histoire, c'est que pour voir les fées on doit faire le tour du tumulus dans le sens contraire de la course du soleil — mais oui, Miss Quackenboss, Cameron vous le confirmera — et en cette même nuit, la veille de la Saint-Michel, qu'on acceptait dans l'ancien temps comme la date de l'équinoxe d'automne.

— Au centre des tumulis longs, on trouve toujours une chambre de grandes pierres, je crois, suggéra Cameron d'une voix hésitante.

— Oui, ou presque tous ; des mégalithes, voyez-vous ; à l'état brut ; et cette chambre n'est autre que le palais souterrain, éclairé par cette lumière des fées qui est mentionnée dans les vieilles histoires de morts, et que Joyce et vous-même, Reeve, avez eu le privilège de voir, seuls entre tous les modernes.

— C'est un fait très étrange, intervint d'une voix songeuse le Dr Porter, un esprit matérialiste, que les seuls fantômes ne que voient jamais les gens sont ceux d'une génération très, très proche de la leur. Si on entend parler de quantité de spectres vêtus à la mode du XVIIIe

---

[4] David MacRitchie (1851-1925), folkloriste écossais, un des premiers à défendre l'idée que les elfes étaient la trace mémorielle d'une peuplade de l'Angleterre néolithique.

siècle, c'est parce que, grâce aux bals costumés, tout le monde sait à quoi ressemblent une perruque et des bas de soie. Les tenues élisabéthaines sont bien plus rares, car les classes de gens les plus susceptibles de voir des fantômes connaissent rarement la fraise et le vertugadin ; et on n'en voit jamais qui soient habillés en Saxons, en Bretons ou en Romains, car leurs tenues ne sont connues que d'une classe restreinte de personnes instruites ; et les fantômes, en règle générale, évitent les gens instruits comme l'acide prussique — exception faite de Mrs. Bruce ici présente. Il existe sans doute en ce monde des millions de fantômes de la plus haute antiquité, mais, au bout d'un siècle de hantise, ils se retirent dans l'obscurité et cessent d'irriter les gens en leur donnant des frissons. Mais le plus étrange, chez ces spectres des tumulus longs, c'est qu'il doit s'agir d'esprits d'hommes et de femmes morts il y a des millénaires, une longévité exceptionnelle pour un être spirituel ; ne le pensez-vous pas, Cameron ?

– L'Europe doit en grouiller littéralement ! acquiesça la jolie Américaine en souriant ; mais l'Amérique n'a pas eu le temps, jusqu'ici, de collecter une population considérable d'esprits.

Mais une telle légèreté n'était pas du goût de Mrs. Bruce, qui prit aussitôt les armes pour défendre ses spectres bien-aimés.

– Non, non, dit-elle, docteur Porter, vous ne maîtrisez pas le sujet. Vous devriez lire ce que j'ai écrit dans *Le Miroir de Trismégiste*. L'homme est le point focal de la lentille de ses propres sens. Il existe d'autres paysages dans les cinquièmes et sixièmes dimensions de l'espace que celui qui lui est présenté. Comme l'a fort justement dit Carlyle, chaque œil ne voit en toutes choses que ce qu'il a les moyens de voir. Et ceci est vrai tant spirituellement que physiquement. Aux yeux de Newton et de son chien Diamond, quel univers différent[5] ! L'un découvrait la grande vision de la gravitation universelle, l'autre voyait… une petite souris sous une chaise, comme l'énonce philosophiquement la vieille et sage comptine. Les comptines résument pour notre bénéfice la sagesse des siècles. Rien n'a jamais été détruit, rien n'a jamais été changé, et rien de nouveau n'est jamais créé. Tous les esprits de ce qui a été, de ce qui est et de ce qui sera peuplent l'univers de toutes parts, invisibles, tout autour de nous ; et chacun de nous ne voit d'eux que ce qu'il est apte à en voir. Le paysan

---

5 Allusion à un passage de l'*Histoire de la Révolution française*, de l'historien écossais Thomas Carlyle (1795-1881).

ou le clown ne rencontrent jamais de fantôme de quelque sorte, hormis ceux des gens qu'ils connaissent par ailleurs ; si un homme comme vous voyait un fantôme — ce qui est peu probable, car vous affamez le spirituel qui est en vous en fermant les yeux à tout un aspect de la nature — , vous seriez tout aussi susceptible de voir le fantôme d'un chef de tribu de l'âge de la pierre que celui d'un élégant géorgien ou élisabéthain.

– Ai-je bien entendu le mot « fantôme » ? intervint Mrs. Bouverie-Barton, surgissant de façon inopinée, parée d'un fard colérique. Joyce, mon enfant, au lit ! Cette conversation n'est pas de votre âge. Et n'allez pas prendre froid en vous postant en chemise de nuit devant la fenêtre, à scruter le terrain communal en quête de la lumière de l'Old Long Barrow, qui n'est d'ailleurs qu'une chimère. L'année dernière, vous avez failli attraper la mort avec ces bêtises. C'est toujours la même chose. Ces superstitions n'ont jamais fait de bien à personne.

Et, en vérité, Rudolph éprouva lui aussi un léger sentiment de honte à l'idée d'avoir discuté de tels sujets en présence de cette petite créature nerveuse et excitée.

IV

Au cours de la soirée, la tête de Rudolph se mit à l'élancer, comme, en vérité, elle le faisait souvent ; car n'était-il pas un auteur ? Et la souffrance est le fardeau de ceux de notre tribu. Il avait très souvent mal à la tête : les périodes de répit, il les consacrait à la rédaction de ses articles. Il connaissait bien ce mal de tête ; c'était une névralgie de la pire espèce — nécessitant un linge mouillé d'eau fraîche — , du genre qui vous vaut une nuit blanche à vous convulser entre les draps, sans espoir de salut. Vers onze heures, lorsque les hommes passèrent au fumoir, la douleur devint insoutenable. Il appela le Dr Porter.

– Pouvez-vous me donner quelque chose pour me soulager ? implora-t-il après avoir décrit ses symptômes.

– Oh ! certainement, répondit le docteur avec cette assurance qui est le propre des hommes de l'art. Je vais vous apporter une concoction qui vous remettra sur pied en moins d'une demi-heure. Ce que Mrs. Bruce appelle le soma — le bon vieux remède de nos ancêtres aryens ; rien de tel pour les cas d'inanition nerveuse.

Rudolph monta dans sa chambre, et le docteur l'y rejoignit quelques minutes plus tard, porteur d'une petite fiole contenant un sirop vert et épais. Il en versa dix gouttes dans un verre gradué qu'il emplit ensuite d'eau. La dissolution ne se fit pas sans difficulté.

— Buvez ceci d'un trait, dit-il de l'air doctoral de la sangsue diplômée.

Et Rudolph but.

— Je vous laisse la fiole, reprit le docteur en posant ladite fiole sur la table de chevet, mais n'en usez qu'avec précaution. Dix gouttes dans deux heures si la douleur persiste. Pas plus de dix, rappelez-vous bien. C'est un puissant narcotique — j'ose dire que son nom ne vous est pas inconnu : *cannabis indica*.

Rudolph bredouilla quelques remerciements et se jeta sur le lit sans même s'être déshabillé. Il avait pris un livre avec lui — les délicieux *Contes de fées anglais* de Joseph Jacobs[6] — et il tenta malgré son état de lire l'histoire de l'enfant Roland qu'avait évoquée le Pr Spence. Mais il avait un tel mal de tête qu'il parvenait à peine à déchiffrer les mots ; il réussit non sans difficulté à comprendre qu'un sorcier ou une sorcière avait envoyé l'enfant Roland près d'une colline verte entourée d'arbres en terrasses — comme Pallinghurst Barrow — afin qu'il en fasse le tour par trois fois, dans le sens inverse de la course du soleil, en déclamant :

« Porte, ouvre-toi ! Porte, ouvre-toi !
« Et laisse-moi entrer. »

Après quoi il franchirait le seuil du palais du roi des elfes. Et au troisième tour la porte s'ouvrit, et Roland entra dans une cour éclairée d'une lumière féerique ; puis il traversa un long passage jusqu'à enfin arriver devant deux larges portes de pierre ; et derrière elles s'ouvrait une grande chambre — imposante, glorieuse, magnifique — où Burd Ellen coiffait ses cheveux dorés avec un peigne d'ambre. Et aussitôt qu'elle vit son frère, elle se leva et dit :

« Jour de malheur, fou que tu es,
« Et maudit le jour de ta naissance ;

---

6 Historien et folkloriste australien (1854-1916), collecteur de contes de fées anglais à la manière des frères Grimm en Allemagne et de Perrault en France. *(N. d. T)*

« Car voici qu'arrive le Roi des Elfes
« Et te voici perdu. »

Arrivé à ce point de sa lecture, Rudolph souffrait d'une migraine si violente qu'il fut obligé de s'interrompre ; il reposa donc le livre et, plongé dans une demi-conscience, repensa à la théorie de Mrs. Bruce, selon laquelle chacun ne pouvait voir que les fantômes qu'il s'attendait à voir. Cela semblait raisonnable, car, il est écrit : « qu'il nous en advienne selon notre foi[7] ». En ce cas, les anciens et sauvages spectres du lointain âge de la pierre, antérieur à ceux du bronze et du fer, devaient encore hanter les tumuli herbus sous les pins agités par le vent, là où la légende affirmait qu'ils étaient inhumés depuis des éons ; et la lueur mystique flottant sur la lande de Pallinghurst était à la fois la preuve et le symbole de leur présence en ce lieu.

Combien de temps il resta ainsi allongé, il n'aurait su le dire ; mais l'horloge sonna à deux reprises et la douleur était à présent si vive qu'il se servit sans mégoter une seconde dose de l'épaisse mixture verte. Sa main tremblait trop pour qu'il lésinât sur une ou deux gouttes. Un temps, il fut un peu soulagé ; puis la douleur empira encore. Comme dans un rêve, il se dirigea vers le grand oriel côté nord pour se rafraîchir à l'air nocturne. La fenêtre était ouverte. Comme il regardait au-dehors, un curieux spectacle lui apparut. À un autre oriel de l'aile du bâtiment, perpendiculaire à la partie principale où on l'avait logé, il vit le visage blanc d'une enfant lui jeter des regards avenants. C'était Joyce, dans sa chemise de nuit blanche, scrutant de toutes ses forces le terrain mystique en dépit de la prohibition édictée par sa mère. L'espace d'une seconde, elle sursauta. Son regard croisa celui de Rudolph. Lentement, elle leva un index pâle et le pointa. Ses lèvres s'entrouvrirent pour prononcer un mot inaudible ; mais il le déchiffra sans peine. « Regardez ! » dit-elle simplement.

Il se tourna vers l'endroit qu'elle lui désignait.

Une pâle lueur bleue flottait doucement au-dessus de l'Old Long Barrow. Une lueur vague et spectrale, comme celle d'allumettes frottées sur la paume de la main. Elle semblait le réveiller, l'appeler.

Il se retourna vers Joyce. Elle désigna le tumulus de la main. Ses lèvres disaient : « Allez-y ! » Rudolph se trouvait à présent dans cet état de demi-transe, d'hypnotisme auto-induit, où tout ordre, de

---

[7] Allusion à Matthieu 9.29. *(N. d. T.)*

quelque nature et de quelque source qu'il fût, entraîne apparemment l'obéissance. Il se leva en tremblant et, prenant la bougie sur la table de chevet, descendit l'escalier sans un bruit. Puis, traversant sur la pointe des pieds le vestibule au sol carrelé, il attrapa son chapeau sur une patère et, ouvrant la porte d'entrée, pénétra dans le jardin.

Le soma lui avait calmé les nerfs et conféré un courage de façade ; mais en dépit de cela, il éprouvait une étrange et angoissante sensation de mystère et de surnaturel. En fait, il aurait tourné les talons en cet instant s'il n'avait pas levé les yeux et vu le visage pâle de Joyce, toujours pressé contre la vitre, et sa main blanche qui l'encourageait à poursuivre. Il se tourna une nouvelle fois vers la direction qu'elle lui désignait. La lueur spectrale était à présent plus claire et plus soutenue, et moins naturelle que jamais, et l'étendue illimitée de la lande paraissait hantée de part en part par d'innombrables créatures invisibles et mystiques.

Rudolph progressa à tâtons. Son but était le tumulus. À mesure qu'il avançait, des voix muettes semblaient lui murmurer à l'oreille des encouragements proférés dans des langues inconnues ; d'horribles formes relevant d'antiques croyances semblaient se masser autour de lui et lui adresser des signes tentateurs l'incitant à les suivre. Seul, dressé sur l'étendue noire et désolée, trébuchant de temps à autre sur une racine de bruyère ou de fougère, mais apparemment rattrapé par des mains invisibles, il marcha d'un pas lent et hésitant, jusqu'à ce que, enfin, il se tînt devant la sépulture préhistorique du chef sauvage. Dans le lointain, à l'est, la lune blanche se levait à peine.

Après une courte pause, il se mit à faire le tour du tumulus. Mais quelque chose le gênait et le ralentissait. Ses pieds refusaient d'obéir à sa volonté ; ils semblaient avancer d'eux-mêmes dans l'autre direction. Puis, soudain, il comprit qu'il essayait de progresser dans le sens de la course du soleil et non l'inverse. Se redressant, ouvrant les yeux, il rectifia aussitôt le mouvement. Aussitôt ses pieds avancèrent avec aisance et les témoins invisibles gloussèrent si fort qu'il put presque les entendre. Le troisième tour effectué, ses lèvres s'entrou-vrirent et il murmura les paroles mystiques :

– Porte, ouvre-toi ! Porte, ouvre-toi !

Alors sa tête l'élança avec plus de violence que jamais, l'accablant de vertige et de fatigue, et, pendant deux ou trois minutes, il perdit toute conscience de la réalité.

Lorsqu'il rouvrit les yeux, ce fut un tout autre spectacle qui se présenta à lui. En un instant, il comprit que le temps avait remonté son cours de quelque dix mille ans, à l'instar du soleil reculant sur le cadran d'Akhaz[8] ; il se tenait face à une antiquité des plus reculée. Des plans de l'existence s'effaçaient ; de nouvelles visions flottaient au-dessus de lui ; de nouveaux mondes s'ouvraient à lui ; de nouvelles idées, pourtant très anciennes, ondoyaient vers lui en cercles concentriques depuis l'universelle plaine du temps, de l'espace, de la matière et du mouvement. Projeté dans une autre sphère, il percevait avec des sens tout frais. Tout était transformé, et lui-même en était transformé.

La lueur bleue au-dessus du tumulus était à présent claire comme le jour, quoiqu'infiniment plus mystérieuse. Un passage ouvert dans la pente herbue donnait sur un corridor pavé de pierres mal dégrossies. Quoique sa curiosité fût à présent éveillée, Rudolph eut un mouvement de recul, pris de terreur devant l'impulsion qui le poussait à entrer dans ce sinistre trou noir, qui conduisait, *via* une descente en oblique, dans les entrailles de la Terre. Mais il ne pouvait s'en empêcher. Car — ô Dieu ! — en jetant un regard alentour, il vit, partagé entre la terreur, l'angoisse et l'émerveillement, une masse spectrale de sauvages nus et hideux. C'étaient des esprits, mais c'étaient des sauvages. Impatients, ils se massaient autour de lui, le frappaient et le bousculaient, exactement comme ils l'avaient fait au sens spirituel un peu plus tôt dans la soirée, alors qu'il ne pouvait les voir. Mais voilà qu'il les distinguait nettement grâce à son œil extérieur ; voilà qu'ils lui apparaissaient comme des ombres barbares, haineuses et ricanantes, ni blanches ni noires, mais basanées et presque animales ; leurs cheveux emmêlés retombant en nattes crasseuses autour de leur front fuyant ; leurs mâchoires lourdes et féroces ; leurs sourcils broussailleux et protubérants comme ceux d'un gorille ; leur pagne réduit à quelques lambeaux de peau déchirée ; leur inexprimable aspect répugnant et sanguinaire.

C'étaient des sauvages, mais c'étaient des fantômes. Les deux ennemis les plus terribles, les plus redoutables de l'expérience civilisée semblaient réunis en eux. Rudolph Reeve se recroquevilla, impuissant, entre leurs mains intangibles ; car ils le saisirent avec rudesse de leurs doigts désincarnés et le poussèrent sans ménagement en direction de leur chef endormi. Ce faisant, ils partirent d'un rire aussi bruyant que discordant. Un rire creux, mais perçant. Ce son haïssable, mêlant le cri triomphal du Peau-Rouge et la sinistre raillerie du spectre, n'était pas sans présenter quelque horrifique harmonie.

---

[8] Allusion à Ésaïe 38.

Rudolph se laissa entraîner ; ils étaient trop nombreux pour qu'il leur résistât ; et le soma avait vidé ses muscles de toute leur force. Les femmes étaient les pires du lot : d'horribles harpies d'autrefois, des sorcières aux seins pendants et aux yeux injectés de sang, elles tournoyaient autour de lui dans une gigue triomphale et hurlaient dans une langue qu'il n'avait jamais entendue auparavant, quoiqu'il la comprît par instinct :

– Une victime ! Une victime ! Nous l'avons ! Nous le tenons !

Même pris d'une horreur suprême en cet instant de désespoir, Randolph savait pourquoi il comprenait ces mots, sans jamais les avoir entendus. C'était le premier langage de notre race — la langue maternelle naturelle, instinctive du genre humain.

Ils le poussèrent de force dans la chambre centrale, avec leurs mains, leurs bras et les franges spectrales de leurs peaux de buffle. Leurs poignets le guidaient aussi sûrement que l'aimant guide la barre de fer. Il entra dans le palais. Une phosphorescence ténue, telle la lumière d'un cimetière ou d'un paganisme en déliquescence, semblait l'éclairer faiblement. Des choses noires se dressaient devant lui ; mais ses yeux accommodèrent presque aussitôt la pénombre, comme les yeux d'un mort enfermé dans son cercueil s'adaptent par une force intérieure à l'étrangeté de leur environnement. La chambre royale était bâtie de pierres cyclopéennes, dont chacune était aussi grande que la tête de quelque colossal Sésostris. Il s'y mêlait le granit érodé par les glaces et le grès d'un gris de poussière, grossièrement empilés et gravés de représentations en relief de serpents, de lignes concentriques, de zigzags entrelacés et du mystique svastika. Mais Rudolph n'eut qu'un vague aperçu de toutes ces choses, si tant est qu'il en eût un ; son attention était toute concentrée sur la peur qui le dévorait et sur l'horreur de sa situation.

Au centre de la chambre, un squelette était assis sur le sol d'une façon étrange et inattendue. Ses jambes étaient ramenées sur son torse, ses mains jointes sur ses genoux, et ses dents ricanantes étaient noircies par le temps ou par le sang des sacrifices humains. Les fantômes, le dos voûté, s'approchèrent de lui avec une étrange révérence.

– Vois ! Nous t'amenons un esclave, ô grand roi ! crièrent-ils dans la même langue barbare — cliquetante et gutturale. Car est venue la nuit sacrée de ton père, le soleil, lorsqu'il se tourne dans sa course annuelle entre les étoiles et nous quitte pour aller vers le sud. Nous t'amenons un esclave pour restaurer ta jeunesse. Lève-toi ! Bois son sang chaud ! Lève-toi ! Tue-le et dévore-le !

Le squelette ricanant tourna la tête et fixa Rudolph de ses orbites vides où se lisaient l'appétit et la satisfaction. Aussi incroyable que cela parût, la vue de la viande humaine sembla créer une âme entre ces côtes de cadavre. Alors même que Randolph, fermement maintenu par les mains immatérielles de ses geôliers spectraux, se mettait à trembler, trop terrifié pour pousser un cri ou se débattre, il vit la hideuse créature se dresser et prendre une forme fantomatique, toute d'ombre bleu pâle à l'instar de ses tortionnaires. Peu à peu, le squelette sembla disparaître, ou plutôt se fondre dans une forme dénuée de substance, et néanmoins plus humaine, plus corporelle, plus horrible que les os desséchés dont elle était issue. Nue et jaune comme les autres, elle avait la taille ceinte d'un pagne d'herbe sèche, ou du moins le semblait-il, et les épaules couvertes du spectre d'une peau d'ours. Comme elle se redressait, les autres spectres se prosternèrent devant elle, leurs longues boucles balayant la poussière des millénaires, et poussèrent des cris inarticulés pour lui rendre hommage.

Toujours ricanant, le grand chef se tourna vers l'un de ses acolytes spectraux.

– Donne un couteau ! dit-il sèchement, car tout ce que proféraient ces étranges ombres l'était en phrases courtes, dures, dans une langue monosyllabique évoquant le jappement du chacal ou le rire de la hyène parmi les tombes à minuit.

L'acolyte, s'inclinant à nouveau bien bas, tendit à son souverain un bloc de silex, au fil tranchant, mais à la forme grossière, une arme de fabrication barbare, horrible et brutale. Mais ce qui terrifia le plus Rudolph, ce fut de constater qu'elle n'avait rien de spectral, rien d'immatériel, qu'il s'agissait d'un bout de pierre capable d'infliger entailles et plaies profondes. En fait, des centaines de fragments semblables jonchaient le sol de pierre de la chambre, tantôt taillés en pointe, tantôt polis et arrondis. Rudolph en avait souvent vu de ce type dans les musées ; pris d'une soudaine horreur, il comprit pour la première fois de sa vie quel genre d'objets les sauvages de cette ère lointaine emportaient avec eux dans la tombe.

Au prix d'un violent effort, il humecta du bout de la langue ses lèvres parcheminées et, au supplice, cria par trois fois le mot :

– Pitié !

En entendant ce bruit, le roi sauvage partit d'un rire sonore et démoniaque. Un rire hideux, à mi-chemin entre la bête fauve et le fou assassin ; ses échos résonnèrent dans la vaste chambre tel le rire des diables lorsqu'ils réussissent à entraîner une âme pure vers la perdition éternelle.

– Que dit-il ? s'écria le roi, dans ces mêmes mots si naturels que Rudolph en perçut aussitôt le sens. Ils parlent comme des oiseaux, ces hommes au visage blanc qui sont nos seules victimes depuis que les siècles sont devenus débiles. « Pi-pi-ti ! disent-ils ; pi-pi-ti ! », comme des moineaux et non des hommes et des femmes !

En dépit de la terreur qui le tenait dans ses rets, l'instinct de Rudolph lui souffla que, s'il comprenait la langue grave de ces visions féeriques, c'était parce que ses ancêtres et lui l'avaient jadis entendue ; mais les spectres ne pouvaient comprendre la sienne, car elle était trop aiguë et trop sourde pour eux.

Toutefois, il n'eut guère le temps d'y réfléchir. La peur limitait son horizon. Les fantômes se massèrent autour de lui, glapissant avec encore plus de force. Poussant des cris stridents et des jurons païens, ils entamèrent une danse autour de leur victime. Deux d'entre eux s'avancèrent vers lui d'un pas mesuré et lui lièrent pieds et poings avec une corde spectrale. Elle lui tranchait les chairs comme le plus aigu des chagrins. Puis on l'attacha à un poteau dont il sentit qu'il n'était pas de bois, mais bien d'une pièce d'ombre intangible ; néanmoins, il ne pouvait pas plus s'en libérer que de la chaîne de fer d'une prison terrestre. De part et d'autre de ce poteau, deux harpies au visage repoussant et aux longs cheveux sales, sur les traits desquelles se lisait une cruauté sans nom, placèrent deux plants d'herbe aux sorcières. Puis un farouche cri orgiaque monta jusqu'au plafond bas depuis toutes les gorges assemblées. Fonçant en masse, les spectres lui badigeonnèrent le corps de ce qui ressemblait à un mélange d'huile et de beurre ; ils lui passèrent au cou un collier de compagnons blancs ; ils se disputèrent à grands cris les touffes de cheveux et les lambeaux de vêtement qu'ils lui arrachaient. Les femmes en particulier virevoltaient autour de lui en gesticulant comme des Bacchantes, sans cesser de crier :

– Ô grand chef ! ô mon roi ! nous t'offrons cette victime ; nous t'offrons ce sang neuf pour prolonger ta vie. Donne-nous en retour un sommeil profond, des tombeaux secs, de doux rêves et de belles saisons !

Elles s'entaillèrent avec des couteaux de silex. L'ichor spectral coula à flots.

Pendant ce temps, le roi surveilla de près sa victime, la fixant d'un hideux regard affamé de festin cannibale. Puis, sur un signal, la foule de fantômes soudain s'immobilisa. Il y eut une pause terrible. Les hommes firent le cercle, les femmes s'accroupirent tout près du poteau. À ce moment-là, Rudolph s'aperçut vaguement que chacun d'eux était marqué d'une plaie sur la tempe ; et il comprit pourquoi : eux-mêmes avaient été sacrifiés dans un lointain passé pour tenir compagnie à leur roi dans le monde des esprits. Alors même que lui venait cette pensée, les hommes et les femmes levèrent les mains à l'unisson en poussant un long hurlement. Chacun empoigna un couteau acéré qu'il brandit dans un geste sauvage. Le roi donna le signal de la curée en se jetant sur lui, levant haut sa lame en dents de scie. Elle s'abattit sur le crâne de Rudolph. Au même instant, les autres se précipitèrent, hurlant dans leur langue :

— Découpez des filets de chair sur ses os ! tuez-le ! taillez-le en pièces !

Rudolph baissa la tête pour esquiver les coups. Il tremblait, en proie à une terreur abjecte. Oh ! quelle crainte aurait pu inspirer un fantôme chrétien comparée à celle qui l'habitait devant ces sauvages païens dénués de substance ! Ah ! pitié ! pitié ! Ils allaient lui arracher les membres ! Ils allaient le réduire en pièces !

Alors il leva les yeux et, comme par un miracle du destin, vit une autre forme fantomatique flottant devant lui. C'était celle d'un homme vêtu à la mode du XVIe siècle, évanescente, à peine visible. Ce pouvait être un fantôme — ce pouvait être une vision — , mais cela leva sa main spectrale et désigna la porte. Rudolph vit qu'elle n'était pas gardée. Les sauvages étaient maintenant sur lui, leur souffle spectral lui gelait la joue.

— Montre-leur du fer ! cria l'ombre en anglais.

Rudolph frappa des deux coudes et tenta frénétiquement de se libérer. Ce fut avec difficulté qu'il y parvint. Alors il attrapa son canif et l'ouvrit. À la vue de l'acier froid, que ni fantômes, ni trolls, ni démons ne peuvent contempler, les sauvages reculèrent en maugréant. Mais cela ne dura qu'un instant. Poussant un hurlement de vengeance, ils se massèrent à nouveau autour de lui et cherchèrent à l'intercepter. Il les écarta avec la dernière énergie, quoiqu'ils ne cessassent pas de le frapper et de le bousculer, de planter dans ses chairs la pointe de leurs couteaux de silex. Le sang coulait maintenant de ses mains et de ses bras — le sang rouge de ce monde ; mais il continuait à se frayer un chemin vers la porte et vers le clair de lune, agitant devant lui la lame acérée de son canif. Plus il s'approchait de la sortie, plus la foule de fantômes se pressait autour de lui, comme s'ils savaient que l'emprise de leur pouvoir s'arrêtait au seuil de la chambre. C'était avec une terreur superstitieuse qu'ils esquivaient la lame d'acier. Rudolph joua des coudes avec encore plus de violence et, plongeant parfois sur eux pour les frapper, finit par arriver à la porte. Dans un suprême effort, il jaillit du tumulus et se retrouva sur la lande, frissonnant comme un lévrier. Les fantômes ricanants se rassemblèrent dans le vestibule, leurs farouches crocs de bêtes sauvages traduisant leur colère impuissante. Mais Rudolph se mit à courir, tout épuisé qu'il fût, et s'éloigna de quelques centaines de mètres avant de tomber et de défaillir. Il s'effondra sur une pousse de bruyère callune près d'une crête sablonneuse et resta là, inconscient, jusqu'au milieu de la matinée.

V

Lorsque les occupants du manoir le retrouvèrent le lendemain, il était brûlant et glacé, d'une pâleur terrible, et marmonnait des propos incohérents. Le Dr Porter le fit mettre au lit séance tenante.

— Pauvre diable ! dit-il en se penchant sur lui, il a échappé de très peu à une terrible fièvre cérébrale. Je n'aurais pas dû lui administrer du cannabis vu son état d'excitation ; ou, à tout le moins, j'aurais dû observer de plus près les effets de ma médication. Il lui faut à présent un repos absolu, et en aucun cas, dit-il à l'infirmière, Mrs. Bruce et Mrs. Bouverie-Barton ne doivent être autorisées à l'approcher.

Mais, en fin d'après-midi, Rudolph fit venir Joyce à son chevet.

L'enfant s'approcha timidement, le visage couleur de cendres.

— Eh bien ? murmura-t-elle en s'asseyant près du lit ; le roi du tumulus a bien failli vous avoir !

– Oui, répondit Rudolph, soulagé de trouver quelqu'un à qui parler librement de sa terrible aventure. Il a bien failli m'avoir. Mais comment l'avez-vous su ?

– Vers deux heures du matin, répondit l'enfant, les lèvres livides de terreur, j'ai vu la lumière sur la lande devenir plus bleue et plus éclatante : et je me suis alors rappelé les paroles d'une vieille comptine terrifiante que m'avait apprise la Gitane :

« Pallinghurst Barrow… Pallinghurst Barrow !
"Chaque année un cœur tu dévoreras !
'Pallinghurst Ring… Pallinghurst Ring !
'Un homme sanguinaire est ton roi spectral.
'Les os des hommes il brise et leur moelle il suce,
'À Pallinghurst Ring, sur Pallinghurst Barrow…

'… et, alors que je pensais à cela, j'ai vu les lumières briller fort et clair pendant une seconde, et j'en ai frissonné d'horreur. Puis elles ont baissé aussitôt après, et on gémissait sur la lande, des cris de désespoir, comme le chant d'une foule immense, et j'ai su alors que vous ne seriez pas la victime du roi fantôme.

Titre original : 'Pallinghurst Barrow'
Traduit par Jean-Daniel Brèque

BIBLIOGRAPHIE FRANÇAISE DE GRANT ALLEN

– 'Observations scientifiques d'un fantôme effectuées par nos soins' ('Our Scientific Observations on a Ghost', in *Belgravia*, juillet 1878, sous le pseudonyme de J. Arbuthnot Wilson), in *L'Animal*, n° 5, été 1998.
– 'Le Jour de l'an chez les momies' ("New Year's Eve Among Mummies", in *Belgravia*, 1879), in *Lectures pour tous*, janvier 1910 ; in *Jour de l'an chez les momies et autres contes surnaturels et de merveilleux scientifique*, Élancourt : Le Visage vert, 1987 ; in *La Malédiction des momies*, anthologie réunie par Claude Aziza, Paris : Fleuve Noir, 1997.
– *Charles Darwin* (idem, Londres : Longman, Green, 1885), Paris : Librairie de Guillaumin et Cie, 1886.
– *Le Grand Vol de rubis* ("The Great Ruby Robbery", in *The Strand Magazine*, octobre 1892), Blagnac : Jean-Daniel Brèque, 2012 (édition numérique) ; in *Les Trésors de Baskerville*, anthologie de Jean-Daniel Brèque, Encino : Black Coat Press, 2015.
—"Pallinghurst Barrow" (idem, in *Illustrated London News*, 28 novembre 1892), in *Wendigo* n° 5.
– 'Le Roman d'une féministe' (*The Woman Who Did*, Londres : John Lane, 1895), publication partielle in *La Vie moderne* du 21 septembre 1895 au 12 janvier 1896 (certaines sources font état d'une édition en volume la même année).
– 'La Tour de Wolverden' ("Wolverden Tower", in *The Illustrated London News*, 23 novembre 1896), in *Contes de Noël*, anthologie réunie par Xavier Legrand-Ferronnière, Paris : Joëlle Losfeld, 2000.
– *Les Exploits du colonel Clay* (*An African Millionaire*, Londres : Grant Richards, 1897), Paris : Richonnier, sans date (sous le titre *Le Colonel Caoutchouc et ses aventures extraordinaires*, attribué à 'Meade et Halifax') ; Encino : Black Coat Press, 2011 ; Blagnac : Jean-Daniel Brèque, 2012 (édition numérique).
– *Les Aventures de Miss Cayley* (*Miss Cayley's Adventures*, Londres : Grant Richards, 1899), Encino : Black Coat Press, 2012 ; Blagnac : Jean-Daniel Brèque, 2012 (édition numérique).
– *La Vengeance de Hilda Wade* (*Hilda Wade*, Londres : Grant Richards, 1900), Encino : Black Coat Press, 2013 ; Blagnac : Jean-Daniel Brèque, 2014 (édition numérique).

VINTAGE FICTION

SF / FANTASTIQUE / MACABRE

Volumes brochés, couverture couleurs, format 12,5 cm/20,5 cm.

UN RAT DANS LE CRÂNE
ROG PHILLIPS

Quatre nouvelles de SF inédites en français, parues entre 1952 et 1959 aux USA

132 pages, prix 10,00 €

L'ŒIL DE BALAMOK
VICTOR ROUSSEAU

Roman d'aventures fantastiques (race perdue et terre creuse), paru en 1920 aux USA

172 pages, 12,00 €

À paraître à l'été 2019 :
DÉRAPAGES TEMPORELS

MURRAY LEINSTER et PHILIP M. FISHER, Jr

Deux longues nouvelles de SF inédites en français sur le Temps, publiées en 1919 et 1922 aux USA

Disponibles chez L'Oeil du Sphinx et chez Amazon

MES TROUS DE MÉMOIRE

par Rog Phillips

Jusqu'en 2017, la dernière parution en français de Rog Phillips remontant à 1985 dans une anthologie de la série « Hitchcock présente », il fallait être un amateur blanchi sous le harnais pour avoir gardé le souvenir de cet Américain qui fut le premier anglo-saxon, en dehors de l'omniprésent Vargo Statten, à avoir été traduit en « Anticipation » Fleuve Noir (n° 30, 1954).

Le roman s'intitulait Piège dans le temps, *version française de* Time Trap, *paru en 1949 et considéré comme l'un des tous premiers, sinon le premier, paperback original publié aux États-Unis. En dépit d'une traduction/adaptation en gros sabots,* Piège dans le temps, *servi par une belle couverture de Brantonne, a toujours joui d'une certaine cote chez les amateurs du genre.*

Plus tard, entre la fin des années 1950 et 1960, le nom de Rog Phillips réapparaîtra sporadiquement dans Fiction *et* Hitchcock Magazine *avant de faire un ultime tour de piste en 1978 avec deux nouvelles dans* Les meilleurs récits de Fantastic Adventures *réunis par l'incontournable Jacques Sadoul chez J'Ai Lu.*

Pourtant, Rog Phillips, de son vrai nom Roger Philips Graham (20 février 1909–2 mars 1966), fait partie de la garde des auteurs de SF et de Fantastique regroupés sous le label « classiques mineurs », ceux qui forment le socle d'un genre avec des œuvres solides et imaginatives d'où émergent de temps à autre de vrais textes marquants.

Roger Philips Graham fut un pur produit de l'équipe de Ray Palmer aux commandes des pulps Amazing Stories *et* Fantastic Adventures *dans les années » 40 pour le compte de l'éditeur Ziff-Davis. Autodidacte ayant publié quelques nouvelles d'aviation et de policier sous le nom de John Wiley en 1933/34, et pratiqué toutes sortes de métiers (ouvrier agricole, charpentier, plombier, vendeur de machines, etc.) Graham entra donc dans les revues de Palmer fin 1945, à 35 ans passés...*

Il y publiera des dizaines de nouvelles essentiellement sous son pseudonyme « officiel » de Rog Phillips et sous celui de Craig Browning, mais aussi sous les « house names » de Peter Worth, d'Alexander Blade, de Peter F. Costello, d'A. R. Steber, Robert Arnette, Gerald Vance et quelques autres plus occasionnels. Jusque vers 1954, on le retrouvera aussi dans la plupart des magazines format « digest » qui ont remplacé les « pulps » et forment la majeure partie du marché derrière les publications stars que sont Astounding, Galaxy *et* The Magazine of Fantasy and Science-Fiction *(F & SF).*

De graves ennuis de santé vont ensuite pousser Roger Graham à réduire drastiquement ses activités littéraires puis à opérer un virage en direction du récit policier à partir de 1959, mutation interrompue par un décès prématuré à 56 ans. Un certain nombre de ses meilleures histoires datent de cette période où il avait abandonné le rythme de publication souvent effréné qui avait marqué ses dix premières années de carrière...

Enfin, sous le nom de Rog Phillips, il rédigea de 1948 à 1953 la rubrique mensuelle The Club House *pour* Amazing Stories, *rubrique sur les fanzines et le fandom de SF qui constitua le premier véritable port d'attache pour les fans de tous les États-Unis et marquera à jamais de jeunes débutants comme Robert Silverberg.*

Auteur de près de 200 nouvelles et courts romans, Roger Graham ne publia que trois vrais romans de SF d'aventure sous forme de livres en dehors de Piège dans le temps *:* Worlds Within *(1950),* World of If *(1951) et* The Unvolontary Immortals *(1959, relié).*

En dépit des effets à l'occasion néfastes d'une production trop rapide jusqu'en 1955, bien des histoires de Roger Philips Graham ont plus que survécu aux atteintes du temps, souvent par l'originalité de leur traitement. Comme celle publiée dans notre précédent numéro, celles du court recueil Un rat dans le crâne, *réuni fin 2017 par mes soins pour la collection « Vintage Fiction » et celle que vous allez lire maintenant...* — **RDN**

Je sortis la lettre de ma poche, puis regardai l'adresse qui y était inscrite avant de jeter un coup d'œil à celle sur la boîte aux lettres. C'était la même. J'avisai le tronçon d'herbe devant la maison en prenant le temps d'observer les fenêtres aux vitres brisées et obstruées de carton, ainsi que le parement qui donnait l'impression de n'avoir jamais été peint. Je levai les yeux vers le toit, dont une partie complète des bardeaux, arrachés de façon irrégulière, ressemblait à la tête d'un homme atteint de calvitie.

J'essayai d'associer cette maison en décrépitude au Paul Fairness que j'avais connu à l'université. Sans succès.

Une hypothèse se présenta à moi : Paul devait en fait vivre dans le joli chalet forestier que j'avais aperçu un quart de mile avant d'être rendu au taudis. La boîte aux lettres devant moi était la plus proche, alors il en utilisait l'adresse. C'était évident.

J'avançai ma voiture dans l'allée de terre. À la vue de l'herbe qui y poussait, elle n'avait clairement pas été utilisée depuis longtemps.

Une fois rendu plus près de la maison, je pus voir en partie la cour arrière. Elle était entourée de grillage à poule de six pieds de haut bien attaché à des poteaux de deux par quatre. La section que je voyais était reliée au coin de la maison. La personne qui avait installé cette clôture avait fait un travail professionnel qui détonnait avec l'allure générale du bâtiment.

Quelque chose apparut dans la partie clôturée de la cour arrière. Je crus sur le coup qu'il s'agissait d'un babouin, puis me rendis compte que c'était plutôt un lévrier afghan.

Le chien s'avança vers la clôture à pas lents, dans ma direction. Il n'utilisait pas sa patte droite avant. Au lieu de la tenir repliée dans les airs comme le font d'ordinaire les chiens avec une patte blessée, il la traînait comme si elle était paralysée.

Ce qui attira alors particulièrement mon attention, ce fut le tissu blanc retenu au crâne de l'animal par un cercle de vis en métal.

Je garai la voiture à côté de la maison, puis j'en descendis. Le lévrier afghan se mit à agiter la queue de manière amicale, haletant comme s'il me saluait.

Il n'y avait pas âme qui vive et les fenêtres étaient trop sales pour qu'on puisse voir à l'intérieur de la maison. Je marchai jusqu'à la clôture, puis m'accroupis avant de passer les doigts à travers le grillage.

Le chien se mit à les lécher, le corps frémissant de bonheur.

J'examinai sa patte paralysée.

Elle était à vif à force d'avoir été traînée. Du sang luisait, mais la bête ne semblait pas s'en soucier outre mesure.

J'essayai de caresser la joue du chien, qui détourna suffisamment la tête pour que je puisse toucher l'extrémité des petites vis.

Elles semblaient avoir été fixées directement dans le crâne.

En grattant l'épaule du chien de mon autre main, je pus soulever le tissu blanc juste assez pour voir en dessous.

Il n'y avait pas de chair ni de crâne, mais un dôme transparent à travers duquel je voyais les convolutions du cerveau de l'animal.

Cela me remit soudain un truc en mémoire. Des années plus tôt, j'avais lu un article à propos de quelque chose de semblable dans *Life*. On y décrivait des expériences menées sur des singes à qui on avait retiré la boîte crânienne pour la remplacer par une autre en plastique afin d'observer leur cerveau. Ce fut dur à admettre, mais cette affaire pointait vers la demeure délabrée de Paul... Lui qui avait étudié pour devenir chirurgien en rêvant d'une vie consacrée à la recherche en chirurgie et en anatomie.

Soudain, je me rendis compte que quelqu'un se tenait derrière moi. Je tournai la tête, puis levai les yeux. C'était Paul Fairness. Enfin, je fus convaincu que c'était lui avant de découvrir la lueur dans son regard et l'expression de son visage.

Au lieu de me souhaiter la bienvenue en me souriant de façon amicale, voire de m'indiquer par un quelconque signe qu'il me reconnaissait, Paul me fusilla du regard comme si j'étais un parfait étranger qui venait de pénétrer chez lui sans invitation. Ou peut-être me jetait-il ce regard hostile parce qu'il se souvenait trop bien de moi ?

– Qui êtes-vous ? demanda-t-il, la voix remplie d'une colère à peine dissimulée.

– J'ai tant changé que ça en dix ans, Paul ? répondis-je en souriant d'une manière qui se voulait désarmante.

– Je ne m'appelle pas Paul. Vous vous êtes trompé d'adresse.

– C'est impossible, répliquai-je dans l'espoir qu'il s'agisse d'une blague prononcée par une personne ayant un sens de l'humour cru et tordu.

Puis, soudain, de manière impulsive, je décidai d'entrer dans son jeu.

– Ah, vous n'êtes pas Paul Fairness ? C'est vrai que je ne me souviens plus très bien de lui. Je ne l'ai pas vu depuis dix ans. Je suis venu ici à cause de ceci.

Je lui tendis la lettre. Il ne fit même pas l'effort de la prendre ; il se contenta de continuer de me fixer d'une manière tout sauf amicale. Je haussai les épaules avant de remettre la lettre dans ma poche. La situation commençait à me décourager. Peut-être était-ce un jeu : Paul se faisait passer pour un étranger hostile avec un humour pince-sans-rire dans le but de m'énerver et, quand je finirais par exploser, il éclaterait alors de rire.

Il n'y avait qu'une manière de le battre à son propre jeu et le faire craquer : continuer à jouer suivant ses règles. Tôt ou tard, il ne pourrait pas résister à l'envie de me traiter de menteur...

J'ai changé donc d'approche en adoptant une attitude purement pragmatique.

— Puisque vous n'êtes pas Paul Fairness, je serai franc avec vous. Je suis détective privé dans un bureau à Chicago. Nous le recherchons pour avoir pris la fuite, il y a huit ans, après avoir volé plusieurs milliers de dollars d'un fonds d'aide. Nous n'avons pas de photo de lui en notre possession ni d'information pour faire avancer l'enquête, mais une source nous a indiqué qu'il vivait ici. C'est pourquoi j'y suis venu pour vérifier. Puisqu'on ignore à quoi il ressemble, le seul moyen de le pincer est de lui faire croire que je suis un vieil ami afin qu'il trahisse son identité.

— Qui est cette source ? demanda-t-il, suspicieux, avec une telle sincérité dans la voix que, l'espace d'un instant, je fus convaincu qu'il ne s'agissait pas de Paul.

— Le facteur, répondis-je avec aisance. Nous avons envoyé des avis de recherche à tous les bureaux de poste, vous savez...

— Bien... dit-il en se montrant enfin un peu plus amical. Je suppose que ce Paul Fairness habitait ici avant que j'emménage. J'ai cru que c'était un criminel en fuite, car il a laissé ce chien derrière lui ainsi qu'une panoplie de trucs à lui. J'ai gardé le chien, que je détesterais de-voir tuer, et les vêtements qu'il a laissés parce qu'ils m'allaient. Je ne suis ici que depuis quelques semaines.

— La route a été longue jusqu'ici, lui dis-je. Ça vous dérange si j'entre pour me reposer un peu ?

Il hésita un instant, puis se retourna sans dire un mot et se dirigea vers l'entrée de la maison. Je pris ce geste pour une acceptation et je le suivis. Le lévrier afghan se mit à gémir en sourdine, comme s'il me demandait de rester avec lui un peu plus longtemps.

— Asseyez-vous ici, indiqua mon hôte en pointant le doigt vers une chaise fatiguée près de la porte. Je vais vous préparer du café. Il n'y a pas de place ici pour la nuit, mais je ne crois pas que ce soit ce dans vos projets puisque vous n'avez pas trouvé la personne que vous cherchiez.

Je m'assis, un poil agacé.

Il réapparut au bout de seulement deux minutes avec une tasse de café chaud, une boîte de lait dont les trous étaient cernés d'une croûte et un bol de sucre avec une cuillère douteuse dedans.

Il se pencha au-dessus de moi en silence, pendant que je versais de la crème et du sucre dans mon café à l'aide de la cuillère. Je ne laissai pas paraître que tout ceci me donnait la nausée. Lorsque je pris la tasse pour boire une première gorgée, il se retourna, disparu dans la cuisine pour réapparaître quelques secondes plus tard et aller s'asseoir sur une chaise à l'autre bout de la pièce.

— Il n'est pas très chaud, jeta-t-il. Vous pouvez le boire plus vite si vous le désirez.

La moutarde me remonta au nez. J'avalai deux longues gorgées avant de déposer la tasse sur le bras de la chaise et de me lever.

— J'espère que vous le trouverez, dit-il en réagissant illico. Au revoir !

Je l'observai un instant, sur le point de perdre mon sang froid et de le laisser gagner à son petit jeu tordu, mais je finis par tourner les talons pour rejoindre la voiture.

Je démarrai dans l'espoir que Paul sorte de la maison à la course, le visage fendu d'un grand sourire en m'avouant que tout ça n'était que du flan. Mais lorsque je reculai vers la route, la maison persista à rester silencieuse.

***

Une fois engagé sur la route vers Blake, je laissai le moteur tourner une minute ou deux, les yeux rivés sur la maison, sans trop savoir quoi penser. Puis je passai la première et au fur à mesure que je progressais vers la ville, mes pensées se firent des plus confuses.

Et ceci pour une bonne raison : je savais bien que dans le monde chacun d'entre nous avait au moins un sosie face auquel même ses amis les plus proches pouvaient se méprendre.

Sauf qu'à l'université, Paul avait été mon camarade de chambre pendant deux ans, et que même dix ans n'avaient pas réussi à effacer de ma mémoire la forme exacte de la cicatrice en demi-lune sur son cou, la singularité de celle sur le dos de sa main droite à l'endroit où l'on avait retiré une verrue à l'aide d'acide nitrique, ainsi que celle étroite — pas plus longue qu'un pouce — sur sa nuque.

Ces traits particuliers, qui ne pouvaient être dupliquées par hasard, indiquaient sans l'ombre d'un doute que l'homme qui m'avait accueilli avec si peu de manières ne pouvait être que Paul Fairness... !

Pourquoi n'avais-je pas exposé ces preuves pour l'obliger à cesser son petit jeu, je l'ignorais. C'était peut-être à cause de son attitude, sûr de lui, et de son insistance à me prouver qu'il ne pouvait pas être Paul Fairness – ceci en directe contradiction avec l'insistance à vouloir me voir qui émanait de sa lettre.

Durant les deux premiers kilomètres en direction de la ville, mon premier réflexe fut d'oublier tout ce qui venait de se passer et de retourner à Chicago, mais plus j'approchais de Blake, plus je devenais réticent à l'idée de laisser cette affaire en suspens. Je décidai donc de louer une chambre à l'hôtel et d'y rester jusqu'à ce que j'aie remis de l'ordre dans cette affaire.

Le Blake Hotel était un édifice de trois étages dont le rez-de-chaussée donnant sur la rue était occupé par une épicerie, une pharmacie et un café. Je garai la voiture en face du café, puis grimpai l'escalier étroit s'insinuant entre le café et la pharmacie. Les marches menaient jusqu'à un vestibule situé à l'étage, à peine plus qu'un petit espace dans le hall, et avec un comptoir derrière lequel était assise une vieille femme.

Elle me jeta un coup d'œil suspicieux avant de me demander si j'étais seul, puis me gratifia d'un sourire dubitatif lorsque je répondis que oui.

Ma chambre se trouvait à l'arrière de l'hôtel, dotée d'une fenêtre occultée par la fumée produite par la blanchisserie dans l'immeuble d'à côté. Les trois dollars que j'avais dû payer à l'avance pour un jour de location auraient suffi pour racheter les meubles et le tapis... S'il y avait eu une pancarte au mur indiquant que George Washington avait dormi ici, je l'aurais cru sans peine.

Je retournai à la voiture pour y récupérer mes valises. Tandis que je les sortais du coffre, je remarquai une jolie serveuse près de la fenêtre du café. Puisque ma chambre me déprimait, je décidai que mes valises pourraient attendre et d'aller manger un morceau.

La serveuse se révéla encore plus jolie qu'à travers la fenêtre. Dans la grande ville, elle aurait eu un meilleur emploi, mais à Blake, ce café était sans doute le mieux auquel elle pouvait espérer.

Elle me sourit en me tendant un menu. Je ne pris pas la peine de le lire et commandai un steak avec un café avant de lui sourire à mon tour.

Une fois ma commande reçue, j'avais appris que la serveuse s'appelait Norma Williams et qu'elle me trouvait sympa ; une fois mon repas fini, je savais qu'elle avait toujours voulu visiter Chicago, car elle avait une tante qui y habitait.

— À propos, connaîtriez-vous par hasard un certain Paul Fairness qui vit à la périphérie d'ici ? lui demandai-je en commençant mon troisième café.

Son sourire disparut, alors qu'elle fronçait les sourcils.

— Paul ? Oui, je le connais. Il avait l'habitude de venir prendre un morceau ici de temps à autre.

— Avait l'habitude ? raillai-je avec bonhomie.

Elle s'éloigna pour se verser une tasse de café, puis revint s'asseoir près de moi à l'extrémité du comptoir. Qu'elle soit assise à mes côtés me procura une étrange sensation. Lorsqu'elle tourna la tête pour me regarder, je remarquai qu'elle avait l'air inquiète.

— Paul avait l'habitude de sortir avec Mary, ma sœur aînée, raconta Norma. Ils étaient censés sortir ensemble il y a environ dix jours de ça. Mais il ne l'a pas appelée ; comme elle le croyait malade, Mary a pris la voiture de papa et s'est rendue chez lui. Il a prétendu… ou quelqu'un qui lui ressemblait a prétendu ne pas la connaître et lui a dit de sortir et de ne plus revenir. Mary est persuadée qu'il s'agissait de Paul, bien que cela ne lui ressemble pas d'agir de cette manière. Je parierais jusqu'à mon dernier dollar que s'il avait voulu que ça se termine entre eux, il l'aurait fait avec galanterie. Et, de toute façon, je suis certaine qu'il était profondément amoureux d'elle.

Ainsi Paul avait été amoureux de la sœur de Norma… Avait été ? Pourquoi est-ce que je pensais à lui au passé, comme s'il était mort ? Je fus si perturbé par cette idée que, l'espace d'un instant, j'en oubliai même Norma.

— Paul était mon meilleur ami à l'université, expliquai-je.

Elle s'était légèrement tournée vers moi sur le petit tabouret et son genou s'était appuyé contre le mien. C'était vraiment difficile de penser à autre chose qu'à elle…

— Vous êtes donc venu ici pour le voir ? dit-elle avec espoir.

Je hochai la tête et elle se hâta de poursuivre.

– Vous pourrez peut-être découvrir ce qu'il lui arrive quand vous irez le voir.

– J'y suis déjà allé... Il m'a viré aussi… Pourtant il m'avait écrit une lettre m'invitant à venir le voir.

Je la sortis de ma poche et la lui tendit. Elle la lut, pensive, un pli de concentration sur le front. Je la regardai en me disant à quel point elle aurait l'air jolie dans sa propre cuisine bien entretenue, dotée de grandes fenêtres et peinte de couleurs lumineuses.

– C'est bien Paul, oui, dit-elle, l'air absent, en posant la lettre sur le comptoir. D'après la date, il l'a écrite il y a deux semaines. Mais il n'avait jamais dit qu'il vous avait écrit.

Ses lèvres se mirent à trembler et des larmes brillèrent dans ses yeux.

– Eh, tout ira bien, lui soufflai-je avec douceur en lui entourant du bras les épaules.

Elle se ressaisit, puis s'excusa d'avoir perdu son sang-froid, le tout avant de reprendre lentement une gorgée de café.

– Vous pensez sûrement qu'en fait c'est moi qui suis amoureuse de Paul, hein ? fit-elle en me fixant de nouveau.

– Grands dieux, non ! rétorquai-je, soudain inquiet.

Je souris en surprenant l'étincelle au coin de son œil. Puis elle redevint sérieuse.

– Je suppose que vous allez repartir à Chicago, puisque Paul ne veut pas vous recevoir.

– Non, répondis-je en secouant énergiquement la tête. J'ai loué une chambre à l'hôtel. Je compte rester ici jusqu'à ce que je découvre ce qui ne va pas chez lui.

Un autre client est entré. J'ai avalé une gorgée de mon café pendant qu'elle prenait sa commande. Une chance qu'il fût pressé. Il a bu son café, a englouti son sandwich au fromage en moins de dix minutes, puis il est parti.

– Je me demande, dis-je, une fois le client hors de vue, à quelle heure vous finissez de travailler, Norma ?

– À 7 heures du soir, répondit-elle d'un ton hésitant.

– J'aimerais vous accompagner chez vous pour discuter avec votre sœur. Je crois que quelque chose ne va pas chez Paul et elle est sûrement mieux placée pour mettre le doigt dessus que vous, ou même moi, puisque ça fait dix ans que je ne l'ai pas vu.

— D'accord, lança-t-elle avec empressement.

— Je repasserai vers six heures et demie pour dîner. Comme ça, on pourra partir en même temps.

Norma jeta un regard vers la cuisine.

— Pourquoi n'attendez-vous pas ? me souffla-t-elle pour éviter que sa voix ne porte. Je ne mange pas avant d'être rentrée à la maison et vous pourriez souper avec nous.

— Parfait.

La maison des Williams était telle que je me l'étais imaginée. Elle était bien construite, de belle apparence, dotée d'un terrain à l'herbe fournie et d'un grand arbre, et était située dans un quartier résidentiel chic. M. Williams était un homme d'affaires typique des petites villes, un citoyen honnête. Mme Williams était plus jolie que la ménagère moyenne des petites villes, ce qui expliquait le physique de Norma.

Mary Williams, comme je l'ai tout de suite remarqué, prenait plutôt mal que Paul l'ait repoussée. Les cernes noirs sous ses yeux irrités étaient la marque de plusieurs nuits blanches et elle ne fit guère honneur au dîner.

Norma n'avait pas mentionné que j'étais un ami de Paul. Mme Williams déposa une grosse part de tarte aux pommes devant moi en m'ordonnant de la manger jusqu'à l'ultime miette. Après avoir avalé la dernière bouchée, je regardai Norma, assise de l'autre côté de la table, plus belle que jamais dans la jolie robe qu'elle avait rapidement revêtue en arrivant. Elle hocha imperceptiblement la tête. Je repliai avec soin ma serviette de table en lin, allumai une cigarette, puis m'adossai contre ma chaise.

— Je suis un ami de Paul Fairness, dis-je doucement.

Un silence électrique tomba alors dans la pièce. Mary tourna lentement la tête puis me fixa de ses yeux rougis.

— Je suis arrivé de Chicago ce midi, continuai-je, comme si tout était normal. Je me suis rendu chez Paul pour le voir… et il m'a reçu d'une bien étrange façon.

Je fixai à mon tour Mary en lui offrant un sourire de sympathie.

— Selon moi, il ne va vraiment pas bien.

— Vous croyez ? jeta Mary, le souffle court. Mais…

Elle s'arrêta pour essayer de trouver les bons mots, puis poursuivit :

— Qu'est-ce qu'il a ? Il n'a pas un comportement de fou. C'est comme s'il…

Mary se tut à nouveau, confuse.

– C'est comme s'il n'était pas lui-même ? terminai-je pour elle.

– Oui, exactement ! approuva-t-elle avec gratitude.

– Ce n'est pas lui, en effet... dis-je lentement. Comme vous le savez sûrement, Mary, je ne veux pas dire par là qu'il ne s'agit pas de la même personne. C'est le corps de Paul, sans l'ombre d'un doute, mais le vrai Paul est, d'une certaine façon, empêché de s'exprimer. Peut-être a-t-il développé un dédoublement de la personnalité et que l'autre personnalité a pris le dessus sur lui. Je ne suis pas psychologue, donc j'ignore si c'est possible, mais...

Je fis pivoter ma chaise pour me pencher vers elle.

– Vous le connaissez sans doute mieux que moi, continuai-je. Ce chien, là... Paul ne serait pas lancé dans des recherches en neuro-chirurgie, par hasard ?

– Oui, bien sûr, répondit Mary sans hésiter. C'était fascinant ! Il m'a même un peu montré de quelle manière il s'y prenait.

– Je t'en prie, Mary, l'avertit Mme Williams. Nous sommes à table.

Je leur suggérai de poursuivre la discussion au salon. Mais quelqu'un évoque le problème de la vaisselle. En moins de temps qu'il n'en faut pour le dire, M. et Mme Williams sortirent de la pièce et je m'assis au bout de la table de la cuisine pendant que Norma et Mary lavaient la vaisselle.

– Le chien, vous l'avez vu de près ? me demanda Mary.

– Oui. Il s'est approché du grillage et c'est là que j'ai remarqué son crâne en plastique, avant que Paul ne sorte de la maison pour voir ce que je faisais.

– Vous avez relevé le tissu pour voir le crâne tout entier ? ajouta Mary.

Je secouai la tête.

– Moi, je l'ai vu... poursuivit-elle. Il est parsemé de petites ouvertures contenant des prises que l'on peut enlever. Paul introduisait une sorte d'anesthésiant par ces trous afin de geler des zones du cerveau pour observer les effets de ces interventions.

– Aurait-il pu essayer cela sur lui ? demandai-je brusquement, sentant que ceci pourrait expliquer son changement d'attitude.

– Pas... pas que je sache, hésita Mary.

– Mmmm, dis-je après mûre réflexion, pour moi n'importe lequel des produits abrutissants introduits ainsi s'infiltrerait dans le cerveau et agirait comme anesthésiant général.

– Oui, c'était ça au début, répondit Mary, désormais focalisée sur le fait de me raconter tout ce qu'elle savait à ce sujet. Il travaillait dur pour trouver une substance pratiquement insoluble dans les fluides du cerveau afin que l'effet se limite à un seul point et que la quantité passant dans les autres parties du cerveau reste nettement en dessous de la dose susceptible de faire effet.

– Ce qui impliquerait que la zone anesthésiée le resterait un bon bout de temps... suggérai-je.

Elle hocha de la tête.

– C'est ce qu'il m'a dit. Mais c'est ce qu'il voulait pour pouvoir étudier ce qui se passait si certaines parties n'étaient plus connectées au cerveau durant une longue période. C'était fascinant. Il me l'a montré une fois. Il avait représenté sur un tableau toutes les zones du cerveau et ce qu'elles contrôlaient. Il affirmait que sa technique était la seule qui pouvait intervenir avec la précision d'une tête d'épingle à la surface du cerveau.

« Il avait l'habitude de parler pendant des heures de ce qu'il espérait accomplir grâce à ses recherches. Il souhaitait, entre autres, de potentiellement guérir toute forme de folie en quelques minutes en perçant un trou au bon endroit et en introduisant un mince fil métallique dans le cortex. La lobotomie préfrontale coupe une large section de la partie frontale du cerveau, alors que la folie provient probablement d'un petit point qui pourrait être détruit sans endommager les autres parties du cerveau, à condition de pouvoir le localiser.

– Ce serait une véritable révolution scientifique ! m'exclamai-je. Au lieu que tous les états du pays couvrent des hectares de bâtiments pour y abriter des fous, ceux-ci pourraient tous être guéris et renvoyés chez eux en l'espace de quelques jours... !

– Pas tous, corrigea Mary. Paul disait qu'il serait probablement mieux de juste anesthésier en premier puis d'observer les résultats ; s'ils s'avéraient concluants, on pourrait alors passer à la chirurgie. Ce ne serait pas aussi simple que de plomber une dent... mais presque !

– Ça fait combien de temps vous le connaissez, Mary ? lui demandai-je.

– Oh, soupira-t-elle de bonheur, depuis maintenant deux ans. Nous étions censés nous marier dès qu'il aurait terminé ses expériences, quelque part cet été, à ce qu'il disait.

– Savez-vous à quoi je pense ? dis-je en allumant une autre cigarette.

Norma et Mary se tournèrent toutes deux vers moi.

– Je crois que Paul a procédé à quelques expériences dont il n'a parlé à personne… et que, finalement, c'est sur lui qu'il a décidé de les mener pour voir ce qui se passerait.

– Non ! s'exclama Mary. Il n'a pas pu faire ça ! Cela voudrait dire que…

Je lui fis signe que oui.

– Cela voudrait dire qu'il s'est lui-même percé des trous dans la tête… dis-je avant de poursuivre à la hâte :

– Mais, en fait, ce ne serait pas aussi difficile que ça en a l'air. Il possède probablement un appareil de perçage spécial capable d'anesthésier le cuir chevelu et les os jusqu'à un certain point. Il doit y avoir une sécurité au bout de la perceuse pour éviter d'aller trop loin. Si jamais c'est bien ce qui s'est passé, Paul avait dû avoir tout calculé avant d'entreprendre quoi que ce soit…

– Si ça s'est bien passé comme ça… rétorqua Mary, le visage crispé d'horreur. Et puis quelque chose a du mal tourner.

– Peut-être pas aussi mal qu'on le croit, objectai-je. Il aura choisi d'anesthésier une partie du cerveau plutôt que de la retirer. Lorsque les effets du produit se seront dissipés, il redeviendra lui-même. Il a dit que cela prenait combien de temps pour que les effets se dissipent ?

– Plus ou moins vingt-quatre heures, enfin c'est ce qu'il m'a dit, répondit Mary. Mais il essayait de trouver un produit qui agirait plus longtemps.

– Alors, il n'y a aucun moyen de savoir combien de temps cela peut prendre, répondis-je. L'une des pattes du chien est toujours paralysée. Il a donc dû utiliser l'anesthésiant au point cérébral correspondant afin de savoir si les effets dureraient plus d'une journée. Lorsqu'il a remarqué que ça fonctionnait, il l'a utilisé sur lui…

Je hochai la tête, admiratif.

– Imaginez un peu… Paralyser une seule patte en anesthésiant juste un point dans le cerveau !

– Mais il n'a pas attendu, dit Norma, qui jusqu'ici avait écouté sans commenter.

– Que voulez-vous dire ? demandai-je.

– Eh bien, il n'aurait pas mieux valu qu'il attende que les effets se dissipent pour savoir précisément combien de temps le produit agirait… et d'être certain que ce ne soit pas permanent ?

– Bien sûr qu'il a dû le faire, répondis-je. Ou peut-être était-il si sûr que les effets se dissiperaient qu'il n'a fait que s'assurer que l'anesthésiant agirait plus de vingt-quatre heures ? Mais peu importe, nous devons intervenir au plus vite. Comment ? Je l'ignore, mais on ne peut le laisser comme ça… !

La carrure et l'attitude hostile de Paul étaient tout sauf accueillantes. Je n'aimais pas du tout l'idée de devoir me battre contre l'esprit ou quoi que ce soit d'autre qui s'était infiltré dans son crâne. Cependant, face à ces deux jeunes femmes qui m'imploraient de prendre les choses en main, je ne pouvais pas me défiler.

– Bon, ce que je dois faire, dis-je soudain avec détermination, c'est déjà me rendre là-bas et rester sur place pour m'occuper de lui. S'il refuse, en bien je serai forcé de l'attacher pour l'immobiliser jusqu'à ce que les effets de l'anesthésiant se dissipent.

– Je vous accompagne, dit Norma.

Je secouai la tête.

– Ça risque de mal tourner. C'est mieux pour toutes les deux de ne pas vous en mêler...

***

Avec Norma assise si près de moi, c'était difficile de me concentrer sur la route. Je la soupçonnais de se coller plus que nécessaire que l'exigeait la place prise par Mary.

Je conduisais aussi lentement que possible afin de retarder le moment angoissant d'affronter ce qui nous attendait d'ici la fin de la nuit.

– Vous savez, commençai-je alors que nous quittions la ville, je continue de penser à des cas similaires qui donnent l'impression que la situation est moins grave qu'elle n'y paraît. Prenez une personne ivre, par exemple. Certaines d'entre elles, sous les effets de l'alcool, agissent de la même manière que lorsqu'elles sont sobres. Elles poursuivent leur petit bonhomme de chemin, passent un bon moment, et lorsqu'elles reprennent leurs esprits, elles sont incapables de se rappeler ce qui s'est passé après avoir bu leur troisième verre. J'ai entendu dire que, parfois, dans une telle situation, elles pouvaient se montrer sous un jour complètement différent que quand elles sont sobres. C'est sans doute ce qui est arrivé à Paul... pas qu'il soit ivre bien sûr, mais ce qui est arrivé à son esprit et à sa personnalité. Peut-être que l'alcool est une sorte d'anesthésiant aux effets inégaux qui met en veille l'égo, tandis qu'une bonne partie du cerveau continue de fonctionner en donnant l'impression que la personne est la même… ou, du moins, qu'elle est à l'état d'éveil.

– C'est une possibilité, répondit Mary avec un regain d'intérêt. Donc, si Paul m'a repoussée, ça ne serait pas plus sérieux que s'il l'avait fait en étant ivre. Je crois que vous avez raison, ajouta-t-elle comme pour se rassurer.

– Je ne me souviens pas l'avoir vu ivre à l'université, dis-je. J'ignore comment il agirait dans cet état ; sans doute comme en ce moment...

– Il ne boit pas, répliqua Mary. Peut-être qu'il l'a fait une fois et qu'il a eu les idées embrouillées par la suite, mais s'il boit, il ne m'en a jamais parlé.

– Et vous ? me demanda Norma en me regardant avec des yeux brillants.

– Je n'ai jamais été ivre à ce point, répondis-je.

Ses lèvres n'étaient qu'à quelques centimètres des miennes.

– Hé, attention ! cria Mary.

Je redressai d'un coup de volant juste à temps pour éviter une collision frontale. Le rouge à lèvres de Norma laissa une sensation de velours sur ma bouche.

Mary nous dévisagea l'un après l'autre en essayant de trouver un coupable pour l'accident évité de justesse.

–… mais si je devenais ivre à ce point, repris-je, je conduirais sans doute de la même manière que là… !

Norma reprit ses esprits. J'ai ri, puis les deux filles se sont vite mises à rire aussi.

La bonne humeur s'évapora lorsque les phares illuminèrent la boîte aux lettres de Paul. Je sentis ma gorge se serrer alors que la voiture quitta la route pour emprunter l'entrée envahie d'herbes.

Une lumière éclairait la fenêtre de devant en formant un gros « L » inversé en raison des carrés de carton qui remplaçaient le verre brisé dans le coin inférieur gauche.

J'ai eu une vision de Paul Fairness assis dans la pièce, livré à lui-même, le regard noir avec une expression renfrognée, celle de celui qui cherche la bagarre comme certains ivrognes, mais sans l'absence de coordination des mouvements qui les rend facile à maîtriser. Il pourrait se montrer dangereux, et tout ce que j'avais avec moi, c'était deux jolies femmes qui me regarderaient partir en l'air et atterrir sur le marchepied de la voiture pour peu que j'essaie de le raisonner de trop près.

J'arrêtai la voiture à quelques mètres du porche avant de couper le moteur.

— Vous, les filles, vous attendez ici, murmurai-je en descendant.

Mais je n'avais pas fini de parler qu'elles étaient déjà sorties de la voiture.

Les portières se refermèrent d'elles-mêmes avec un léger déclic. Une fois devant la porte d'entrée, je frappai. Les pas des filles résonnèrent sur le porche lorsqu'elle s'ouvrit. De derrière la maison monta alors un hurlement lugubre.

Le visage de Paul était dans l'ombre, contrairement à ses épaules larges et robustes. En baissant les yeux, je vis que quelque chose luisait dans sa main : un automatique.

— Je savais que vous alliez revenir une fois la nuit tombée, ricana-t-il. Entrez. Je vous attendais.

— Ne faites pas de bêtise, Paul, dis-je d'un ton apaisant. Mary et sa sœur sont avec moi.

Je regrettai immédiatement ces mots. Mary ou Norma avaient peut-être eu assez de présence d'esprit pour rester hors du champ de vision de Paul et partir avertir la police.

— Je ne m'appelle pas Paul. Vous ne me blâmerez pas non plus pour ce que Paul a volé. Entrez, tous les trois.

— Si vous n'êtes pas Paul Fairness, dis-je en m'avançant lentement, alors, qui êtes-vous ?

Il recula jusqu'au centre de la pièce, tandis les filles me rejoignaient à l'intérieur.

— Fermez la porte ! ordonna Paul.

J'entendis la porte claquer derrière moi. Norma et Mary apparurent dans mon champ de vision, le visage pâle et l'air effrayées. Paul agitait lentement son pistolet de manière à nous viser l'un après l'autre.

— Qui êtes-vous ? demandai-je à nouveau.

Comme il ne répondait pas, je poursuivis :

— Je vais vous le dire, moi. En fait, vous l'ignorez. Vous êtes incapable de vous rappeler ce qui s'est passé il y a une semaine, voire il y a dix jours. Vous ignorez qui vous êtes et d'où vous venez… !

À son regard, je compris que j'avais visé juste, mais qu'il n'avait nullement l'intention de l'avouer.

— Bien sûr que je sais qui je suis ! jeta-t-il sur un ton de défi, mais ce n'est pas de vos affaires, monsieur le détective privé.

— Vous ne m'avez pas dit que vous étiez détective ! répliqua Norma avec surprise.

— Parce que je ne le suis pas, répondis-je. Quand Paul ne m'a pas reconnu ce midi, j'ai cru qu'il blaguait, alors j'ai joué le jeu. Il ne savait même pas qu'il m'avait envoyé une lettre d'invitation... Savez-vous pourquoi vous ne vous rappelez rien, Paul ? C'est que votre égo a été anesthésié par toutes vos expériences. Vous possédez une personnalité différente, comme un ivrogne en pleine crise. C'est pourquoi je suis revenu ici et pourquoi la fille qui vous aime m'a accompagné. Nous sommes venus prendre soin de vous jusqu'à ce que les effets de votre expérience se dissipent et que vous redeveniez vous-même.

Il remua les lèvres d'une façon étrange. J'eus la vague impression d'avoir dit quelque chose que je n'aurais pas dû prononcer, mais sans savoir quoi au juste.

— Ah, je comprends maintenant où vous voulez en venir, laissa tomber Paul. J'ai lu les notes qui traînent un peu partout. Oui, vous avez raison... J'étais Paul, mais voilà, je ne le suis plus. Et je n'ai pas l'intention de le redevenir.

— Que veux-tu dire ? demanda Mary d'une voix étrange.

— Que je suis moi ! affirma Paul avec irritation et entêtement. Si Paul revient, je ne serai plus moi, je mourrai. Je ne veux pas mourir.

— Mais bien sûr que non ! tentai-je de le rassurer. Maintenant que vous existez, vous ne pouvez mourir... Lorsque Paul se réveillera, vous serez toujours là. Vous êtes assez fort pour rester en vie.

— Arrêtez avec vos balivernes, cracha Paul. Je suis peut-être incapable de me rappeler ce qui s'est passé il y a deux semaines, mais j'ai appris tout ce qu'il savait sur le plan technique. J'ai également lu ses notes. Il connaît précisément l'endroit où pratiquer l'incision afin que je disparaisse. Dès qu'il se réveillera et réalisera que je ne veux pas mourir, il me tuera. Je vais donc continuer à verser de l'anesthésiant à l'endroit où il se trouve dans le cortex afin de le garder endormi de façon permanente. Peut-être aussi que j'insérerai le fil pour le tuer... Je n'ai pas encore pris ma décision.

— Oh, non ! Non ! s'écria Mary.

Elle fondit en larmes, complètement retournée.

En regardant Paul, je réalisai tout à coup dans quoi nous nous étions embarqués. La nouvelle personnalité de Paul était pleinement consciente de son combat pour sa propre existence et elle avait autant l'intention de jeter l'éponge que moi de me suicider.

Cette personnalité aurait réponse à tout. De son point de vue, j'étais une menace, et elle n'hésiterait pas à tirer sur moi pour sauver sa vie. Ma gorge devint subitement sèche, et mes paumes, moites.

– Couchez-vous par terre, sur le ventre ! ordonna Paul en me fixant.

– Vous comptez faire quoi ? demandai-je.

– Les filles vont vous lier les mains et les jambes. Je vous garde en joue au cas où vous tenteriez quelque chose.

J'ai mesuré la distance qui nous séparait : Paul était trop loin pour que j'essaie quoi que ce soit. Il m'aurait touché à maintes reprises le temps que j'arrive jusqu'à lui, et rien que je puisse lui lancer n'était à portée de main.

Je me suis donc couché sur le ventre.

– Il y a de la corde sur la table, indiqua Paul. Vous, les filles, atta-chez-lui les poignets et les chevilles et assurez-vous que tout soit bien serré, sinon vous allez le regretter.

Quelques minutes plus tard, j'étais prisonnier. J'essayai de garder du jeu dans les cordes pour me libérer plus tard. Mais Paul vérifia le boulot des filles... et resserra ensuite la corde si fort que toute libération devint impossible.

Lorsqu'il s'éloigna de moi, je me retournai pour m'asseoir. J'ai ainsi regardé Norma attacher Mary, puis Paul déposer son arme pour s'occuper de Norma. J'eus un gémissement de sympathie pour elle lorsqu'elle tenta de se débattre de désespoir et que Paul la gifla brutalement, laissant des marques de doigts sur son visage.

Une fois tous les trois saucissonnés, Paul s'assit et nous fixa d'un air menaçant.

– Qu'est-ce que tout ça va vous rapporter, hein ? crachai-je. Vous ne pourrez pas nous garder ainsi éternellement, vous le savez bien !

– Non... répliqua-t-il d'un ton las. Mais je peux vous endormir, tous les trois. Et donc vivre avec trois personnes comme moi, qui ne se rappelleront plus rien et croiront tout ce que je leur dirai.

Il s'arrêta là, mais son regard nous confirma que la situation était sans espoir pour nous.

Paul quitta sa chaise et traversa la pièce pour se rendre jusqu'à une porte fermée. Dès qu'il l'ouvrit, j'entrevis des murs blancs et des vitrines brillantes. Le laboratoire de Paul. Puis il alluma la lumière.

Il ressortit de la pièce et s'avança vers moi. Il m'empoigna par les pieds. Je cherchai avec frénésie une façon de sortir d'ici.

Paul me traîna sur le sol du laboratoire. Je jetai un dernier regard à Norma avant qu'il ne referme la porte.

– Vous savez, Paul, tentai-je de l'amadouer, vous n'avez pas besoin de faire ça. Je sais ce que vous ressentez ! Je vous aiderai, je vous en donne ma parole. Je veillerai à ce que les filles l'acceptent. Mary sera difficile à convaincre, mais Norma et moi arriverons à lui faire entendre raison.

Il resta de marbre. C'était comme si je n'avais rien dit...

Il m'installa en position assise pour que mon dos soit appuyé contre le pied d'une table d'opération vissée au sol. Il retira sa ceinture et l'attacha autour de ma poitrine, puis autour du pied de table. Lorsqu'il boucla la ceinture, je me retrouvai bel et bien prisonnier.

Je me rendis alors compte avec horreur et une nausée montante que ma tête arrivait à la hauteur de la surface de la table.

Je suivis Paul des yeux pendant qu'il se dirigeait vers un tiroir pour récupérer de gros rouleaux de ruban adhésif qu'il déposa ensuite sur la table.

Le visage calme et dépourvu expression, il déroula un ruban d'environ cinq centimètres de large, me maintint la tête bien droite en me tenant par les cheveux puis appliqua le ruban autour de mon cou, sans trop serrer pour éviter de m'étouffer, pour qu'il reste fixé contre le pied de la table.

Je bandai prudemment mes abdominaux pour tenter de décoincer la ceinture, mais sans succès.

Durant un instant qui me parut interminable, j'entendis les pas traînants de Paul briser occasionnellement le silence. Norma commença alors à crier dans la pièce d'à côté. Paul sortit en marmonnant puis claqua la porte derrière lui. La voix de Mary retentit, implorante. Le silence retomba au bout d'un moment.

C'était affreux. Puis, comme une lumière perçant les ténèbres, je pensai soudain à une histoire que j'avais lu quelque part. Mais où ? Je tentai de me ressaisir pour extirper ce fragment de mémoire de mon cerveau.

J'avais lu quelque part que quand un homme ivre disjonctait, son inconscient prenait la relève. Celui qui, à l'état sobre, n'a presque pas besoin de réprimer des pulsions n'édifie pas une séparation nette entre son conscient et son inconscient. Par conséquent, il agira de manière tout à fait normale lorsqu'il est ivre, même s'il ne se souviendra probablement par la suite de ce qui s'est passé.

Or, Paul avait réprimé nombre de ses pulsions naturelles pendant une bonne partie de sa vie, les subordonnant à la poursuite de ses recherches en médecine...

Pour ma part, j'avais développé une sorte de camaraderie professionnelle entre mes « moi » conscient et inconscient. Un ami m'avait dit un jour qu'il m'appréciait, mais détestait au plus haut point mon inconscient. Un autre avait fait la remarque, amusé, que mon conscient avait un QI d'environ cent cinquante et mon inconscient, lui, de six cent... Bref, l'inconscient de Paul, relevé au niveau du conscient par l'anesthésie spéciale, avait décidé de mener à bien son envie irrésistible de rester aux manettes. Mon propre inconscient, dans cette même situation, n'aurait pas ressenti cette pulsion égoïste, puisqu'il profitait pleinement de sa position cachée et d'une habilité à rester en retrait de tout ce qui ne l'intéressait pas...

Paul pensait sans doute gagner un allié en endormant mon esprit conscient, mais il allait plutôt composer avec un adversaire encore plus dangereux, non seulement capable de le berner, mais aussi de prendre rapidement le dessus sur lui.

Paul revint dans la pièce, puis ferma la porte. Il s'avança vers moi puis vers un petit placard dont il ouvrit les portes métalliques.

Mon cœur battait la chamade. Je me sentais faible et mou, et je me serais effondré si je n'avais été si bien attaché.

Des doigts lourds palpèrent mon cuir chevelu, glissèrent autour de lui, faisant battre mon cœur encore plus vite. Puis ils s'immobilisèrent. Je ressentis soudain une douleur vive, brève, et je sus alors qu'une aiguille venait d'être plantée dans ma tête.

Les doigts se retirèrent. Je commençai à manquer de souffle, à suffoquer de panique ; je finis même par arrêter de respirer l'espace d'un instant.

Mes épaules me faisaient mal. Elles étaient tendues, impossibles à détendre. La vague d'optimisme brièvement ressentie plus tôt s'évanouissait. Je détectai un engourdissement qui commençait à gagner la racine de mes cheveux, juste au-dessus du front, sur le côté gauche. L'anesthésie commençait à faire effet.

Un long moment plus tard, je sentis à nouveau les doigts pesants et fermes sur ma tête. Mon cœur se remit à battre à vive allure.

J'entendis soudain un ronronnement qui se transforma vite en un vrombissement aigu de moteur. Tout de suite après, je ressentis une pression atroce, suivie d'une sensation d'os broyés qui vibra jusqu'au plus profond de mon âme. Une pensée désincarnée m'indiqua qu'il s'agissait de la perceuse qui se frayait un chemin au travers de la calotte jusqu'au cerveau. Je me sentis plus malade que je ne l'avais jamais été, puis j'ai sangloté sans honte. Le désespoir s'installa en moi, comme un tourbillon au fond d'un océan cosmique.

Le vrombissement s'arrêta. Tout comme le temps, pendant ce qui parut être une éternité. Puis les doigts se promenèrent à nouveau sur mon cuir chevelu. Ils s'immobilisèrent et la douleur de leur pression devint insupportable...

***

J'ai commencé à me rendre compte que j'étais en train de me frotter les yeux dans un demi-sommeil. Une sensation qui détonnait avec mon souvenir d'avoir les bras attachés derrière le dos, ce qui m'a permis de reprendre pleinement conscience. J'ai souri intérieurement lorsque j'ai réalisé n'avoir jamais su quand l'aiguille s'était enfoncée dans le petit trou percé dans mon crâne pour injecter l'anesthésiant.

Sans ouvrir les yeux, je remis mon bras dans sa position initiale. J'étais allongé dans un lit. Je laissai le temps à mon esprit d'enregistrer l'information, puis ouvris les yeux. Le plafond était bleu pâle. Je tournai la tête passivement et découvris que je me trouvais dans une chambre étrange.

Une femme aux cheveux gris, juste vêtue d'un soutien-gorge et d'une culotte, me tournait le dos. Je poussai un hoquet sonore de surprise. Elle tourna la tête. C'était la mère de Norma.

Elle me sourit, visiblement inconsciente de mon regard embarrassé et du fait qu'elle était à moitié nue.

– Ah, tu te réveilles enfin, Rog, dit-elle. Tu devrais te lever.

– O… Oui, bégayai-je, avant de poursuivre avec frénésie. Où est Norma ?

– À la cuisine, répondit Mme Williams.

Elle me lança un sourire, puis passa une robe. Elle referma la fermeture éclair avant de jeter un coup d'œil dans ma direction en fronçant les sourcils.

– Eh bien, lança-t-elle sur un ton mi-brusque, mi-amusé : Lève-toi !

Je continuai de l'observer pendant qu'elle enfilait des pantoufles avant de sortir de la chambre sans regarder derrière elle.

Je ressentis un frisson et, en me demandant dans quel genre de famille je venais de débarquer, je sortis du lit. Au sol se trouvaient des pantoufles que j'ai chaussées. Je portais un élégant pyjama.

Un peignoir rouge gisait sur le dos d'une chaise. Je le revêtis, puis je jetai un coup d'œil alentour à la recherche de la salle de bains. Il n'y avait que deux portes : celle qui menait à la cuisine et par laquelle était sortie Mme Williams, et celle d'un placard qui était entrouverte.

Je me dirigeai vers celle menant à la cuisine. Alors qu'elle s'ouvrait en grinçant résonna un chahut de voix. Je l'ouvris en grand et me retrouvai dans un petit couloir fermé à l'autre bout. À ma droite, quelques pas plus loin, se trouvait la cuisine.

D'où je me tenais, j'aperçus plusieurs jeunes personnes de tous âges, allant d'un gamin de huit ans à une femme de plus de vingt ans.

J'ai croisé le regard de Norma. Elle était vêtue d'une robe d'intérieur rouge cerise à carreaux qui lui allait à ravir.

– Norma ! m'exclamai-je avec soulagement en entrant dans la cuisine et en découvrant d'autres jeunes personnes.

Au son de ma voix, Norma releva la tête d'un bol dans lequel elle remuait quelque chose.

Son air préoccupé s'évanouit, remplacé par un sourire radieux.

– B'jour, P'pa, dit-elle.

Les mots qu'elle venait de prononcer, et la façon avec laquelle elle recommença immédiatement à remuer le contenu de son bol coupèrent mon élan aussi vite que si je venais de percuter un mur.

Je scrutai la cuisine, sous le choc, pendant que d'autres « B'jour, P'pa » faisaient écho à celui de Norma. Il y avait au moins une douzaine d'enfants, le plus jeune d'à peine huit ans.

Je fixai le dos de Mme Williams, debout devant la cuisinière électrique à cuire des crêpes. Je jetai un regard circulaire à la pièce, jusqu'à ce que je remarque un miroir accroché à la porte d'un petit placard.

Je m'avançai vers le miroir pour m'observer, sachant déjà très bien ce que j'y verrais. La glace me renvoya le visage sérieux et stupéfié d'un vieil homme.

Je détournai les yeux, puis regardai de nouveau la vieille femme près de la cuisinière ; je me rappelai qu'elle s'était habillée devant moi dans la chambre. Pas étonnant qu'elle l'ait fait. Elle était la Norma Williams, pieds et poings liés, que j'avais vue pour la dernière fois dans la vieille maison de Paul avant qu'il ne me traîne dans le laboratoire… !

Les effets de l'anesthésiant avaient donc pris tout ce temps pour disparaître, et personne n'avait suspecté que mon esprit conscient était endormi. Personne n'avait sans doute décelé de différence dans mes agissements...

Je reculai lentement contre le comptoir de la cuisine derrière moi puis entrepris de compter les enfants. Quatorze... Mes yeux se brouillèrent de larmes au moment où je réalisai tout ce que j'avais raté.

J'ai entendu quelqu'un glousser, quelque part, au plus profond de mon esprit. Mon subconscient… !

— Aujourd'hui, après l'école, j'irai chez oncle Paul et tante Mary, lança à cet instant une fillette de douze ans en glissant sa main dans la mienne.

Je fermai les yeux pendant une minute, puis les rouvris avant de sourire un peu tristement à l'adresse du visage confiant tourné vers moi.

— D'accord... ma puce, dis-je gaiement en me penchant pour la prendre dans mes bras.

Je la serrai contre moi et l'embrassai. Un frisson me parcourut l'échine lorsqu'elle m'entoura le cou de ses petits bras.

Titre original « Holes in my Head »
Traduit par Mathieu Arès

BIBLIOGRAPHIE FRANÇAISE DE ROG PHILLIPS

– *Piège dans le temps* (*Time Trap*, Chicago ; Century Books, 1949, USA), Fleuve Noir ; Paris, 1954, « Anticipation » n° 30.

–« Plante à tout faire » ("Love me, Love my…", in *The Magazine of Fantasy and Science-Fiction*, février 1958), in *Fiction n° 58*, avril 1958.

—« Le diable par la queue » ("Services, Incorporated", in *The Magazine of Fantasy and Science-Fiction*, juin 1958), in *Fiction* n° 77, avril 1960.

—« Les Ogres » ("Homestead", in *The Magazine of Fantasy and Science Fiction*, août 1957), in *Fiction* n° 79, juin 1960.

—« L'Exécuteur » ("Executioner n°. 43", in *Venture Science-Fiction*, sept embre 1957), in *Fiction* n° 83, octobre 1960.

—« Un beau morceau » ("Full Treatment", in *Alfred Hitchcock's Mystery Magazine*, janvier 1961), in *Hitchcock Magazine* n° 12, avril 1962), repris sous le titre « Traitement complet » dans l'anthologie *Hitchcock présente : Histoires renversantes*, Presses Pocket ; Paris, 1985.

—« Premier arrivé, premier servi » ("First come, first served", in *Alfred Hitchcock's Mystery Magazine*, octobre 1962), in *Hitchcock Magazine* n° 54, octobre 1965.

—« Justice S.A. » ("Justice, Inc.", in *Alfred Hitchcock's Mystery Magazine*, janvier 1963), in *Hitchcock Magazine* n° 92, janvier 1969).

—"L'amicale du feu" ("The Hypothetical Arsonist", in *Alfred Hitchcock's Mystery Magazine*, décembre 1965), in *Hitchcock Magazine* n ° 94, mars 1969.

—« Incident d'escale » ("Ground Leave Incident", in *Venture Science-Fiction*, mai 1958), in *Fiction* n° 189, septembre 1969.

—"C'est dans les cartes" ("It's in the Cards"), in *Fantastic Adventures*, octobre 1952), in *Les meilleurs récits de Fantastic Adventures* réunis par Jacques Sadoul, J'Ai Lu n° 880 ; Paris, 1978.

—"L'ouvre-boîte" ("The Can Opener"), in *Fantastic Adventures*, janvier 1949), in *Les meilleurs récits de Fantastic Adventures* réunis par Jacques Sadoul, J'Ai Lu n° 880 ; Paris, 1978.

—« Un rat dans le crâne » (« Rat in the Skull », in *If* décembre 1958), L'Œil du Sphinx/RDN Books : Paris, 2017, coll. « Vintage Fiction » n° 1.

—« Les anciens Martiens » ("The Old Martians", in *If*, mars 1952), L'Œil du Sphinx/RDN Books : Paris, 2017, coll. « Vintage Fiction » n° 1.

—« La galerie » ("The Gallery", *Amazing Stories*, janvier 1959, USA) in L'Œil du Sphinx/RDN Books : Paris, 2017, coll. « Vintage Fiction » n° 1.

—« Les parias » ("Pariah", in *Science Stories*, octobre 1953, USA), L'Œil du Sphinx/RDN Books : Paris, 2017, coll. « Vintage Fiction » n° 1.

— "Le manoir" ("The House", in *Amazing Stories*, février 1947), in *Wendigo* n ° 4, 2017.

— "Mes trous de mémoire" ("Holes in My Head", in *Other Worlds Science Stories*, octobre 1950, USA), in *Wendigo* n ° 5, 2019.

LES DÉMONS DE LA NUIT

par Seabury Quinn

Seabury Quinn (1889-1969) est né à Washington D.C. Il suivit des études de droit à la National University et devint avocat en 1910. Après son passage dans l'armée au cours de la Première Guerre mondiale, il apprit la législation en matière médicale. Il publia son premier article en décembre 1917 et sa première nouvelle éditée fut « Demons of the night » en mars 1918 dans Detective Story Magazine, *qu'on va lire ici.*

En 1923, il entra dans Weird Tales *avec « La ferme fantôme ». Il allait devenir l'auteur le plus prolifique et le plus populaire du magazine, notamment grâce aux presque 93 histoires, dont un roman,* La fiancée du Démon, *qu'il y publia et mettant en scène le détective de l'étrange Jules de Grandin,, accompagné par son « Watson », le Dr Trowbridge. Lorsque Seabury Quinn abandonna sa carrière littéraire au début des années 1950, il avait publié environ 500 nouvelles !*

Par la suite, ses enquêtes de Jules de Grandin et un certain nombre d'autres de ses histoires fantastiques furent assez régulièrement rééditées aux États-Unis et à l'étranger. Parmi les dernières rééditions en date, il faut citer Night Creatures *(2003, Ash-Tree Press, USA),* Demons of the Night *(2009, Black Dog Books, USA) ou encore le recueil multi-genres* Someday I'll Kill You *(2017, Black Dog Books, USA). Seabury Quinn s'étant attaqué par le biais de Jules de Grandin à tous les sujets du fantastique, il n'y a rien d'étonnant à le revoir ressurgir encore maintenant dans des anthologies thématiques du genre...*

Responsable éditorial de revues professionnelles à New York puis à Washington depuis la fin des années 1910, Seabury Quinn alterna toute sa vie ses activités d'avocat et celles de journaliste, sa carrière littéraire passant au second plan. Il devint un spécialiste de la législation des pompes funèbres qu'il enseigna dans de nombreuses écoles de la profession. Il fut également rédacteur en chef durant 15 ans de la revue spécialisée Casket & Sunnyside *et écrivit dans les années 1940-1950 pour le* Dodge Magazine *147 courtes histoires tournant autour des pompes funèbres sous le pseudonyme de Jerome Burke (*This I Remember; the memoirs of a funeral director, *2002). C'est suite à cette activité un peu particulière que s'est développée la légende, allant comme un gant à quelqu'un affectionnant les histoires macabres, voulant que Seabury Quinn ait été croque-mort de profession !*

Dans le premier numéro de Wendigo, *j'écrivais que « L'idole de pierre », publiée en 1919 dans* The Thrill Book, *était, jusqu'à preuve du contraire, la première histoire fantastique de Seabury Quinn, avec son docteur T(r)owbridge qui annonçait le plus célèbre personnage de l'auteur. Mais après avoir lu « Les démons de la nuit », je n'en suis plus aussi sûr...* — **RDN**

Je n'ai rien d'une personne imaginative... tout au contraire. Toute superstition ou croyance en l'irrationnel que j'aurais pu nourrir a été parfaitement éradiquée par quinze ans de service comme rédacteur d'actes et clerc dans l'agence en biens immobiliers de Beane & Ellington... Ce qui rend d'autant plus incompréhensible l'expérience remarquable que j'ai vécue lors du dernier Halloween. Je me surprends parfois à me demander si tout cela n'était pas qu'un rêve ridicule — fruit grotesque d'une imagination déséquilibrée par un aliment avarié ou un excès de whisky écossais. En vérité, c'est ce que la raison semble désigner comme seule explication possible et pourtant, contre toute raison ou bon sens, il demeure certains faits physiques qu'on ne peut contredire. Tout arriva ainsi :

Juste avant l'heure de la fermeture au soir du 31 octobre dernier, Mr. Ellington me convoqua dans son bureau et me tendit trois actes.

– Krump, dit-il. Prenez votre sceau notarial et filez ce soir chez Mr. Butler avec ces documents. Butler les a approuvés cet après-midi, mais son épouse était occupée à préparer une sorte de folle fête d'Halloween pour cette nuit et ne pouvait venir contresigner. Vous devez sans faute lui demander de les approuver cette nuit, lança-t-il comme je sortais du bureau. Ces documents doivent aller aux archives demain à la première heure.

La « folle fête d'Halloween » battait son plein chez Mme Butler lorsque je me présentai ce soir-là. Sous les lumières tamisées, des couples vêtus d'amples suaires et autres costumes bizarres dessinaient arcs et boucles dans les dédales d'une valse-hésitation au rythme de notes joyeuses de mandolines et de plaintes de violons ; et, à l'occasion, lorsque les notes s'élevaient en crescendo vers de plus hautes cimes, on entendait l'étrange cri aigu d'une flûte, se fondant en bizarre harmonie au macabre spectacle des danseurs en linceuls. Un majordome très compassé me reçut à la porte et, apprenant que je n'étais pas un des invités, me conduisit dans un salon d'attente.

Je m'installai dans un fauteuil ornementé, quoique peu confortable, pour attendre le bon-vouloir de Mme Butler et entrepris paresseusement d'examiner les alentours. La pièce où je me trouvais semblait une sorte d'alcôve ou passage donnant sur la bibliothèque. Glissant un regard entre les portes à demi fermées, je voyais le feu d'un âtre ouvert qui brûlait vivement, la danse de ses flammes rehaussant joyeusement les rangées de livres et le mobilier orné de tapisserie. Un froissement de jupes et le gazouillis de jeunes voix féminines annoncèrent l'entrée d'un groupe d'invitées dans la bibliothèque. L'une d'elles, une jeune fille en long suaire blanc, s'avança vers le feu, y jeta une poignée de noisettes tout en entonnant d'une voix solennelle :

Et le destin de tant de drôles et drôlesses
Se décide ici en cette nuit ;
Certaines s'embrasent, intimes, côte à côte
Et brûlent en parfaite harmonie ;
Certaines, coquettes et fières, bondissent
Pour sauter hors de la cheminée,
Très haut cette nuit.

J'eus un sourire en reconnaissant l'adaptation du « Halloween » de Burns, et je me remémorai cette singulière et ancienne coutume écossaise. Les noisettes portaient les noms de certains amants et, une fois jetées dans le feu, si elles brûlaient ensemble, c'était vu comme signe de leur prochain mariage ; mais si elles s'éloignaient d'un bond sous la chaleur, les amants ne s'épouseraient jamais. Les filles se serraient près de la grille du foyer, émettant des cris étouffés de ravissement ou feinte consternation, selon que la disposition des noisettes à leur nom obéissait ou ignorait leurs ferventes injonctions.

— Du sang, du sang, du sang ! chanta une voix sépulcrale au fond de la salle, et une haute silhouette drapée d'une ample robe noire s'avança d'un pas majestueux vers la lumière du feu. Un frisson de surprise et consternation traversa le groupe lorsque le sinistre appel fut trois fois répété, mais leur sang-froid se rétablit rapidement lorsque l'inquiétant visiteur rejeta en arrière son capuchon funèbre, révélant le souriant visage d'un jeune homme exceptionnellement beau.

— Pourquoi cette entrée... sanguinaire, Frank ? s'enquit la jeune femme qui avait jeté les noisettes au feu.

— Ne saurais-tu point, rétorqua-t-il d'un feint ton solennel, qu'en cette nuit, veille de Toussaint, les *revenants* sont libérés de leurs tombes pour errer sur Terre et nourrir leurs fétides corps du sang des vivants ?

La fille plissa le front, perplexe.

— *Revenants ?* répéta-t-elle, d'un ton interrogateur.

— Tu l'as dit, ô Sibyl ! répliqua-t-il, s'inclinant bien bas.

Elle leva les yeux au ciel, comme une enfant révisant sa table de multiplication :

— *Revenir, retourner ; je reviens, je retourne ; il revient, il retourne...* elle récita rapidement la conjugaison : je suppose qu'il s'agit de « celui qui revient ». Mais je ne comprends pas.

— *Revenant,* expliqua-t-il, est le terme technique appliqué aux vampires de Russie et Hongrie. Tu sais, c'est une croyance répandue chez les peuples slaves que certaines personnes victimes de mort violente, ou décédées sans absolution, ne meurent jamais vraiment, mais sont condamnées à une « errance nocturne sur terre », se nourrissant en suçant le sang des vivants. Ceux qui meurent, vidés de leur sang par ces démons nocturnes, deviennent à leur tour des vampires, et c'est ainsi que les *revenants* recrutent leur blême armée.

— Quelle horreur ! Elle frissonna. Mais pourquoi les nomme-t-on revenants ?

— Parce que, tout en étant véritablement morts en apparence, ils possèdent le mystérieux pouvoir de revenir de la tombe pour errer sur terre entre le crépuscule et l'aube, surtout la veille de la Toussaint —

donc cette nuit. Reposant dans leurs tombes, ils sont affamés et, puisque la seule substance qui puisse les nourrir est le sang sucé sur des personnes vivantes, ils errent dans la nuit, tuant ceux qu'ils rencontrent. Ferguson les évoquait dans ses écrits sur « la vaste horde ne logeant pas encore en enfer ».

— Je ne crois pas que j'aimerais suivre tes cours à l'université si tu enseignes à tes classes de si horribles choses... dit-elle. Au fait, comment *nomme-t-on* cette vieille science dont tu es professeur, d'ailleurs, Frank ?

— L'anthropologie, répondit-il. Mais, par malheur, je ne suis pas encore professeur — seulement un misérable assistant sous-payé.

Elle le contempla un instant, d'un air qui aurait dû le convaincre qu'il existait au moins une personne pour qui il n'était en rien « misérable ». Puis elle reprit de son ton badin :

— Et comment, s'il te plaît, peut-on reconnaître un de ces — comme tu les nommes — de ces *revenants ?*

— À leurs dents, tranchantes et pointues ; à leurs sourcils qui se joignent ; à leurs lèvres rouges et leurs yeux encore plus rouges.

— Et comment peut-on échapper à leur attention cette nuit ?

— Ah, voilà un secret pour lequel nous autres, sorciers, exigeons un prix, répliqua-t-il.

— Et quelle serait la dîme pour un si utile savoir, ô grand mage ?

— Un baiser ; ni plus, ni moins.

Là, leur dialogue fut interrompu par le petit rire d'une des autres filles, lesquelles savouraient fort la farce.

— Le prix est élevé... hésita Sibyl, mais le secret semble précieux...

— Inestimable, précisa-t-il. En ce moment même, les hôtes du tombeau pourraient rôder dans les ombres — il désigna d'un ample geste du bras les coins enténébrés de la salle — , car les morts cheminent loin et vite cette nuit, en proie à la faim et la soif.

— Eh bien, présente la fiole magique et — peut-être — payerai-je le prix.

— Règlement d'avance, contra-t-il.

— Non.

— Alors, je demanderai des intérêts sur le prix de l'achat différé.

— Le secret ! ordonna Sybil, tapant avec impatience le sol de son petit pied.

— Sache donc, répondit l'homme d'une voix sonore, qu'accostée par une de ces terreurs de la nuit, tu dois accomplir ce geste protecteur.

Il replia le pouce sur sa paume, l'entourant du majeur et de l'annulaire, et tendit l'index et l'auriculaire sous forme d'une paire de cornes, tout en projetant la main en avant. Les doigts toujours repliés selon cette formation, il fit décrire à son bras un généreux arc de cercle, visant toutes les parties de la salle en une rapide succession. Comme le mouvement de son bras pointait les ténèbres, quelque chose — une bûche verte dans le feu, sans doute — émit un vif et sourd, un « *S-i-s-s-s...* », comme de la vapeur s'échappant de la gueule d'une bouilloire.

— Et ceci apportera vraiment une protection ? s'enquit la fille, d'un ton dubitatif.

— *Caveat emptor*, rétorqua-t-il. Mais ne nous perdons pas en paroles. Viens. Mon prix !

— Certes non. Pas pour un vieux signe idiot de ce genre !

— Ah, te voilà en défaut de paiement ! dit-il en riant. Je devrai t'emprisonner pour dette. Il s'avança pour l'enlacer, mais elle s'esquiva agilement sous ses bras et courut à la suite de ses camarades, qui étaient retournées danser. Avec un mélodramatique « Je veux mon prix ! Je veux mon prix ! », Frank la suivit à travers les rideaux ondoyants.

Je souriais toujours de l'absurde badinage des jeunes gens lorsque le clac-clac de pantoufles à talons hauts sur le sol poli annonça Mme Butler. C'était une petite femme mince aux cheveux clairs, dont les yeux bleu pâle se reflétaient étrangement sur les verres de ses élégantes lunettes sans monture. Quelque peu contrariée de devoir délaisser ses invités pour un détail d'une affaire dont elle ne savait rien, et se souciait encore moins, elle signa les actes avec mon stylo et, ne perdant pas davantage de son précieux temps avec moi, me laissa aux bons soins du même hautain laquais qui m'avait introduit.

Lorsque je mis le pied sous le porche en grès-et-fer du manoir Butler, un crachin froid m'accueillit, et une brise sournoise de la baie me souffla de la brume glacée au visage et dans mes manches alors que je relevais le col de mon imperméable. Des taxis chargés de dames drapées de satin et de messieurs coiffés de hauts-de-forme filaient sur la luisante chaussée noire comme autant de monstrueux insectes aquatiques glissant sur un vaste lac Stygien, et les bruits de sabots d'une calèche de passage fendaient le brouillard d'un lugubr *clop-clop*.

L'écho de la musique et des rires dans la maison derrière moi, se combinant à la vue de passagers en route vers une fête dans la rue, m'emplit d'une vague impression de solitude. Ce sentiment d'isolement est un mal chronique chez nous, célibataires endurcis, et, comme les rhumatismes et autres maux d'entre-deux-âges, il empire la nuit. Un irrésistible besoin de me divertir avec mes semblables monta en moi, telle la chaleur d'un bon verre de vieux Xérès, et je descendis donc l'avenue d'un pas vif en quête d'un lieu où trouver bonne chère et compagnie.

Guère plus loin, une bouffée de joyeuse musique jaillissant par les portes battantes d'un café à façade cristalline me fit savoir que ma quête s'achevait.

On passait un moment assez joyeux dans le cabaret. Lorsque j'entrai, un orchestre d'hommes de couleur jouait une musique syncopée avec une tolérable précision en tempo et volume sonore, tandis que dans la fosse réservée à la gymnastique terpsichorienne, plusieurs couples enchaînaient de fantastiques figures avec une vitesse et une vigueur suffisantes pour couvrir de honte tous les derviches d'Afrique. Les tables, éclairées de rouge par des lampes électriques tamisées, étaient entourées par ceux qui n'avaient pas l'assurance de commencer, ou l'énergie de continuer, cette danse si exigeante pour les tendons.

Je m'installai tranquillement sur un siège devant une des plus petites tables et, commandant un modeste croque-monsieur et un pichet de bière, m'absorbai bientôt dans la contemplation des autres convives. Mon attention se posa enfin sur un couple attablé juste à ma droite. L'homme avait un de ces visages indéchiffrables que nous voyons parfois chez les médecins, les croque-morts ou les hommes de loi. Ses yeux, aussi gris et ternes que le plomb, étaient dénués de la moindre étincelle de vie ; pourtant, alors qu'il scrutait la salle et que son regard se posait sur certaines des séduisantes personnes du lieu, je remarquai que les yeux en question brillaient soudain, comme si une éraflure faisait briller du plomb. J'avais déjà discerné une telle lueur dans les yeux de loups affamés lorsqu'arrivait l'heure du repas à la ménagerie. Quant à sa compagne, je ne la voyais guère. Elle avait le visage tourné, et la cape qu'elle avait jetée sur le dossier de son siège servait d'efficace écran à la majeure partie de sa silhouette ; pourtant, la courbe de son cou blanc sous sa chevelure d'un noir bleuté était exquise, et le peu que je distinguais de sa robe rayonnait d'élégance et raffinement.

Je pense, cependant, que par-dessus tout, ce qui capta mon attention chez ce couple fut le fait extraordinaire que, même s'ils commandaient mets et boissons, ils laissaient le tout sur la table devant eux sans y goûter, jusqu'au moment où c'était remporté par le serveur. En fait, la femme voulut une fois siroter du vin, mais un geste sec de son cavalier arrêta le gobelet avant qu'elle le portât à ses lèvres, et elle reposa le bon cru sans y goûter.

À mesure que la soirée avançait, la gaîté commença à se faire plus grivoise ; à minuit, elle avait dégénéré, semblait-il, en beuverie sans frein. Moi aussi, j'avais bu bien plus que de coutume et, avec une certaine appréhension de mon état, je constatai qu'il était temps de regagner mon appartement. Je m'apprêtais à partir lorsque les cloches sonnèrent minuit, et que les lumières s'éteignirent soudain. L'obscurité qui suivit fut soudain percée par les notes stridentes, irritantes, de quelque instrument à cordes. La musique bondit dans les aigus, tel le cri plaintif d'un criquet, les notes frénétiques se mêlant en une mélodie qui aurait bien pu faire danser les farfadets. Une grande lune bleue se leva lentement au-dessus de nous et, tandis que les nappes et les blancs bras et épaules des dames luisaient d'une clarté fantomatique sous sa lumière spectrale, une double colonne de sorcières pénétra sur la piste de danse. Après avoir exécuté deux tours de l'espace dégagé, elles chevauchèrent soudain leurs balais pour cabrioler frénétiquement dans les allées entre les tables, distribuant de petites lanternes de papier en forme de citrouille aux convives.

Alors que mon regard se posait par hasard sur mes voisins de la plus proche table, je vis l'homme, hochant furtivement la tête en ma direction, se lever, saluer sa compagne et se retirer. Mais la dame, en rien troublée par cette désertion, sembla porter un vif intérêt aux festivités en cours autour d'elle.

Plusieurs hommes prirent alors des sorcières pour cavalières et commencèrent à se balancer, d'un pas mal assuré, sur la piste et entre les tables. Je me pris à regretter d'être venu en ce lieu. Et si certains de mes associés au bureau — Mr. Ellington, par exemple — apprenaient que j'étais venu ici ? Ma seule pensée fut de sortir aussi discrètement que j'étais arrivé, ce qui absorba tant mon attention qu'il me fallut un certain temps pour m'apercevoir que la dame de la table voisine s'était levée et se tenait maintenant près de moi.

Je pus alors apprécier sa beauté réellement singulière. Sa chevelure d'un noir intense, fendue d'une impeccable raie au milieu, ondulait par boucles de chaque côté de son visage, cascadant sur ses oreilles et ondoyant vers le gracieux chignon surmontant son cou élégant. Des yeux d'un riche brun doré pétillaient de lumière sous des sourcils aussi finement dessinés et délicatement arqués que ceux d'une poupée française, et ses lèvres étaient d'un rouge aussi vif que les pétales de la rose du Japon qu'elle portait sur son corsage.

– J'implore votre pardon, monsieur, commença-t-elle avec un charmant sourire, pour l'extrême inconvenance de ma requête, mais le gentilhomme avec qui je suis venue a dû s'absenter pour une obligation impérative et, comme vous semblez sans attaches, je prends la liberté de vous demander de m'escorter jusqu'à ma... — elle hésita l'espace d'un souffle avant de former le mot —... jusqu'à ma demeure.

Cela aurait dû être là, selon toutes les règles gouvernant les relations entre les hommes, et plus particulièrement entre homme et femme, le moment pour moi de soulever des objections, prétexter des excuses, refuser tout net, bref de tout faire sauf accéder à sa ridicule demande. J'aurais dû me souvenir des conventions, des contrats Butler dans ma poche, du fait que les célibataires entre deux âges ne sont pas destinés à escorter d'étranges jeunes femmes dans la ville à toutes heures de la nuit. En fait, je ne pensai à rien, sinon que j'avais une chance de faire la connaissance d'une belle dame, et j'étais résolu à être un gai Lothario, ou périr en essayant.

Marchant en tête, elle se dirigea vers une superbe limousine garée contre le trottoir et, chuchotant une destination au chauffeur, monta gracieusement à bord. Au bout d'un instant, le temps d'étouffer impitoyablement la dernière étincelle de raison qui restait en moi, je la suivis.

La nouveauté de ma situation me laissa muet tandis que le puissant moteur prenait de la vitesse ; mais, avec le sentiment que je devais faire mine d'être un galant homme expérimenté, je me hasardai à demander :

– Votre ami avait un rendez-vous plutôt important, n'est-ce pas ?

Au mieux, ma remarque manquait de tact, mais je n'étais absolument pas préparé à la réponse qu'elle provoqua :

– Ami ? fit-elle en écho, une expression de haine meurtrière voilant son visage. Ce n'est pas mon ami. Je le hais. Je le déteste... Oh, si seulement je pouvais le tuer !

Ses lèvres se retroussèrent en un rictus qui découvrit des dents étincelantes comme celles d'une louve en colère, et elle plongea ses doigts dans le capitonnage du siège au point que ses jointures parurent blanchir sous la peau.

Dieu du Ciel ! J'eus l'impression qu'on avait glissé un glaçon sous mon col. Étais-je prisonnier dans cette automobile lancée à toute allure avec une folle ?

Ses lèvres s'écartèrent en un sinistre sourire, dévoilant à nouveau ses dents étincelantes.

– C'est la première fois que je le fais, m'informa-t-elle. Mais je dois le faire cette nuit ; puis tant et tant de nuits à venir, car j'ai très faim, et soif aussi.

Je la fixai d'un air confondu. C'était assurément une faible d'esprit. Quel lien possible y aurait-il entre son flirt avec un étranger et sa faim ? Quelques minutes plus tôt, seulement, je l'avais vue laisser abondance de nourriture sur la table, devant elle, sans y toucher.

– Pourtant, vous n'avez rien mangé au café, hasardai-je.

– Non. Nous ne pouvons toucher *ce* genre de nourriture, répliqua-t-elle. Elle ne saurait *nous* nourrir.

De légers frissons — qui ne provenaient pas du froid — parcoururent mes joues, jusque sous mes oreilles. Je pris conscience d'une sensation de démangeaison et picotement derrière ma nuque, comme si les courts cheveux surmontant mon col se hérissaient lentement. Ce fut seulement avec effort que j'évitai de claquer des dents. Qu'auguraient ces mots particulièrement soulignés ? Qui étaient *nous* ? Et pourquoi *nous* était-il interdit de manger et boire ? Si vin et aliments ne pouvaient nourrir cette femme et ses semblables, que leur fallait-il alors ?

La question mourut dans ma gorge, car les mots absurdes du jeune homme à la fête de Mme Butler me revinrent soudain : « À la veille de Toussaint, les *revenants* sont libérés de leurs tombes pour nourrir leurs fétides corps du sang des vivants ! » Mais, à présent, ces mots ne semblaient pas insensés, surtout que ma *vis-à-vis* possédait « les dents, tranchantes et pointues, les sourcils qui se joignent, et les lèvres rouges » par lesquelles on reconnaissait le vampire...

Peuh ! L'idée était absurde ! Une vampire ? Parbleu, un tel monstre n'avait jamais existé hors du cerveau imbibé de vodka d'un paysan slave. La femme avait bu plus qu'il n'était bon pour elle, voilà tout.

Je lui décochai un regard à la dérobée, et ses yeux, rivés sur moi, parurent luire du rouge reflet du puits infernal.

Quel était déjà le signe qui conférerait protection ? me demandai-je, m'efforçant de visualiser la scène dans la bibliothèque de Mme Butler. Je regardai par la fenêtre avec une feinte insouciance, tentant désespérément de me souvenir du signe, et commençai à plier les doigts de ma main droite.

Repliant d'abord mon pouce contre ma paume, je refermai mes doigts par-dessus ; puis, très lentement, j'ouvris d'abord un doigt, puis un autre, essayant la position tel un habile serrurier cherchant à tâtons la combinaison d'un coffre-fort.

Un sourd sifflement de colère, telle la mise en garde d'un serpent soudain dérangé, attira mon attention sur ma compagne de voyage. Elle était blottie à l'autre bout de la banquette, les yeux réduits à de simples fentes, rivés avec une expression d'indicible rage ou de peur — j'ignore laquelle — sur ma main droite. Sa bouche rouge était affreusement distordue, comme le visage grimaçant d'un de ces masques hideux sculptés par les indigènes des îles Fidji.

Redoutant qu'elle fût sur le point de bondir sur moi, je redressai les doigts, tout en demandant :

— Mais, quel est le problème ?

Et, tout en posant la question, je fus malade de peur à l'idée de la réponse.

Son visage reprit son calme, et elle haussa nerveusement ses étroites épaules en répondant :

— Pardonnez-moi, je vous prie. Mes nerfs sont à vif cette nuit, et le... les mouvements de vos mains m'ont bouleversée. Vous n'êtes pas fâché ? Elle posa doucement sa main sur mon bras et m'adressa un sourire inquiet. Vous n'allez pas me quitter, n'est-ce pas ?

Je tapotai les doigts posés sur mon coude et lui rendis son sourire avec un intérêt raffermi. Sa sollicitude pour mes sentiments blessés, se mêlant à son sourire séducteur et la musique de sa douce voix implorante, rétablit complètement ma confiance.

— Je ne suis pas offensé, bien sûr, me hâtai-je de l'assurer. C'est moi qui devrais vous demander pardon pour ma nervosité.

S'ensuivit un long et embarrassant silence, seulement rompu par le ronronnement du moteur et le crépitement de la pluie contre les vitres. Je faisais un piètre Roméo...

— Quel est votre nom ? demandai-je bêtement, dans le seul but de faire la conversation.

— Alma du Boise, répondit-elle simplement.

Je me souvins vaguement qu'une jeune dame portant ce nom avait été très brutalement assassinée environ un an auparavant. La presse avait consacré beaucoup de place à l'affaire, la surnommant « Le

Mystère du Taxi ». Je méditai quelques secondes sur cette coïncidence de noms avant de poursuivre mes devoirs de conversation.

– Et le gentilhomme qui vous accompagnait... quel est son nom ? m'enquis-je.

Elle me décocha un singulier regard torve sous ses paupières mi-closes lorsqu'elle rétorqua :

– Son nom *était* Clinton Richards.

Clinton Richards !

Je me redressai sur mon siège et la fixai avec une stupeur incrédule. Clinton Richards avait été une des plus notoires crapules à faire tourner les presses des journaux à scandales. Connu pour abus de confiance, comme briseur de foyer, dépouillant les femmes de leur bonne réputation, il avait fui la vengeance d'un mari outragé, et son sensationnel suicide était devenu proverbial, même dans notre ville riche en scandales. Que ma compagne portât le nom d'une jeune fille assassinée, on pouvait l'attribuer à une coïncidence ; mais que son mystérieux cavalier eût le même nom qu'un *roué* suicidé, voilà qui poussait les limites de probabilité à leur point de rupture. Et pourquoi avait-elle employé le passé pour donner son nom ? « Son nom *était* Clinton Richards », avait-elle dit. Se pouvait-il... Était-il possible que...

Un grincement de freins et le crissement du gravier sous les roues annonça que nous avions fait halte, et mon soupçon que nous étions arrivés à destination se confirma lorsque Melle du Boise se leva et resserra sa cape sur elle.

Nous avions fait halte devant le portail d'un parc prétentieux. Derrière de hauts murs en pierre, de grands arbres à feuillage persistant agitaient leurs noires branches sous le lugubre souffle d'un vent nocturne. Alors que nous franchissions le large portail, remontant une sinueuse route en gravier, j'entrevis à l'occasion de petites maisons en pierre, placées à intervalles réguliers le long de l'allée, toutes dans l'obscurité totale. Notre sentier serpenta dans un dense bosquet d'if et de cèdres, et ma compagne s'arrêta devant une large porte barrée d'une lourde grille.

Dégageant sa main de mon bras, elle la tendit en un geste d'adieu ; mais, lorsque je m'inclinai pour lui baiser les doigts, elle avança son visage d'une manière qui ne laissait douter qu'elle comptait récompenser ma compagnie d'un prix plus intime. Enivré par le parfum de sa chevelure, je refermai les bras sur sa svelte silhouette, l'attirant contre moi, mes lèvres cherchant les siennes. Ses épaules frémirent sous mon étreinte et elle détourna soudain le visage, sa tête plongeant sous la mienne. L'instant suivant, je sentis une petite et vive douleur dans la chair sensible de mon cou. Lorsque je perçus la morsure, je rejetai vite la tête en arrière, mais ses dents s'accrochèrent à ma chair, ses fines lèvres rouges cernant la blessure. Et je ne poursuivis pas mes efforts pour m'arracher aux vigoureux bras sveltes noués autour de mon cou ou aux dents acérées perçant ma gorge ; car la première sensation de légère douleur fut suivie d'un sentiment de plaisir, une langoureuse extase qui apaisa et ravit ma conscience comme des fumées d'opium au point que, même si j'en avais eu envie, je n'aurais pu crier ou bouger le moindre muscle.

Elle rompit le sortilège en relâchant son étreinte, me repoussant soudain. Je l'entendis reprendre son souffle avec de pénibles et profonds hoquets.

Reculant d'un pas ou deux, elle se mit à rire. Ce fut un rire léger, musical, doux comme le murmure d'un ruisseau, vaporeux comme le vent sur une prairie, mais teinté d'une moquerie qui cinglait comme un fouet.

– Alma ! chuchotai-je d'une voix rauque, avançant d'un pas et tendant une main résolue.

Avec un nouvel éclat de rire ironique, elle se retrancha au-delà de la béante caverne du portail ; n'ouvrant pas la porte, *mais se fondant entre les barreaux !*

Tremblant, genoux fléchissant, horrifié, je reculai en titubant pour descendre les larges marches. En bas, mon pied glissa sur la pierre humide. Je tombai lourdement, me heurtant violemment la tempe contre le granit et, avec un gémissement, je sombrai dans l'inconscience.

Un vif soleil de novembre, brillant entre les feuillus, m'éveilla. Sur un cèdre voisin, une chorale de moineaux gazouillait un chant matinal. Je contemplais, sans comprendre, les alentours ; ma tête était affreusement douloureuse. Près du lieu où je gisais, sur la mousse détrempée de pluie, une courte série de marches en granit menait à une tombe imposante, dont la porte était surmontée du seul nom gravé de « Du Boise ».

Je me relevai maladroitement et m'avançai vers l'entrée de la tombe. Elle était fermée par une lourde grille en bronze, ferme et solide, une véritable herse. L'intérieur abritait les cryptes recevant les cercueils, chacune close par une plaque en marbre portant le nom de son occupant. Juste derrière la grille massive, il y avait une crypte qui avait été, à l'évidence, remplie plus récemment que les autres, car une couronne de fleurs fanées était toujours suspendue à son anneau en bronze. Gravé dans le marbre, on lisait l'inscription suivante :

ALMA DU BOISE
2 Janvier 1892 - 31 Octobre 1915

Alors que je fixais l'inscription avec stupeur, une légère irritation à la gorge me fit lever une main vers mon col. S'ensuivit un élancement de douleur, comme si je touchais une plaie à vif et, lorsque j'abaissai la main, je vis une petite tache de sang sur les doigts.

Je fouillai ma poche en quête des contrats Butler. Ils avaient disparu. Tout comme mon portefeuille et ma montre.

Titre original : « Demons of the Night »
Traduit par Martine Blond

BIBLIOGRAPHIE FRANÇAISE DE SEABURY QUINN

– *La fiancée du démon* (*The Devil's Bride*, en 6 épisodes dans *Weird Tales,* de février à juillet 1932), roman avec J. de Grandin, traduit chez Christian Bourgois : Paris, 1971, collection « Dans l'Épouvante » et repris dans *Jules de Grandin, le Sherlock Holmes du Surnaturel*, Fleuve Noir : Paris, 1996, coll. « Super Poche » n° 28.

–« La ferme fantôme » (« The Phantom Farmhouse », *Weird Tales*, octobre 1923), in *13 histoires de sorcellerie*, anthologie réunie par Jean-Baptiste Baronian et Albert van Hageland, André Gérard-Marabout : Verviers, Belgique, 1975.

–« La malédiction des Phipps » (« The Curse of the House of Phipps », *Weird Tales,* janvier 1930), nouvelle avec J. de Grandin, in *Les Meilleurs Récits de Weird Tales* T.1, J'Ai Lu : Paris, 1975, n° 579, repris dans *Les Meilleurs Récits de Weird Tales,* J'Ai Lu : Paris, 1989, n° 2556.

–« La farce de Warburg Tantavul » (« The Jest of Warburg Tantavul », *Weird Tales,* septembre 1934), nouvelle avec J. de Grandin, in *Les Meilleurs Récits de Weird Tales* T.2, J'Ai Lu : Paris, 1975, n° 580 repris dans *Les Meilleurs Récits de Weird Tales*, J'Ai Lu : Paris, 1989, n° 2556.

–« Routes » (« Roads », *Weird Tales,* janvier 1938), in *Les Meilleurs Récits de Weird Tales* T.3, J'Ai Lu : Paris, 1979, n° 923.

– *Les archives de Jules de Grandin*, recueil à La Librairie des Champs-Élysées : Paris, 1979, coll. « Le Masque Fantastique », 2e série, n° 20. Six nouvelles inédites : « Terreur au golf », première apparition de J. de Grandin (« The Horror on the Links », *Weird Tales,* octobre 1925), « La malédiction d'Everard Maundy » (« The Curse of Everard Maundy », *Weird Tales,* juillet 1927), « Le poltergeist » (« The Poltergeist », *Weird Tales,* octobre 1927), « Les descendants d'Ubasti » (« Children of Ubasti », *Weird Tales,* décembre 1929) et « La mort venue de loin » (« Stealthy Death », *Weird Tales,* novembre 1930), « La malédiction de Broussac » (« The tenants of Broussac », *Weird Tales,* décembre 1925).

– *Jules de Grandin, le Sherlock Holmes du Surnaturel*, recueil au Fleuve Noir : Paris, 1996, coll. « Super Poche » n° 28. Deux nouvelles, dont une inédite, et un roman : « La malédiction de Broussac », « La chapelle de l'horreur mystique » (« The Chapel of Mystic Horror », *Weird Tales,* décembre 1928) et *La Fiancée du Démon*.

–« Le loup de Saint-Bonnot » (« The Wolf of St. Bonnot », *Weird Tales,* décembre 1930), nouvelle avec J. de Grandin, in *Le bal des loups-garous*, anthologie réunie par Barbara Sadoul, Denoël : Paris, 1999, coll. « Lunes d'encre » n° 5.

–« L'idole de pierre » ("The stone image", *The Thrill Book,* 1er mai 1919), in *Wendigo* n° 1, 2010.

—"Les démons de la nuit" ("Demons of the Night, *Detective Story Magazine,* 19 mars 1918, USA), in *Wendigo* n ° 5, 2019.

PARFUMS FANTÔMES

par Ethel Watts Mumford

ETHEL WATTS MUMFORD GRANT

*Bien oubliée aujourd'hui, mais célébrité lit-
téraire en son temps, notamment pour ses pièces
de théâtre à succès ou encore la série annuelle*
The Complete Cynic's Calendar *(publiée de
1902 à 1917), souvent proche par le ton du*
Dictionnaire du Diable *d'Ambrose Bierce, Ethel
Watts Mumford (1878-1940) écrivit un grand
nombre de nouvelles aussi bien pour les « slick
magazines » que pour les pulps. Ethel Watts
Mumford divorça (à ses torts...) de son premier
mari en 1901 après l'avoir quitté, car celui-ci ne pouvait plus supporter
son activité d'auteure de théâtre et lui rendait la vie insupportable.*

*À partir de 1899, elle toucha un peu à tous les genres en temps que
nouvelliste, y compris le récit policier, la SF et, comme on va le voir
ici, le fantastique. Elle reçut le O'Henry Memorial Prize 1921 pour sa
nouvelle « Aurore » parue dans le numéro de février 1921 de* Pictorial
Review. *Elle cessa apparemment de publier après 1931.*

La nouvelle qui suit fut publiée en 1927 dans le pulp Ghost Stories,
à l'époque le seul concurrent de Weird Tales, *mais avec une politique
éditoriale plus limitée en matière de thèmes fantastiques, à savoir les
histoires de revenants, les fantômes, les mort-vivants, etc. Ces
restrictions finirent par avoir raison du magazine en 1931, après six ans
d'existence. Mais « Parfums Fantômes » est un bon exemple d'histoire
typique et réussie dans le style particulier de* Ghost Stories. — **RDN**

Le vieux manoir se dressait sur une petite éminence, à l'ombre de
très grands ormes et d'érables à sucre. Sa façade géorgienne simple
donnait sur la route principale, de l'autre côté d'une longue pente qui
avait jadis été de la pelouse. À l'arrière, l'étroite véranda sur deux

niveaux dominait une grande étendue de vallée constellée de fermes, encerclée de collines assoupies qui paraissaient étreindre avec amour le paisible lieu.

Clef à la main, Phoebe Sands fit le tour de la maison. Sa valise était posée sur la dalle de pierre devant la porte d'entrée, mais jusqu'ici elle n'avait pas pénétré dans son royaume. Elle voulait le saisir dans sa totalité, se rendre compte qu'il était sien — tout ceci — son héritage. La paix, la beauté, la sécurité — toutes à elle.

Il n'y avait pas de pointe de tristesse dans sa joie d'être propriétaire, pas même lorsqu'elle passa près du petit enclos où deux pierres tombales moussues commémoraient les noms de sa Grand-tante Aurelia et de son Grand-oncle Stephen. Tante Cornelia, leur seule fille, n'était pas enterrée à leurs côtés. Phoebe ne savait pas où reposait le corps de sa bienfaitrice. Elle n'avait jamais vu Tante Cornelia. La séparation entre les membres de la famille avait été totale. Tante Cornelia s'était accrochée à sa ville natale, et la détermination de son frère à chercher l'Eldorado à l'Ouest avait rencontré sa ferme désapprobation.

Mais, tandis que le crépuscule de la vie s'était confondu dans la nuit de la mort, elle s'était souvenue que le sang était le sang, et que le mariage de son frère là-bas, en Californie, avait abouti en la continuation de la lignée révérée. Par conséquent, son testament — un pauvre document froid, pas même teinté d'hypocrisie affectueuse — avait laissé ses vastes terres et son minuscule revenu à *« Phoebe Sands, fille de mon défunt frère, Milton Sands »*.

Le jeune cœur aventureux de Phoebe avait répondu avec enthousiasme à cet appel d'une maison dans la lointaine Nouvelle-Angleterre. Car il s'agissait-là d'une romance — les souris et la citrouille de Cendrillon se changeant en carrosse à six chevaux. La fierté de son sang, de sa famille, de son héritage pénétra son cœur, à présent qu'elle se tenait à l'ombre des murs ancestraux. « *Ma* terre, *ma* famille, la demeure de *ma* famille — cela *m*'appartient et j'en fais partie. »

L'émotion d'être propriétaire devint plus profonde comme elle poussait enfin la clef dans la serrure et la tournait sans hâte, savourant l'instant.

La lumière du soleil se déversa dans l'entrée silencieuse, projetant son ombre fine sur le plancher de chêne usé. L'entrée filait vers la porte à deux vantaux qui donnait sur la véranda à l'arrière. À gauche et à droite s'ouvraient de grandes pièces. De solides volets les assombrissaient, mais à travers les ténèbres Phoebe pouvait distinguer les formes d'un immense canapé, d'un bureau, d'une table rectangulaire entourée de chaises, tirées comme pour la réunion d'un comité de fantômes.

De la lumière ! Elle voulait voir le soleil entrer à flots. Ce crépuscule en plein jour était sinistre. Elle remonta les crochets de fer qui fermaient les volets de la fenêtre la plus proche et, employant toute sa force, les repoussa contre les murs extérieurs, où ils rendirent un son retentissant contre les bardeaux. Une intense odeur de buis balaya la pièce. La fenêtre suivante céda sous la pression de sa main. Alors elle retint brusquement son souffle.

Qu'était-ce donc ? Elle se surprit à regarder un petit lac à la surface polie parsemée de feuilles de nénuphars, une haie de lilas, une allée menant jusqu'à l'eau, avec des buissons de buis non taillés soulignant sa longueur, et des saules au loin ! Assurément, dans son errance à travers le domaine, elle n'avait pas vu d'endroit de la sorte ! Elle ferma les yeux un instant et regarda à nouveau. Deux papillons blancs voletaient au-dessus de l'allée ; un poisson fit un bond dans le bassin, envoyant des rides circulaires plus loin contre la berge. Ces fenêtres doivent se trouver dans une aile, se raisonna-t-elle. C'était une partie des terrains qu'elle n'avait pas visités.

Elle tourna le dos au troublant paysage et regarda à l'intérieur de la pièce. À présent, elle voyait l'imposant mobilier démodé en détail — des tapis roulés, attachés et emballés dans des journaux reposaient contre les plinthes ; des tableaux recouverts d'une moustiquaire rose ornaient les murs. Elle remarqua que ses propres empreintes de pas se dessinaient dans la poussière qui formait une couche épaisse sur le sol.

Le parfum du buis était suffocant ! Étrange qu'elle n'en ait vu aucun dehors ! La fenêtre à côté de la cheminée céda alors sous ses efforts. Elle doit s'ouvrir sur la pelouse latérale et l'enceinte palissée des tombes, se raisonna-t-elle. Un soleil aveuglant s'engouffra à l'intérieur. S'abritant les yeux, elle regarda droit devant elle. Il y avait un jardin animé de fleurs et une haute haie avec un petit portail, au-delà duquel elle entrevit des rangs de carottes et le rouge-violacé des feuilles de betteraves. La surface de l'eau, là où le bassin tournait, miroita au loin.

S'accrochant au rebord, elle se pencha par la fenêtre. Sur sa droite, l'herbe poussait haut sous les branches des pommiers. C'était un grand verger, car il grimpait une côte et avançait au-delà en rangs ordonnés. Un léger murmure d'abeilles inquiètes remplit l'air, et le parfum du buis recouvrit tout.

Phoebe se recula. À coup sûr, il n'y avait pas de verger qui poussait sur cette butte plantée d'ormes et d'érables. Il n'y avait nul bassin bordé de saules, nulles haies de buis, nul jardin accueillant pour les abeilles. C'était une illusion, un rêve, ou alors le monde extérieur qu'elle avait quitté avait complètement changé.

En sachant à peine ce qu'elle faisait, elle se retourna et courut, trébuchante, de l'autre côté de la porte ouverte, jusqu'aux trois larges marches de granit de devant. Elle jeta un coup d'œil en arrière, aux fenêtres du salon. Celles-ci étaient grandes ouvertes, leurs volets reposant contre la maison, et c'était de ces mêmes fenêtres qu'elle avait contemplé une mare parsemée de nénuphars et vu deux papillons blancs voletant au-dessus d'une promenade bordée de buis ! C'était de la folie ! Plus bas, la pente douce de la pelouse s'inclinait jusqu'à ce qu'elle rencontre la grande route. Des érables la bordaient. De chaque côté s'élevaient de grands ormes qui faisaient tomber leurs beaux feuillages au-dessus du toit.

Se retenant contre le mur, elle gagna l'angle de la maison et se tint auprès de cette fenêtre ouverte de laquelle elle avait vu l'herbe luxuriante et les rangées de pommiers. L'odeur du buis ne l'assaillait plus de son parfum aromatique. Il y avait à la place la senteur agréable des pivoines dans leur parterre, le long des fondations de pierre. Entre les ormes, elle voyait la bordure des piquets de fer qui gardaient le sommeil de Stephen et de sa femme, Aurelia.

Elle n'était pas effrayée ; la peur était absente de cette étrange expérience. À aucun moment il ne lui avait traversé l'esprit qu'elle ne puisse pas passer la nuit-là, comme elle avait prévu de le faire. Elle se dit qu'elle était simplement surmenée. Comme toutes les jeunes femmes modernes, elle avait des notions de science. Le « subconscient », elle le savait, était tout à fait capable de n'importe quelle fantaisie. Si l'on était très fatigué — et elle *était* fatiguée…

Elle avait voyagé des jours et des nuits durant. Elle était venue droit de la Californie à Stonevale et, étant peu coutumière des trains, elle avait peu dormi.

D'un air de défi, elle se tourna vers la porte d'entrée, prit ses va-

lises, les posa à l'intérieur, et pénétra dans le salon ; et, toujours dé-
fiante, le traversa jusqu'à la fenêtre.

Les étranges images n'étaient plus là. La vue correspondait à ce
qu'elle savait se trouver à l'extérieur. Partis, les saules et la mare ! Aucune
odeur de buis ne flottait dans l'air. Chaque fenêtre encadrait sa
perspective. Il n'y avait pas de pommiers et pas de jardin à l'ancienne.

Le soleil glissait à travers l'horizon. La nuit viendrait bientôt. Elle
siffla un petit air comme elle trouvait une lampe à moitié remplie d'huile,
et l'alluma. On lui avait dit où trouver des draps et des couvertures. Dans
sa valise se trouvait un confortable paquet de nourriture de secours. Elle
allait allumer un feu. Elle allait prendre possession des lieux — oui, possession. De nouveau ce merveilleux sens de la propriété et d'unité avec
le passé l'envahit. Elle était chez elle ! La maison elle-même le lui disait.
C'était sa maison, désormais, et aussi longtemps qu'elle vivrait.

Le matin la trouva debout avec les alouettes pour l'accueillir. Elle
avait dormi d'un sommeil profond dans l'ancien lit bas, entre les épais
draps de fil, sous les couvertures tissées main. Elle avait contemplé son
reflet dans le miroir vert ondulé qui était suspendu au-dessus de l'énorme
commode de sa chambre et, avec un gloussement, avait tiré en arrière sa
chevelure noire rebelle en un chignon serré, essayant de s'imaginer dans
une robe d'intérieur à l'imprimé gris. Elle devrait s'habiller comme une
vieille fille de la Nouvelle-Angleterre, décida-t-elle, bien que sa seule
expérience du genre fût théâtrale. Les cheveux tirés en arrière ne
parvenaient pas à ternir la beauté de l'ovale doux de son visage, et ses
grands yeux noirs défiaient la Nouvelle-Angleterre et ses usages.

Il ne restait pas grand-chose de son souper de la veille et elle
découvrit que le téléphone — la seule concession à la modernité en ce
lieu — était coupé.

– Que faire ? Que faire ? lança-t-elle dans le vide, tandis qu'elle
faisait tournoyer son chapeau au bout d'un doigt. Pas une maison en
vue… du lait… des œufs… du pain… le village à deux *miles* de là.

Marcher ? Elle serait dépourvue d'une paire de confortables
jusqu'à l'arrivée de sa malle. Eh bien, les gens de la campagne s'em-
menaient toujours les uns et les autres en voiture. Elle descendrait
jusqu'à la route et intercepterait la première voiture se rendant au
village. Elle jeta son chapeau sur sa tête et descendit le sentier en
courant jusqu'au montoir[9], où elle s'installa, en balançant les pieds.

---

[9] Montoir : petites marches permettant de monter ou de descendre d'un cheval. (NDT)

Elle n'eut pas longtemps à attendre. Une torpédo prit le virage et vint à sa rencontre, en ralentissant, comme s'il avait anticipé l'appel de sa main levée. Il était conduit par un jeune homme dont les intenses yeux bleus semblèrent accrocher et retenir les siens dès le moment de son apparition. Il forçait l'attention, pas seulement par le magnétisme éclatant de ses yeux turquoise, mais aussi de par son apparence entière. Ses cheveux, découverts face au matin, étincelaient. Son corps occupait l'espace derrière le volant avec une grâce naturelle, mais ce fut son sourire soudain qui fit battre son cœur. Un salut tranquille vint de lui :

– Bonjour, Phoebe Sands !

– Oui, je suis Phoebe Sands, admit-elle, quelque peu décontenancée, et vous, qui êtes-vous ?

– Je suis Clinton Wade. J'ai pensé que vous pourriez avoir besoin d'être conduite en ville. Ai-je raison ?

Il ouvrit la portière.

– Vous devez lire dans les pensées, dit-elle tandis qu'elle s'installait.

Il lui sourit.

– Sûrement. C'est important de se protéger, voyez-vous. Vous êtes mon Ennemie Héréditaire.

Il démarra la voiture avant qu'elle ne puisse formuler sa perplexité.

– Ennemie Héréditaire ?

Il fronça les sourcils d'un air interrogateur.

« La vieille fille n'a-t-elle pas jeté une malédiction sur moi ? Ne vous a-t-elle pas mise en garde contre les Wade ?

— Si vous voulez dire ma Tante Cornelia, dit Phoebe avec humeur, elle ne m'a jamais dit quoi que ce soit sur vous ou sur quiconque. Je suis son héritière, c'est tout.

— Elle ne vous a jamais vue, c'est cela ? Je me demande… (Il se tut, songeur.) Vous ne ressemblez pas du tout à une Sands », ajouta-t-il.

Elle prit la mouche.

– Les apparences sont trompeuses, alors. Mais pourquoi êtes-vous un ennemi… où est la plaisanterie ?

– Il n'y a pas de plaisanterie, répondit-il avec sérieux. Votre tante détestait mon père et ma mère comme la peste.

– Pour quoi donc, que diable ? voulut-elle savoir. Je ne savais pas qu'ils avaient des querelles en Nouvelle-Angleterre.

– Vous l'ignoriez ? Eh bien… vous vous trouvez en plein milieu de l'une d'elles. Je suis heureux qu'elle ne vous ait pas été transmise.

– Mais pourquoi ? s'obstina-t-elle.

– Ce n'est pas convenable de dire d'une dame qu'elle a perdu l'esprit après s'être fait quitter, observa-t-il d'une manière abstraite.

– Voulez-vous dire, s'écria-t-elle avec indignation, que votre père a quitté ma Tante Cornelia ? Ce n'était pas très convenable non plus. »

Il lui sourit.

– Ne me blâmez pas. Je n'étais pas là, et maintenant que je sais que vous n'avez pas hérité de la Haine… je retire tout ce que j'ai dit. En tout cas, je suis heureux que vous soyez là.

– De même, dit-elle avec une chaleur involontaire. Je suis également heureuse de vous avoir pour voisin. Vous êtes un voisin, n'est-ce pas ?

– Le voisin le plus proche qui soit — juste de l'autre côté de la colline, répondit-il, et à votre service. Qui va venir vivre avec vous ?

– Personne, l'informa-t-elle. Je n'ai personne. Je suis toute seule dans l'arbre généalogique — la dernière feuille, pour ainsi dire — , mais j'aime l'idée d'être toute seule dans ma propre maison. Voyez-vous, j'ai travaillé depuis mes dix-sept ans. Du travail difficile, dans des magasins et des usines, et pour joindre les deux bouts, j'ai dû partager un logement avec d'autres filles — des filles que parfois je n'aimais pas. Vous pouvez imaginer ce que cette liberté signifie pour moi. C'est tout simplement le paradis.

– Ma pauvre enfant, dit-il doucement. Ma pauvre enfant. Eh bien, vous avez votre propre maison désormais — oubliez le passé. (Son ton se fit joyeux.) Ici nous sommes à Stonevale Village. Bienvenue dans notre ville.

– Stonevale Village, répéta-t-elle avec tendresse. Père avait l'habitude de m'en parler. »

Elle demeura assise dans la voiture, à regarder la Grand-Rue ombragée avec ses petites boutiques à colonnades, inchangées depuis l'époque où son père était « le petit Milton Sands », faisant des commissions, nu-pieds et insouciant, le long de ces trottoirs de briques comme brodés.

– Voici la Banque, murmura-t-elle. En grès rouge, tout comme il le disait. Et voici la maison du Docteur là-bas, avec les chiens en fer dans la cour. Et c'est le même nom au-dessus du Magasin Général :

« Madham Brothers ». N'est-il pas curieux qu'il ne m'ait jamais décrit sa maison ? Il était toujours question du Village et des garçons et des filles avec qui il jouait, mais jamais un mot sur sa maison. Je me demande pourquoi ?

Wade ne fit aucune suggestion, et elle descendit de l'automobile. Il coupa le moteur et sauta à ses côtés.

Il lui assura que ses affaires à lui pourraient attendre. Ce n'était pas tous les jours que Phoebe Sands venait en ville, et il admit qu'il avait anticipé sa venue et s'était organisé pour être disponible pour l'aider.

Leur présence côte à côte semblait susciter des commentaires étonnés. Manifestement, la ville entière connaissait la querelle et s'était demandé si Miss Sands avait transmis un legs de haine en même temps que ses possessions les plus matérielles. Il y avait des regards, interrogateurs et souriants – des regards à la dérobée, qu'elle saisissait du coin de l'œil –, mais ses concitoyens et concitoyennes se révélaient fort bienveillants et attentifs, fort cordiaux dans leurs offres d'assistance et d'hospitalité.

– Un retour chez moi — oui, voilà ce que c'était — un retour chez moi.

Sensible à son humeur, son compagnon gardait un silence bienveillant tandis qu'ils retournaient vers chez eux. Elle se détendit doucement dans le confort de sa compréhension.

Il l'aida à porter ses paquets, les rangeant comme elle le lui disait sur les étagères du placard à provisions — ensemble ils sondèrent les innombrables placards, les fours au charme suranné, l'escalier du fond, minutieusement dissimulé, et le mystérieux séchoir à jambon. Elle le regardait, s'interrogeant. Pourquoi était-il si absorbé ? Pourquoi son visage portait-il cette étrange expression, comme s'il guettait douloureusement des voix lointaines ? Pourquoi ses mains caressaient-elles avec tant d'insistance les boiseries usées, ses doigts passaient-ils avec une telle douceur sur le lambrissage fissuré des murs centenaires ? Se pouvait-il que lui aussi puisse voir les étranges visions qu'elle avait eues ?

Elle le conduisit dans l'entrée et à travers les grandes pièces, s'arrêtant devant chaque fenêtre avec un frisson d'attente, mais tandis qu'ils contemplaient chaque perspective, aucun parfum de buis ne vint à leur rencontre. Les longues pentes, avec leurs ormes et leurs érables, demeurèrent inchangées.

Il se détourna de la fenêtre et fit face à la cheminée, beau morceau géorgien d'architecture classique. Un portrait au pastel était suspendu au-dessus d'elle, dans un vieux cadre clinquant, heureusement assombri par la moustiquaire rose passée.

— Notre chère Tante Cornelia, dit-il d'un air songeur. Il fixa les yeux mornes et sévères du tableau. C'est la toute première fois que je mets les pieds dans votre maison, Miss Cornelia Sands, dit-il, et maintenant que je suis entré, vous ne me chasserez pas !

Il le dit avec une telle résolution intense que Phoebe sursauta. C'était comme si l'image était véritablement sa bienfaitrice, présente. Les yeux noirs lui renvoyaient son regard de sous le voile rose. Phoebe retint son souffle, presque effrayée d'une réponse au défi proféré.

— Arrêtez, dit-elle dans un rire bref. Vous allez la faire revenir à la vie, et je ne veux pas vivre avec Tante Cornelia, je suis catégorique — et je veux que la maison apprenne à *m*'aimer. Ne la rappelez pas !

— Je ne le ferai pas, promit-il, solennellement, avant de se détourner de Phoebe avec un sourire soudain. Je suis certain que *je* ne veux pas qu'elle soit de retour. (Il releva ses larges épaules et se redressa de toute sa taille.) Et maintenant je vais vous laisser, Miss Sands. Je veillerai à ce que l'on raccorde votre téléphone, et n'oubliez pas, je suis juste de l'autre côté. Au revoir.

Il marqua un temps, les mots semblaient se presser derrière ses lèvres ; ses yeux étranges étaient pleins de sens ; il était sur le point de dire quelque chose — quelque chose qui la concernait étroitement. L'expression disparut de son visage.

— Au revoir, répéta-t-il, avant de se tourner vers la porte.

Elle le regarda comme il descendait le sentier en bondissant jusqu'à la voiture qui l'attendait, et lui fit un au revoir de la main. Pourquoi avait-il hésité ? Elle retourna à la fenêtre du séjour et se tint là à regarder fixement le nuage de poussière dans son sillage. Le bruit de la voiture qui partait secoua les carreaux des fenêtres. Ensuite, le silence. Tous les bruits avaient cessé, étouffés par le bourdonnement des abeilles. Le souffle aromatique du buis réchauffé par le soleil embauma la pièce dans un souffle chaud soudain. Il n'y avait plus de route principale bordée d'arbres. Devant elle, au niveau des marches de pierre de l'entrée, se trouvait une allée de buis menant à un petit appontement. Au-delà, la mare parsemée de nénuphars déployait sa longueur luisante ; de pâles saules coupaient la vue plus lointaine.

Avec un cri étouffé, elle fila jusqu'à la fenêtre près de la cheminée et partit de la fenêtre à battant. De l'herbe luxuriante et des pommiers, des hampes de pieds-d'alouette, des coquelicots et des cœurs de Marie — une haie de buis et le coin d'un potager derrière un portillon blanc !

Tournant le dos à la paisible vision, elle s'élança vers les fenêtres abritées par la véranda, fenêtres qui auraient dû donner sur la large étendue de la vallée et les collines éloignées s'y nichant. Mais les collines n'étaient pas là. Une étendue d'herbe à faucher à travers laquelle serpentait un ruisseau ; une prairie lointaine, sa limite marquée par une rangée de cèdres tordus. Une grange à clin, avec une énorme imposte de chaque côté de la porte ouverte du fenil. Elle s'imagina l'agitation du bétail et les coups sourds des sabots des chevaux. Mais il n'y avait alors aucun bruit ; même le bourdonnement des abeilles était apaisé.

Phoebe Sands tira l'une des vieilles chaises et s'assit. Envoûtée, elle regardait fixement le paysage ; la paix, la beauté, la sécurité — toutes à elle. Cette autre perspective, aussi, était à elle. Elle était pleinement à elle. Elle souhaita qu'elle ne s'évanouisse pas. Il lui apparut qu'elle souhaitait que cela demeure toujours. Elle ne voulait pas que les ormes et les érables reviennent. Elle voulait la maison telle quelle, blottie dans un confort accueillant, avec des abeilles, des fleurs et d'innombrables pommiers. Elle voulait la joyeuse petite mare aux nénuphars et l'odeur du buis réchauffé par le soleil — oh, tout le temps, tout le temps, l'odeur du buis réchauffé par le soleil !

Elle ne prit pas garde aux heures qui s'écoulaient tandis qu'elle regardait les lumières et les ombres changeantes. Le temps n'existait pas. Elle était en paix.

Les jours passèrent et Phoebe Sands s'installa dans la routine de sa nouvelle vie. Les gens en venaient à appeler — le pasteur et sa femme ; le directeur de la banque ; de vieilles dames collet monté et des jeunes femmes à la mode, dont les vêtements étaient taillés d'après les tout derniers modèles, et dont la conversation était assaisonnée avec un petit peu du monde entier. Sa Tante Cornelia n'avait jamais eu d'amis, la renseignèrent-ils. Pourquoi, en effet, aurait-elle dû ? Elle avait mé-prisé la communauté dans laquelle elle avait vécu, aussi cordialement que celle-ci l'avait méprisée.

Qu'il y eût quelque chose d'étrange à propos de la maison, Phoebe ne pouvait s'empêcher de le déduire. À plusieurs reprises, ses visiteurs avaient commencé à dire quelque chose, avant de devenir soudain taciturnes.

L'inimitié entre sa Tante Cornelia et les Wade était abordée assez souvent. Il n'y avait pas de dissimulation du sujet et la présence constante de l'ennemie héréditaire recevait des tas de commentaires amusés. Mais elle avait le pressentiment qu'on lui taisait quelque chose.

À ses voisins curieux et bienveillants, elle raconta avec franchise son histoire simple. Pour eux tous elle était sympathique et accueillante. Mais à aucun d'eux elle ne parla de l'étrange dualité de la maison.

Elle en venait de plus en plus à attendre avec impatience la survenue du changement, dont les prémices étaient toujours le parfum du buis et le bourdonnement des abeilles.

Jamais la substitution n'avait lieu lorsqu'elle était au-dehors. Au moment où elle franchissait le seuil, elle était dans le domaine de la réalité. Elle se réveillait parfois dans la nuit avec l'odeur du buis humide de rosée dans ses narines et, courant avec joie à la fenêtre de sa chambre, restait assise des heures durant à regarder le clair de lune se briser en paillettes d'argent sur le lac, ainsi que les silhouettes des longues franges de saules qui ondoyaient lentement. C'était son secret — la mystérieuse confidence que lui faisait la maison à elle seule. Quelque chose à chérir, à ne jamais révéler, pas même à Clinton Wade, qui prenait de plus en plus possession de ses pensées et de ses désirs. Cher Ennemi ! Tante Cornelia avait sûrement dû s'adoucir au plus profond de son cœur, puisqu'elle n'avait fait aucune mention de la querelle dans son testament. Elle avait dû croire… — Phoebe n'alla pas plus loin dans ses rêveries. Il se trouvait une présence dissimulée dans son âme, qu'elle ne voulait pas regarder, en face à face.

L'été se rafraîchit et mûrit en automne. Les érables tournèrent à l'or et au cramoisi, et les ormes brunirent en bronze. Elle avait vu la vallée jaunir avec le chaume et les collines s'embraser de couleurs.

Et des fenêtres qui s'ouvraient sur le jardin mystique, elle avait regardé le bleu des pieds-d'alouette faire place au brun, et les jaunes et ivoires veinés de lie-de-vin des chrysanthèmes boules ; avait vu les pommes devenir rouges et rousses, et à présent, mélangées à l'odeur du buis, leur odeur succulente, propre et honnête comme leurs joues colorées, donnait un nouveau parfum. Les franges des saules s'étaient amincies. Les haies de cyprès laissaient entrevoir le vert du blé d'hiver. Le bassin reflétait un ciel plus bleu. Les feuilles des nénuphars fonçaient et les étoiles blanches de leur floraison ne constellaient plus la surface paisible de la mare.

Comme les soirées se refroidissaient, elle ne s'asseyait plus avec Clint sur les degrés de pierre devant la porte. À présent, ils s'établissaient devant le feu de cheminée, qui crépitait et bondissait derrière les massifs chenets de laiton, et bavardaient nonchalamment des événements de chaque jour. Il avait l'air d'être chez lui à ses côtés, ses intenses yeux bleus étincelant dans la lumière chaude, ses mains puissantes au repos sur les accoudoirs polis du fauteuil en acajou préféré de Tante Cornelia.

Elle ne pouvait pas empêcher les visions qui encombraient son cœur. Il devait rester ici, près d'elle. Devenir son mari, un jour. Mais jamais, s'il l'épousait, elle n'entrerait dans sa maison rénovée en stuc, éclairée à l'électricité, moderne, jamais ! Sa place était ici, dans le vieux manoir, parmi ses splendeurs fanées. Il faisait partie de la dualité onirique. Il devait venir à elle. Elle ne pouvait pas, n'irait pas à lui. Elle ne pouvait abandonner la maison, pas même pour lui.

« *Personne ne vous l'a demandé, monsieur* » *dit-elle*,[10] cita-t-elle pour elle-même, réprimandant son imagination dévoyée. Mais elle savait que les liens invisibles qui les liaient tous deux étaient aussi réels et aussi mystérieux que les visions de la maison. L'on ne devait pas les expliquer ou se disputer à leur sujet ; elles *existaient*.

L'automne consuma ses braises, et les cendres de l'hiver soufflèrent en neige à travers les collines et la vallée. Des matins rigoureux et croustillants suivirent les nuits de cristal. Les journées étincelaient comme des diamants ou bien fonçaient en gris crépuscules d'amers verglas. À présent, la merveilleuse mare était noire à cause de la glace. Les saules agitaient des franges lugubres sous le vent fort. Les haies de buis étaient parsemées de neige, les pommiers violet-brun d'humidité et silhouettés d'hermine. Maintenant, la longue perspective de la vallée était tachée de mauve et de jaune pâle, finement vernie de blanc. Les cours d'eau se repéraient par leur pureté fragile. Lorsque la vision s'estompa, les ormes et les érables à sucre, dévêtus de leur or et pourpre, levaient leur dentelle noire contre le ciel. La longue pelouse était brillante de glace sous la neige lisse, ordonnée telle une nappe bien dressée.

Noël était à portée de main. Son premier Noël chez elle, songea-t-elle, heureuse. Clint avait promis de passer l'après-midi et la soirée du réveillon avec elle. Il viendrait de bonne heure et l'aiderait à préparer.

---

[10] Référence au tableau romantique de Sir Lawrence Alma-Tadema de 1896, « Nobody Asked You, Sir ! » She Said. (NDT)

Il lui avait promis le plus gros bouquet de gui que l'on puisse acheter, les plus belles couronnes de houx que l'on puisse trouver. La maison allait accueillir une fête — une couronne à chaque fenêtre avec une bougie au centre. Des rameaux à feuilles persistantes étaient attachés sur chaque manteau de cheminée. Les coins et recoins avaient leurs symboles de fête.

« La maison n'a pas connu de réception depuis quarante ans », décidèrent-ils.

La veille de Noël, Phoebe se tint debout devant le fourneau rougeoyant où un gâteau, un merveilleux gâteau prétentieux était en train de cuire, à côté d'une dinde — un cadeau de la femme du banquier — farcie selon une recette ancienne et respectée. Le pudding de Noël sortait d'une boîte de conserve, mais et alors ? La desserte était chargée d'accompagnements, de tous les morceaux de choix dont elle se souvenait être servis en cette occasion. D'abord ils feraient une petite tournée de visites en voiture, puis reviendraient pour un dîner en tête-à-tête. Comme la ville serait choquée si elle savait — ce que sans aucun doute elle savait, à la façon des villes.

Mais imaginons qu'il ne vienne pas, en fin de compte ? Imaginons qu'il laisse tomber sa première soirée comme son père avait laissé tomber Tante Cornelia ? L'absurde pensée lui traversa l'esprit et glaça son cœur tandis qu'elle retirait le gâteau du four, et dans sa panique, elle manqua de le faire tomber par terre. Peut-être que les gens héritaient de traits de caractère comme ça. Elle déposa le plateau et se tint à côté de la table de cuisine, le visage tordu de douleur à la révélation soudaine de ce qu'un tel désastre signifierait pour elle. Eh bien, elle pourrait haïr en retour, aussi longtemps et odieusement que Tante Cornelia ! Les gens *héritaient* de choses singulières. Mais Clint — non, non ! Ses mains tremblaient tandis qu'elle étalait l'épais chocolat entre les couches. Non, pas Clint.

Enfin, tout était prêt pour sa venue. Elle revêtit sa nouvelle robe à fleurs noire et blanche en mousseline de soie et le long collier de perles.

Elle entendit sa voiture vrombir au stop avant le montoir et le rapide tapotis de ses pas remontant l'allée. Avant qu'il ne puisse frapper à la porte, elle lui ouvrit et fit une révérence.

Il entra, apportant un souffle froid de l'extérieur. Il referma la porte et resta debout à la regarder tandis qu'il retirait ses gants épais avec des doigts nerveux. Ils passèrent à la salle à manger et se tinrent un instant devant une fenêtre ouverte, à respirer l'air vif — heureux d'exister.

Aucun d'eux ne parlait. Tout à coup, ils étaient dans les bras l'un de l'autre, étroitement enlacés. Un frisson déchirant, intense, les traversa et les engloutit. Ils s'agrippèrent avec une sensation de vertige, pris dans le maelström séculaire.

Le parfum du buis afflua, comme porté par une subite bouffée d'air.

Elle se détourna et leva des yeux écarquillés.

Il regardait par la fenêtre, le visage pâle, ses yeux fixés dans un étonnement stupéfait.

Elle se tortilla dans ses bras pour regarder par-dessus son épaule. Oui, il était venu, le mystérieux changement ! Là, devant eux, s'étirait le chemin menant au lac : les saules ondulant dans le vent hivernal ; la lumière cuivrée du soleil couchant qui dessinait des ombres pourpre impérial sur la neige.

– Clint, s'écria-t-elle, ne soyez pas effrayé. Cela se produit de temps en temps. Ne faites pas cette tête, je vous en prie ! Ce n'est pas méchant, je vous assure !

Elle le secoua désespérément. Il relâcha son étreinte et se couvrit les yeux des deux mains. Alors, il leva la tête et regarda à nouveau.

– Suis-je devenu fou ? s'exclama-t-il.

Elle se jeta sur lui, haletante d'excitation. Elle était heureuse, si heureuse qu'il voie lui aussi.

– Cela ne doit pas vous inquiéter. J'*aime* ça. *J'attends* que cela se produise.

— Le verger… le ruisseau ! dit-il dans un murmure intimidé.

La stupéfaction la saisit.

– Comment le saviez-*vous* ? balbutia-t-elle. Comment *pouviez*-vous savoir ? Vous n'avez pas regardé par les autres fenêtres.

Elle le sentit frissonner, secoué comme par une tempête intérieure.

– Et vous voyez cela depuis tout ce temps ? demanda-t-il d'une voix étouffée.

– Depuis que je suis arrivée. Je ne sais jamais quand cela arrive, jusqu'à ce que je sente le buis.

– Le buis… oui… les vieilles haies de buis… répéta-t-il d'une voix si étrange que ses craintes se ravivèrent.

– Qu'est-ce donc ? Oh, qu'est-ce donc ? l'implora-t-elle. Qu'est-ce que *cela* signifie ?

— Mais ce n'est *pas* possible ! s'écria-t-il en titubant de l'autre côté de la pièce, où il se pencha lourdement contre le rebord de la fenêtre pour regarder à l'extérieur. Mais pourtant c'est *vrai*, c'est *vrai* !

(Il se redressa subitement, comme galvanisé par une énergie joyeuse.) Venez… venez avec moi… tout de suite !

Il lui passa son manteau sur les épaules, mit son bonnet de fourrure sur sa tête, ouvrit la porte d'un coup et l'entraîna jusqu'à la voiture. Elle s'assit docilement à côté de lui, tandis que, les yeux écarquillés et les lèvres serrées, il roulait imprudemment à travers la campagne. Pendant plus d'un demi-*mile*, la voiture fila sur la grande route. Puis il ralentit, sortit, abaissa une barrière et tourna dans un chemin vicinal. Point de macadam ici, mais de la terre brune gelée avec de la bruyère violette et lie-de-vin emmêlée rougeoyant dans la neige. Encore un demi-*mile*, et deux grandes colonnes de portail firent leur apparition.

Clinton Wade arrêta la voiture dans un crissement de freins, et se tourna vers Phoebe.

— Ferez-vous comme je vous le dirai, Phoebe Sands ?

Elle acquiesça de la tête.

— Fermez les yeux, alors, et laissez-moi vous guider. Ne les ouvrez pas jusqu'à ce que je vous le demande.

Il mit son bras autour de ses épaules et prit sa main droite dans la sienne. Elle entendit leurs pas crisser sur le gravier givré, et sut que celui-ci avait longtemps été négligé, car elle trébucha sur un monticule, et des épines déchirèrent sa jupe. Ils progressèrent lentement. À présent, le parfum du buis était de plus en plus vif dans l'air, de même qu'une faible odeur de cidre, comme des pommes remisées. Près d'elle, elle sentait son cœur battre fort et rapidement, et perçut son souffle dans un soupir frémissant.

— Ouvrez les yeux, murmura-t-il.

Elle leva les yeux. De verts monticules de buis l'entouraient. Une allée, verte et bordée de buis, s'ouvrait devant elle — un chemin qui se finissait dans une mare gelée. Il y avait au-delà des saules, comme des fouets d'or. Et au-dessus sur la droite, rang après rang, défilaient les bataillons de pommiers nus.

— Eh bien, voici l'endroit, murmura-t-elle.

— Oui, dit-il. Regardez. (Il la fit pivoter.)

Là-bas, plus loin, se trouvait la grange, dont la porte du grenier à foin se balançait en grinçant dans le vent, et dont les impostes sans carreaux béaient.

Il l'installa délicatement sur un muret de pierre. Alors elle se rendit compte que là-bas, à moitié remplies de débris et de neige, s'ouvraient des caves. Il y avait l'emplacement où il y avait eu une cheminée. Elle était assise sur les fondations d'une maison. Elle pouvait en tracer la forme et ses étendues. Ici il y avait eu un jardin. Le buis s'épanouissait encore. Là-bas, à travers les cyprès, apparaissait la prairie, ses sillons de terre brune barrés de blanc. Elle ne posa pas de question. C'était en elle et autour d'elle : la beauté, la sécurité, la paix. La maison — le lieu de la vision.

Il parlait, les lèvres près de sa chevelure.

– Phoebe, ma chérie, je ne voulais pas que vous sachiez comment votre Tante Cornelia avait eu la maison. Vous n'auriez jamais été heureuse dedans, si vous l'aviez su. J'ai fait jurer à tout le monde de ne pas vous le dire. Mais maintenant que cela s'est produit, vous devriez savoir ce que la maison essaie de vous dire. (Il garda le silence un moment, comme s'il choisissait ses prochains mots.) Ce n'est pas la maison de *votre* famille, très chère — c'*était* la maison de la *mienne*.

Elle le regarda fixement, stupéfaite.

– Mon père et votre Tante Cornelia étaient fiancés, expliqua-t-il. Il lui a cédé sa vieille propriété comme présent de mariage. Et alors… il a rencontré ma mère. Il a quitté votre Tante, et elle ne lui a jamais pardonné. Une partie de sa vengeance fut qu'elle garda la maison. Elle savait combien il l'aimait, à quel point elle comptait pour lui. Cela lui coûta la moitié de ce qu'elle possédait pour le faire, mais elle fit mettre la maison sur des rouleaux transporteurs et la déménagea à l'endroit où elle est maintenant. Le vieux manoir des Sands avait brûlé deux ans auparavant, et ainsi elle l'installa sur les fondations de pierre qui étaient les siennes de droit. Et ils vécurent ainsi, la maison et Cornelia. Maintenant, est-ce que vous comprenez ?

Il y eut un long silence, puis elle répondit très doucement.

– Je pense qu'elle a pardonné.

Il secoua la tête.

– Je n'essaierai pas de l'expliquer. J'ai toujours eu le plus étrange des sentiments à propos de ce vieil endroit. Déjà, quand j'étais petit, je venais ici et m'imaginais comment ce devait être ; comment j'aurais pu regarder des fenêtres, si j'avais pu entrer, pour voir ceci tout autour. Je ne voulais pas m'autoriser à y penser, là-haut sur la colline. J'essayais de me convaincre que la maison se sentait seule et avait le mal du pays, et qu'elle voulait rentrer. Je suppose que c'étaient simplement les fantaisies d'un gamin rebelle, mais je voulais *la* maison de mon père, je l'avais toujours voulue. Et puis, quand je suis devenu adulte et que votre Tante Cornelia est décédée, je n'ai pas pu l'acquérir. J'ai essayé, mais elle vous est revenue. Et depuis que vous êtes arrivée… eh bien, je suis incapable de penser à la maison sans vous à l'intérieur. Je ne peux penser à aucune maison pour moi autre qu'étant la vôtre.

— Vous éprouviez cela, et pourtant vous avez dit à tout le monde de ne pas souffler mot de la manière dont Tante Cornelia avait volé la maison de votre père — parce que vous saviez que je me sentirais obligée de la rendre ! Vous ne pouviez pas savoir *alors* que la maison voulait que nous soyons réunis.

Il l'attira plus près de lui.

— Ce n'était pas de votre faute, peu importe qui vous étiez. Cela n'aurait pas été juste, c'est tout.

Elle tourna vers lui des yeux confiants, pleins d'adoration.

— Vous êtes si infiniment bon, murmura-t-elle, que si cela ne devait pas heurter les sentiments de la maison, je vous épouserais.

Il sembla ne pas l'entendre. Ses yeux étaient fixes, sa tête inclinée comme s'il écoutait attentivement — de cet air familier qu'elle avait appris à connaître. Elle pencha elle aussi la tête. Son regard se perdit au loin.

— Je sais, dit-elle en douceur. Je l'entends aussi. La Maison nous appelle. Elle dit : « Venez là immédiatement ; vous allez attraper la mort et, en plus, mon feu de cheminée va s'éteindre. Venez immédiatement et commencez à vous organiser pour le déménagement de retour chez moi. »

Titre original « Phantom Perfumes »
Traduit par Tepthida Hay

BIBLIOGRAPHIE FRANÇAISE D'ETHEL WATTS MUMFORD

—"Parfums fantômes" ("Phantom Perfumes", in *Ghost Stories*, décembre 1927, USA), in *Wendigo* n° 5, 2019.

LA DEMEURE DU MONOCEROS

par E. Hoffmann Price & Clark Ashton Smith

La nouvelle qui suit est le résultat d'un échec à la vente d'un Clark Ashton Smith qui n'a jamais réussi à se plier aux codes des pulps. La première version de ce texte lui étant restée sur les bras, Smith s'en est remis en 1940 à son ami E. Hoffmann Price pour faire ce qu'il estimerait nécessaire afin d'arriver à placer la nouvelle intitulée « The House of the Monoceros ». Price accepta en la cuisinant à la recette « Spicy », une solution à des années-lumière du style précieux de Smith ! Le manuscrit original de Smith ayant disparu, on ne peut que présumer de ce qu'il en subsiste ici : sans doute surtout le Monocéros lui-même, le nom de Treganneth et un peu l'environnement dans lequel se déroule le récit. Smith fut assez horrifié par le côté érotique et le style « détective dur à cuir » du « remake » publié sous le titre de « The Old Gods Eat », mais il n'en refusa pas pour autant les deux tiers du paiement qu'en tira Price...

Edgar Hoffmann Price (1898-1988) entama une prolifique carrière dans les pulps en 1924. Sorti de la fameuse académie militaire de West Point il combattit lors de la Première Guerre mondiale et fit partie des contingents de l'armée américaine au Mexique et aux Philippines. C'était aussi un champion de boxe et d'escrime. Sa passion pour l'Orient (il parlait et lisait l'arabe et devint bouddhiste...), mais aussi pour l'Asie imprégna une bonne partie de ses centaines de nouvelles, y compris celles relevant du Policier.

Vivant en Louisiane, il fut un collaborateur régulier de Weird Tales *et, grand amateur de voyages en voiture et en moto, le seul à avoir rencontré en personne H. P. Lovecraft, Clark Ashton Smith et Robert E. Howard. Il collabora avec plusieurs auteurs de pulps célèbres (Otis Adelbert Kline, Ralph Milne Farley, etc), mais c'est sa collaboration avec Lovecraft pour la nouvelle « À travers les portes de la Clé d'Argent » appartenant au cycle de Randolph Carter qui resta la plus connue.*

À l'aise dans tous les genres, du Western à la SF en passant par le Policier, le Fantastique et d'autres, E. Hoffman Price cessa d'écrire au début des années 1950 lorsque le marché des pulps s'effondra définitivement. Il se consacra alors à une autre de ses passions, l'astrologie, et en fit son métier.

Mais le démon de la plume n'était pas mort en lui et il revint à la SF et au Fantastique au cours des années 1970 et 1980, encouragé sans doute par la publication aux États-Unis du recueil Strange Gateways *(Arkham House, 1967) puis du monumental* Far Lands, Other Days *chez Carcosa, 1975). Lui qui n'avait jamais publié de vrais romans en volume n'en signa pas moins de six (deux de Fantasy chinoise et quatre de SF) entre 1979 et 1986 ! Il reçut un World Fantasy Award - Lifetime Achievement bien mérité, lors que la World Fantasy Convention de 1984 à Ottawa, au Canada.*

Treize ans après sa mort, en 2001, Arkham House publia ses mémoires, Book of the Dead : Friends of Yesteryear, Fictioneers & Others *qui restent un témoignage assez exceptionnel sur des personnages de la littérature populaire de l'ère des pulps.*

E. Hoffmann Price fait partie de ces auteurs solides, inventifs et attachants qui ont fait les beaux jours des pulps mais que la postérité a eu malheureusement tendance à oublier. Par chance, l'avènement des livres imprimés à la demande et des eBooks fait que nombre de ces auteurs disparus des radars depuis des décennies refont maintenant surface aux États-Unis. C'est ainsi que Wildside Press vient de sortir quatre gros recueils de E. Hoffmann Price en eBook dans sa série à prix cassé « Megapack », une entreprise éditoriale assez extraordinaire dans son genre par son catalogue et disponible en Amazon Kindle.

La nouvelle qui suit a été publiée en 1941 dans Spicy Mystery Stories, *un pulp mélangeant érotisme et « weird menace » et qui faisait partie d'une chaîne dont le fil rouge était le « spicy », un érotisme mal vu à l'époque et traqué par la censure, mais tellement timide au regard d'aujourd'hui... !*

Les histoires des « Spicy » étaient très souvent formatées et leurs auteurs étaient soit des tâcherons, soit des pseudonymes collectifs, soit des auteurs connus œuvrant sous un autre nom (Robert E. Howard, Hugh B. Cave, Victor Rousseau, Arthur Leo Zagat, etc.), soit enfin des auteurs sortant du lot, mais impossibles à identifier comme le mystérieux Colby Quinn. Rares furent ceux qui ne se dissimulèrent pas comme Robert Leslie Bellem (qui utilisa aussi plusieurs autres pseudonymes tant sa production était importante...), Henry Kuttner ou encore E. Hoffmann Price, un des plus gros contributeurs des « Spicy ».

Clark Ashton Smith (1893-1961), quant à lui est bien connu des lecteurs français qui, au fil des ans, ont vu publier la quasi-totalité des histoires ce membre du premier cercle des amis de H. P. Lovecraft chez Christian Bourgois et surtout aux éditions NéO. Histoires reprises récemment aux éditions Mnémos.

Atteint de tuberculose et de dépression nerveuse, il vécut en reclus dans une cabane près d'Auburn, en Californie, puis à Pacific Grove. Entièrement autodidacte, il apprit seul le français et l'espagnol, traduisant ensuite de nombreux poètes, dont Charles Baudelaire. Il fut successivement journaliste, dactylographe, cueilleur et empaqueteur de fruits, coupeur de bois, gâcheur de ciment, jardinier et mineur. Ce n'est que vers 35 ans qu'il commença à écrire des nouvelles fantastiques ou assimilées SF (plus d'une centaine entre 1929 et 1958, pour la grande majorité pour Weird Tales, *mais aussi* Wonder Stories, Strange Tales of Mystery and Terror, Oriental Stories, The Magic Carpet Magazine, The Arkham Sampler et quelques autres) *après avoir publié de nombreux poèmes dans des magazines depuis 1910...*

Lovecraft lui prodigua ses encouragements et tenta de faire connaître son œuvre autour de lui (aussi bien ses nouvelles et ses poèmes que ses peintures et ses sculptures). Mais il faudra attendre la fin de la Seconde Guerre mondiale pour voir ses nouvelles commencer à être publiées en recueils par August Derleth chez Arkham House. Ceci avant de connaître enfin des éditions en format poche, mais après la mort de leur auteur...

Contrairement à celles des autres membres du cercle lovecraftien, les histoires de Smith évitent la grande violence, les scènes de combats et les démonstrations de force physique et mettent le plus souvent en scène des sorciers, démons, vampires, au milieu de décors plus somptueux, de mondes perdus et oubliés, baignant dans une atmosphère vénéneuse.

Comme l'indique la conclusion de sa trop brève fiche Wikipedia en français, « Smith aimait utiliser des mots raffinés, rares ou archaïques, au sein de longues phrases, avec une débauche excessive de détails poétiques. Il compensait ainsi son manque de technique académique de l'écriture par une grande richesse de vocabulaire, une grande imagination onirique et une inlassable soif de culture. »

Bien loin donc du style « hardboiled » de E. Hoffmann Price, donc, comme on va pouvoir le constater ici, à la lecture de ce qui est tout d'abord une curiosité... — **RDN**

Lorsque le train de 17 heures 37 s'arrêta à Pengyl, je ne fus pas surpris de constater que j'étais le seul à descendre dans ce fouillis de vieilles maisons aux toits de chaume ; c'était le coin le plus retiré de la Cornouaille. Personne ne venait ici, et personne n'en partait, à l'exception de ceux qui disparaissaient : la raison de mon voyage depuis Londres pour affaires. *Un monstre dévorait les paysans.* Enfin, c'était ce qu'affirmait Lord Treganneth dans sa lettre.

Une Rolls-Royce, d'un modèle vieux de quinze ans, se gara, et un gros homme en sortit. Son visage était aussi noueux que la côte de Cornouailles : menton lourd, bouche épaisse, nez saillant ; et son manteau de tweed ébouriffé lui donnait un aspect encore plus rugueux. Il parla brusquement :

– Je suis Treganneth. Monsieur Dale, je suppose ?

Sa voix grondait comme si les vagues secouaient le sol sous mes pieds, emplissant l'air de leurs fines gouttelettes. Quel endroit ! Même la mer paraissait le détester et vouloir le mettre en pièces.

Si son intention était de se montrer ouvertement supérieur, pas de problème ; son chèque de vingt guinées, une centaine de dollars américains, en faisait un type sympathique.

Je jetais mon sac dans la voiture.

– Installez-vous sur la banquette arrière, me dit-il.

Puis il se mit au volant. Cela me parut comique. Cela n'avait aucun sens qu'un comte, ou quelque chose de similaire, n'eût pas de chauffeur. Je me demandais alors pendant un bref instant si le Monocéros n'avait pas avalé tous ses serviteurs.

D'après les armoiries qui ornaient le papier à en-tête de Treganneth, un Monocéros représentait une sorte de monstre marin possédant une corne à l'instar d'une licorne ; un dragon de mer avec une longue pointe entre les yeux. La devise qui y était gravée était également assez étrange : NOUS SERVONS LE MONOCÉROS.

Pendant les quelques minutes que j'avais attendues à Pengyl, j'avais imaginé que c'était une ville fantôme. Je commençais maintenant à voir des gens, et je me demandais alors où ils étaient passés jusqu'à l'arrivée de Treganneth.

Un homme vêtu d'un pardessus en toile cirée et d'un chapeau agita son poing depuis une embrasure de porte. Avant que nous n'ayons atteint la sortie du village, un autre homme apparut. Tout en projetant une pierre, il hurla :

— Où est Harry Penfield, espèce de salopard ?

La pierre se fracassa contre la portière. Un peu plus haut, et elle aurait frappé violemment Treganneth jusqu'à l'en déloger du volant. Cela me parut ahurissant de traiter comme ça un comte qui possédait des terres sur des kilomètres alentour. Peut-être était-ce la raison pour laquelle il m'avait choisi moi, un Américain… ?

Ma réputation m'avait précédée.

J'étais venu à Londres pour coincer un escroc, du genre fraude à l'assurance d'entreprise, un classique connu de tous. L'homme ne pouvait pas s'en sortir, et il se pendit avec la ceinture de son peignoir de bain. La presse en fit l'histoire d'une traque à mort de l'individu en question. Cela avait dû plaire à Treganneth et aujourd'hui, j'étais là.

Une pierre s'écrasa contre la portière près de moi. Une autre explosa la lunette arrière, mais aucun débris ne me toucha. Les gens du coin avaient vraiment une dent contre Treganneth !

J'avais appris que les mineurs de Cornouailles étaient parmi les meilleurs au monde, mais aussi les plus superstitieux ; trop de générations avaient vécu sous terre, et la terre leur chuchotait des choses aux oreilles. Les pêcheurs étaient du même acabit. Que Treganneth ait ou non un monstre dans son château, tous les paysans étaient fermement convaincus de son existence.

Nous avons gravi une forte pente pour ensuite émerger de la brume. Je fus presque surpris par la luminosité environnante tout autour de nous, car j'avais eu le sentiment que le soleil ne devait jamais briller beaucoup ici. Une forteresse en maçonnerie grise se profila en haut d'une colline ; elle possédait une tourelle crénelée, avec de petites fenêtres au travers de murs épais. Sous l'effet de cette lumière, ce coin me fit penser à une sépulture ayant déjà servi.

– Attendez ! dis-je à Treganneth, Je voudrais observer les alentours. S'il y a ici quelque chose d'étrange, ce qui le provoque doit laisser des traces. Que ce soit le Monocéros qui sorte du château en parcourant les collines, ou que les autochtones franchissent les collines pour atteindre le château. En France, les aviateurs avaient le coup pour repérer batteries aériennes dès lors qu'un artilleur stupide traversait une prairie.

Treganneth se gara sans un mot et resta assis sur son siège. Je plongeai la main dans mon sac et en sortis une paire de puissantes jumelles. Celui qui a l'habitude d'en utiliser d'excellentes ne pourrait pourtant pas imaginer à quel point ces jumelles-là captaient la lumière.

Mais quelle fut ma surprise quand j'aperçus la fille dans la tourelle… !

Elle agrippait les barreaux d'une fenêtre, et son visage était collé contre le métal. Une couverture était jetée sur ses épaules et descendait sur son dos. C'était tout ce qu'elle portait. Sa poitrine était haut perchée, sa taille mince et ses hanches s'évasaient avec volupté. Le rebord de la fenêtre était trop haut pour me permettre d'observer ses jambes, mais j'avais apprécié ce que je voyais. Et d'après sa façon dont elle empoignait les barreaux, elle semblait bel et bien prisonnière. Par chance, elle disparut avant que Sa Seigneurie ne s'aperçoive que je n'étais plus en train d'observer le flanc des collines.

– Non, aucun signe d'intrusion par ici, dis-je. Mais au fait… Qui est Harry Penfield ?

Treganneth démarra.

– Le dernier homme à avoir disparu.

La route serpentait, plongeait, piquait d'abord vers l'intérieur des terres, puis longeait le long de la mer ; durant quelques kilomètres, nous nous retrouvâmes même plus loin du château que nous l'étions lorsque j'avais eu la vision incomplète de la blonde aux jolies courbes collée aux barreaux. La route devint plus difficile et l'escarpement des rochers plus sauvage ; le rugissement de la mer éclatait près de nous, et une volée d'écume trempa la voiture. Puis nous nous dirigeâmes enfin vers le portail voûté du château.

De l'herbe poussait entre les dalles de la cour. Les énormes charnières de la porte qui s'ouvrait dans le donjon étaient rouillées. La place entière était délabrée. Le lierre poussait à l'état sauvage et avait obturé progressivement toutes les fenêtres.

Treganneth se gara en face de la porte. L'endroit paraissait désert ; la cour était sombre, et il faisait noir à l'intérieur du donjon, ce qui me déplut. Les gens qui vous écrivent à propos de monstres marins dévorant des paysans ne sont pas forcément ceux avec qui vous voudriez passer vos soirées... S'il n'y avait pas eu la moindre chance pour moi d'en apprendre quoi que ce soit sur cette fille blonde, j'aurais sans doute rendu ses vingt guinées au comte en lui disant d'aller se faire voir...

Mais maintenant, je voulais en savoir plus sur la dame. Qui devait être enfermée à double tour.

La porte s'ouvrit. Une femme en robe de chambre vichy rose nous faisait face avec une lampe à pétrole. Le château semblait ne pas être raccordé au réseau électrique pour l'éclairage, l'idéal pour des morts ou des disparitions...

– Emily, prenez les bagages de Monsieur Dale, dit Treganneth.

La femme à l'air sombre fixa la lampe sur un étrier.

– Non, laissez... lui dis-je. Je peux m'en occuper tout seul.

Elle avait une peau blanche et lisse, des cheveux noirs, et ses yeux bleus paraissaient presque noirs. Ses cils épais donnaient l'impression d'une tâche de suie sur ses paupières ; le peuple de Cornouailles était composé de Celtes, une race ancienne qui ne se mélangeait pas aux autres.

Je savais pourquoi j'avais pris mon sac. Pas parce que c'était une femme, mais parce qu'elle me faisait sentir que l'endroit lui appartenait ; au sens où n'importe quel habitant originel du château l'aurait fait sentir juste par sa manière d'être.

Le vent hurlait dans la cour et plaquait sa robe sur son corps. Elle avait de jolies jambes, une trentaine parfaite, tout au moins pour ce qui était de son âge ; mûre pour être cueillie, mais sans l'être trop.

Je la suivis dans le château et vis qu'une partie de celui-ci avait été remodelée il y avait peut-être un siècle de ça. La boiserie du grand salon était en chêne noirci par la fumée. Pendant que je suivais Emily vers ma chambre au deuxième étage, je glissai un regard furtif vers l'escalier qui menait à la tourelle, là où le vent hurlait, riait et se déchaînait contre la fille blonde. Mais je décidai de ne pas poser de questions à ce sujet.

Emily fit le tour de ma chambre en tapotant coussins et oreiller pour les remettre en forme.

— Que pouvez-vous me dire au sujet du Monocéros ? lui demandai-je. Car je suppose que vous savez pourquoi je suis ici ?

Elle leva les yeux et me regarda en coin.

— Je peux vous montrer certaines choses qu'ignore Treganneth... Plus tard cette nuit, lorsque tout le monde dormira.

À sa façon de parler, elle semblait sincère.

— Le dîner sera servi dans une heure, ajouta-t-elle. Inutile de vous mettre en tenue de soirée.

Mais Treganneth n'apparut pas pour le dîner. Je mangeai donc seul dans un coin sombre de la salle ; sombre, mis à part les charbons sur le foyer et deux bougies dont la lumière tremblotait et vacillait dans l'obscurité. Le vent riait, pleurait et hululait. Emily servit un roast-beef succulent ; chaque plat était préparé à la perfection. Et le vin qui accompagnait le repas aurait mérité un bouquin à lui tout seul...

Emily me versa un peu de Bourgogne, et dit :

— Le frère de Son Excellence l'a apporté en 1914, plusieurs années avant sa disparition.

— Ah... ? Il a donc disparu ?

— Oui. Tout comme mon dernier mari, Monsieur Polgate. Le majordome.

— Le Monocéros les a eus aussi tous les deux ?

— Restez éveillé suffisamment tard et je vous montrerai quelque chose qui pourrait vous laisser sans voix...

Et chaque fois qu'elle se penchait pour remplir mon grand verre, j'avais de quoi me rincer l'œil. Elle avait décidément tout ce qu'il fallait pour satisfaire un comte...

Il était minuit passé lorsque Emily frappa à ma porte. Ses cheveux étaient ramenés en deux tresses épaisses. Elle portait une chemise de nuit ras du cou, avec des lacets de chaque côté ; elle était ajustée par deux rosettes judicieusement placées, même si ce qu'il y avait en dessous n'avait vraiment pas vraiment besoin de marques de repères... Et si Emily portait une grosse robe de chambre sur cette chemise de nuit, c'était un vrai cadeau.

— Treganneth est ivre mort, m'annonça-t-elle.

Alors que j'arpentais le manoir, le vent sembla porter la voix d'une femme qui pleurait. La vieille lanterne à la main d'Emily éclaira ensuite notre descente dans un corridor obscur ; puis apparut un escalier poursuivant vers une partie très ancienne du château, une construction qui remontait à mille ans, peut-être plus.

Le lieu était humide et effrayant, et il y régnait une drôle d'odeur ; un effluve d'iode de mer, comparable à l'odeur forte de marais salants. Il y avait de la poussière sur le sol, sauf à un endroit où quelque chose semblait avoir été traîné par terre. Je repensai alors à Harry Penfield, le dernier homme à avoir disparu. Puis Emily atteignit finalement un renfoncement et désigna un anneau sur le sol.

Il ressemblait à bien d'autres anneaux que j'avais déjà vus, en acier massif rouillé ; il était maintenu par un boulon à œillet fixé par du plomb coulé dans une cavité de la maçonnerie.

– Tirez fort et soulevez-le, me dit Emily.

Je tirai. Il y eut un crissement aigu et un bloc de béton bascula sur ses pivots. Des marches apparurent et qui conduisaient plus bas, sombres et étroites. Et les effluves de mer... Je reculai.

Une rafale d'air vicié remonta et fit virevolter la robe d'Emily. Tenir la lampe en hauteur tendait le tour de cou de sa chemise de nuit et la soie rose dessinait le contour de ses hanches.

– Vous ne voulez pas en voir plus ?

Non, je ne le voulais pas ; concernant le souterrain, je veux dire... Mais je me sentais stupide de me dégonfler comme ça.

– Allez-y, vous d'abord, lui dis-je.

Et elle passa devant moi, comme si elle possédait les lieux. C'était le cas, j'en étais maintenant certain, et Treganneth n'était qu'un faire-valoir. Ce comte qui pouvait faire d'elle une vraie lady s'il le désirait...

Nous avons débouché dans une crypte taillée à même la roche. Au centre s'ouvrait un puits à peu près circulaire d'environ six mètres de diamètre. Sa margelle, sur toute sa longueur, ne montait pas plus haut qu'à mi-tibia d'Emily et n'était séparée du mur que par tout juste un mètre. Me retrouver si près de ce trou dans le rocher me donna froid dans le dos.

Emily s'assit sur la roche humide et enserra ses genoux de ses bras après m'avoir confié la lampe.

– Asseyez-vous, et éteignez-la, dit-elle.

Je la rejoignis sur les marches ; elles étaient si étroites que je dus me serrer contre elle. C'était bien la première fois que me presser contre une dame dans le noir ne me procurait aucun plaisir...

Ce lieu était si vieux que je pouvais littéralement en ressentir l'antiquité. Le peuple d'Emily, l'ancien peuple, les druides qui offraient des sacrifices humains à Pâques et brûlaient des prisonniers dans des cages en osier, tous avaient bâti ceci. Emily était ici chez elle… !

Je soulevai le couvercle de la lanterne et soufflai sur la lumière pour l'éteindre.

– Nous devons attendre un peu, dit-elle en chuchotant, tout en se rapprochant de moi.

Je pouvais sentir sa respiration dans mon oreille et ses cheveux sur ma joue.

– Ce puits mène là où le Monocéros a vécu et est mort il y a mille ans, reprit-elle. À l'époque où les Treganneths étaient des seigneurs des Cornouailles, doublés de pirates et de pillards.

– Donc, il est mort ?

– Il est mort, mais il est en train de ressusciter...

L'odeur concentrée d'iode marin devint plus forte. Le puits respirait. Une brume blanchâtre s'éleva alors dans l'obscurité en frémissant tout en se contorsionnant.

Elle prit l'épaisseur d'une barrique et Dieu sait quelle longueur elle pouvait bien faire ! La tête qui se dessina alors était celle d'un dragon, un dragon avec une pointe d'un mètre de long qui jaillissait de son front. C'était le Monocéros qui figurait sur le papier à en-tête de Treganneth, ainsi que sur sa bague en cornaline et vieil or… !

La brume continua à monter, à monter encore, jusqu'à finir par surgir du puits. Deux hommes paraissaient donner des coups de pied et se débattre dans ses anneaux. L'un d'entre eux ressemblait à Treganneth. Emily cria et me prit dans ses bras. Elle plaqua son corps contre le mien. Je reculai vers l'escalier. Mais ses jambes nues s'emmêlèrent avec les miennes et je m'étalai sur les marches. Le corps d'Emily devint mou et je l'empoignai fermement.

Dans la bousculade, je jetai un regard derrière moi. La chose se retirait dans la fosse. Elle se réduisit à un mince ruban de brume. Puis elle disparut. Je transpirais, tremblant et claquant des dents. Tout en tenant Emily, j'entrepris de remonter l'escalier sans m'arrêter pour récupérer la lanterne. J'atteignis le haut des marches bien plus vite que je ne l'aurais cru... et je perdis l'équilibre. Heureusement pour Emily, je fis un écart en tombant, sinon je l'aurais écrasée net. Le choc me sonna un bon coup. Emily revint à elle et se mit à gémir :

– C'est de pire en pire ! À chaque fois, il va plus loin pour chercher sa proie… Sortez-moi d'ici !

Je dus littéralement la traîner. Bizarrement, je décidai de rentrer dans ma chambre comme si c'était l'endroit le plus sûr au monde. Mais après avoir claqué le verrou, je me retournai et vit Emily flageoler sur ses genoux. Elle tomba à la renverse et s'effondra sur le sol.

Je me précipitai vers elle.

— Si Treganneth croit que je vais traquer cette chose, il est cinglé ! Sa lettre m'avait donné l'impression d'une menace de mort lorsqu'il m'a écrit, comme si quelqu'un essayait de le faire fuir de son château. Mais *ça...* ! Oh, il me prend pour qui ?

— Il pense que quelque chose — un humain — attire les villageois dans les grottes sous le château pour les tuer. Il ne connaît pas l'existence de l'endroit où nous sommes allés. Promettez-moi de ne pas le lui dire, il est tellement perturbé en ce moment ! Un choc pourrait le rendre fou.

Sauf qu'on ne peut pas croire tout ce que l'on voit... Pensez à la ruse de la corde hindoue, par exemple. Ou aux petits hommes verts qu'un de mes amis affirmait voir dans sa chambre... Il leur balançait des choses, sauf qu'ils n'étaient pas là... Ici, il n'y avait aucun monstre !

— D'accord, je ne le lui dirai pas. Mais comment avez-vous découvert cet endroit abominable ?

— Mon dernier mari, Monsieur Polgate, était majordome. Il avait l'habitude de me raconter certaines choses à propos des caves sous le château. Puis il disparut ainsi que le frère du comte, mais personne ne retrouva les corps. Sept ans passèrent avant qu'ils ne soient déclarés officiellement morts, et je me retrouvai alors veuve d'un point de vue légal. Jasper — le comte que vous connaissez — arriva d'Australie pour récupérer l'héritage de son frère. Puis certaines choses se produisirent. Des villageois se mirent à disparaître. Les gens commencèrent à évoquer le Monocéros et c'est ainsi que ressurgit une vieille légende affirmant que la lignée des Treganneth en était la descendance...

Je compris qu'elle voulait dire par là que le Monocéros représentait une sorte de totem, comme les loups pour les Indiens, d'après la croyance des ancêtres de leur clan.

— Les anciens Treganneths donnaient en sacrifice des prisonniers au monstre, pour avoir la chance de leur côté lors des guerres qu'ils menaient, reprit-elle. Le monstre vivait dans cette fosse, et il venait de la mer se repaître de chaque offrande qui lui était destinée. Puis un tremblement de terre obstrua le passage et la chose prisonnière commença à mourir de faim alors que les Treganneths ne parvenaient plus à trouver suffisamment de victimes à lui offrir.

— Et aujourd'hui, ce serait le fantôme du Monocéros qui mange les gens ?

Mais maintenant que je m'étais un peu calmé, je commençai à cogiter sur toute cette histoire...

— C'est de la fumisterie ! dis-je soudain. Je n'ai rien vu, c'était juste de l'hypnotisme. Plus ces trucs en décomposition dans la mer, les vapeurs phosphorescentes, et moi qui me fait des nœuds au cerveau sur le Monocéros depuis que j'ai reçu cette lettre louche du comte...

Je me retournai vers Emily.

— Pourquoi ne partez-vous pas ?

— J'appartiens à cet endroit.

— Pas moi. Je suis un détective. J'ai coincé des escrocs d'Alger au Honduras. Mais un Monocéros c'est différent. Vous pouvez vous le garder !

J'étais remonté contre moi-même pour m'être précipité ici bille en tête, mais j'avais au moins suggéré à Emily un moyen de s'en sortir. Il y avait une astuce quelque part, c'était évident.

Emily bondit, et avant que j'aie eu le temps de la voir venir dans la lueur de la lampe, elle m'entoura de ses bras. Elle se pressa contre moi, et pas seulement avec ses bras…

— Vous devez rester… s'il vous plaît, faites-le pour moi !

Cette brassée de corps féminin réchauffa mon sang, mais pas ou point de perdre la tête. La chemise de nuit que portait Emily provenait d'une boutique de luxe. Je m'en aperçus lorsqu'elle glissa en découvrant une épaule. Une chemise de nuit neuve de ce genre devait coûter un paquet de guinées ; une dépense folle alors que le comte conduisait lui-même une voiture vieille de quinze ans. D'autre part, elle m'avait menti lorsqu'elle avait affirmé qu'elle-même et le comte étaient les seuls occupants du château. Et la jeune fille blonde dans la tour, hein ?

Je jouais au pigeon et je la poussai vers la porte.

— Vous êtes trop effrayée pour savoir de quoi vous parlez. Revenez lorsque l'histoire du Monocéros sera terminée, et là vous verrez si je vous mets à la porte.

Le sourire qu'elle m'adressa en partant par-dessus son épaule me fit une de ces promesses que seul un idiot peut espérer de voir tenir ensuite une femme comme elle.

Par la suite, à force de réfléchir, assis près de la grille de la cheminée, au Monocéros, je finis par me dire qu'il était possible de monter cette mise en scène en utilisant des jeux de miroirs...

Une heure passa. Puis une autre. Je récupérai ma lampe de poche et enfilai des chaussons. Il faisait noir comme dans un four dans ce manoir. Le vent produisait des sons à la fois répugnants et horribles, puis il sembla ricaner lorsque je me reculai brusquement en croyant sentir que quelque chose rôdait dans les ténèbres. Mais je parvins finalement à l'escalier qui grimpait dans l'obscurité infernale de la tourelle.

Au moment où j'avais fini par me convaincre d'avoir compris le mécanisme du Monocéros, j'atteignis la deuxième fente étroite s'ouvrant dans l'ouvrage de maçonnerie épaisse d'un mètre. La lune était pleine. Les rochers escarpés luisaient à travers l'écume qui jaillissait de la mer rugissante. Si quelque chose rampait dans ces collines, ce devait être à plat ventre...

Je jetai à nouveau un regard vers la mer. Quelque chose bougeait ! Une silhouette blanche qui se détachait sur les rochers sombres. Je vis que c'était une femme bien avant que ses courbes me le confirment, mais sans pouvoir distinguer son visage.

Si elle avait quelque chose sur le dos, ça je ne pouvais l'affirmer. Elle était blanche et scintillante et ses cheveux dorés ondoyaient dans le vent. Un homme trébuchait à sa poursuite dans les rochers en agitant les bras.

Il était en train de la rattraper. Elle esquissa une sorte de danse et reprit de l'avance. Puis les deux furent masqués par une ombre noire.

Puissiez-vous imaginer l'absurdité de me voir dévaler les marches et bondir par-dessus les rochers humides afin d'empêcher le poursuivant de rattraper la fille ? Pourtant c'est exactement ce que j'ai fait... ! Comme dans l'histoire du type qui se décarcasse pour qu'un autre type ne puisse pas entrer en relation avec une fille qu'il a repérée, même si lui ne la connaît pas encore...

Mais une fois sur les lieux, je ne vis ni la fille ni l'homme. Juste des rochers humides. Les Cornouailles, c'était les débuts du Roi Arthur, là où Merlin faisait ses trucs, et là où la Dame du Lac avait l'habitude de traîner. Toute la côte de Cornouailles est un coin tordu. La seule façon de ne pas tomber dans la folie est de ne pas croire à tout ce que l'on y voit. Quoi qu'il en soit, je rentrai et repris mon ascension dans la tourelle pour voir si la fille blonde s'y trouvait réellement.

J'avais emporté mon outillage pour forcer les serrures. Très pratique et efficace pour espionner les escrocs. La porte s'ouvrit sans difficulté.

La fille ne dormait pas. Elle fut si effrayée qu'elle en resta sans voix. La lumière de la lune envahissait la tourelle et dévoilait ses jambes délicieuses, ainsi que la courbe de son cou et la forme de ses joues.

— Tout va bien, dis-je. Si vous êtes prisonnière, je peux peut-être vous aider ?

— Pourquoi n'avez-vous pas frappé à la porte ? Et qui êtes-vous ?

Je pouvais voir ses genoux trembler. Ils apparurent lorsqu'elle remonta une couverture de laine grise sur sa poitrine.

— Je suis Jim Dale, chasseur de Monocéros, et je vous ai aperçue cet après-midi lorsque vous regardiez par la fenêtre.

Elle sursauta.

— Avec des jumelles. Pourquoi n'avez-vous pas de vêtements ?

La lumière de ma lampe de poche ne put découvrir aucune pièce de tissu dans toute la pièce ; juste un lit de camp et des couvertures.

— Je suis la secrétaire de Jasper Treganneth — je veux dire que je l'étais lorsqu'il était à Perth, en Australie. Je l'ai suivi lorsqu'il est venu récupérer le titre. Essayez d'imaginer la situation ! Je suis arrivée dans cette ruine. J'étais coincée. Quand je n'ai plus eu d'argent, je suis venue au château.

— C'est ça… Après avoir vendu vos chaussures et vêtements pour assurer votre subsistance en cherchant un emploi, vous êtes venue vous cacher dans le château de Treganneth, la coupai-je. Comment vous appelez-vous ?

— Mon nom est Diane Rolley ! répondit-elle sur un ton énervé.

Puis elle se mit à pleurer de plus belle. Je m'assis à côté sur le lit et glissait mon bras autour d'elle.

— Soyez courageuse, Diane. Je suis un détective qui fait son possible pour résoudre cette histoire de Monocéros. Comment en êtes-vous arrivée là ?

— Jasper m'a enfermée.

— Pourquoi ?

La couverture avait légèrement glissé et le temps qu'elle se recouvre d'un coup sec, j'en vis assez pour être persuadé que Treganneth ne savait pas ce qu'il faisait.

– Cette rumeur, ces disparitions, tout cela me rendait folle. Lorsque j'ai voulu partir, il m'en a empêchée.

– Pardon ?

– Il a eu peur que je ne revienne jamais, que je répande des ragots sur cet endroit, peut-être aussi que je l'accuse d'être un dément. Il m'a déclaré que si je restais le temps qu'il règle ses affaires, nous pourrions nous marier, même si je n'avais aucun titre de noblesse et que j'avais été son employée.

Cela paraissait plausible, mais ne cadrait pas avec le fait qu'elle n'avait pas le moindre vêtement. Lorsque je lui en parlai, elle répondit :

– Si quelqu'un s'introduisait ici et tombe sur moi, lui et cette femme pourraient dire que je suis violente et que j'ai réduit mes vêtements en lambeaux. Et qu'ils me gardaient ici plutôt que de m'envoyer dans un asile de fous...

Avoir enfin quelqu'un qui l'écoute, même un étranger, fit craquer Diane. Elle se pendit à mon cou et sanglota :

– Faites-moi sortir d'ici ! Allez chercher une voiture. Prenez-moi à la nuit tombée. Les villageois pourraient me lapider, me jeter à la mer, me réduire en pièces. Ils me tiennent pour responsable de ces morts, ils prendront d'assaut le château si ça continue.

Après avoir vu une fille blonde pourchassée le long des falaises, je pouvais comprendre maintenant pourquoi les gens voulaient s'en prendre à Diane...

Celle-ci avait trouvé les bons arguments pour me faire rester, le temps de planifier son évasion, et même si j'insistai pour en finir d'abord avec mon enquête sur le Monocéros. Mais je n'eus pas à attendre jusqu'au lever du jour pour pouvoir la laisser. Après s'être encore lamentée sur sa situation, elle se lova sur le lit et s'endormit. De toute façon, si je fichais le camp, jamais je n'aurais le fin mot sur le fantôme du monstre ; et plus ça allait, plus j'étais sûr que c'était réalisé à l'aide d'un trucage de miroirs, et j'étais agacé que l'on me prenne pour un crétin.

Mais avant de m'éclipser, je trafiquai la serrure. La nourriture de Diane lui était passée à travers un guichet, et je pariai à dix contre un que personne ne s'apercevrait que la gâche de la serrure avait été obturée.

Très tôt le matin, Emily amena un pichet d'eau chaude pour le petit déjeuner. Aussi incroyable que ça puisse paraître, le château n'avait pas l'eau courante...

— Vous avez bien dormi ?

— Malheureusement seul, mais à part ça, oui, tout va bien... Comment va le comte ? Il a dessaoulé ?

Je découvris un Treganneth avec les yeux rougis.

— Je n'ai pas voulu parler la nuit dernière. Les hommes sont trop naïfs lorsque vient la nuit, me dit-il.

Nous partagions une tourte aux rognons, quelques harengs et un peu de porridge. Je l'écoutais raconter sa version de l'histoire du Monocéros. Elle correspondait à ce que m'avait dit Emily. Il ne fit aucune allusion aux cryptes sous le château, si ce n'est :

— Ce culte du reptile de mes ancêtres n'est qu'une foutaise... ! Mais les villageois deviennent méchants. Je veux que vous expliquiez ces disparitions !

— Et si j'allais enquêter dans le village ?

— Mon brave, je décline toute responsabilité si vous vous faites fendre le crâne. Après ce qui est arrivé hier, je n'ai pas l'intention de retourner à Pengyl.

— Alors, prêtez-moi votre voiture... Où sont les clés ?

— Emily doit aller au marché. Accompagnez-la, ajouta Treganneth.

Il se leva et prit la direction de son bureau, me laissant tout net en plan.

Aller au marché de Pengyl ne fut pas une partie de plaisir. Quelqu'un balança une pierre sur la voiture et une vieille peau hurla :

— Où est la sorcière blonde ? Amenez-la !

Emily se pencha par la portière. Les hommes qui avaient ramassé des cailloux les laissèrent alors retomber par terre. La vieille femme s'arrêta net de jurer et de marmonner.

— On a jeté les pierres avant de voir que c'était vous... grognèrent les hommes. Mais vous feriez mieux de ne pas revenir.

Emily se gara et une foule commença à se former. Une foule sinistre de vieillards rabougris. Il n'y avait pas plus d'une demi-douzaine de jeunes hommes, et encore moins de filles.

— Feriez mieux de ne pas revenir, dit un type au nez busqué. Lon Wellman n'est pas rentré chez lui, et nous savons qu'il ne reviendra jamais. Comme les autres ! Devant Dieu, nous allons démonter le château pierre par pierre, mam'zelle Polgate ! Mais vous, vous êtes l'une de nôtres. On ne vous veut pas de mal, mais on ne sait jamais ce qui peut arriver lorsque les gens sont poussés à bout, hein ?

Ce n'était pas tout... Il y avait aussi cet homme que j'avais vu pourchassant la fille blonde.

Du brouhaha des bavardages, je finis par déduire que pour eux, une sorcière blonde attirait les jeunes hommes pour les livrer au Monocéros... La plupart de ces gens avaient une façon bizarre de prononcer le mot « sorcière », je suppose à cause de leur accent des Cornouailles ou un truc comme ça. Cela pourrait vraiment mal tourner s'ils attrapaient Diane.

Nous sommes quand même allés au marché. Sur le chemin du retour, je questionnai Emily :

— Que pensez-vous de cette histoire de... de sorcière blonde ? Le comte a omis de m'en parler, tout comme vous, d'ailleurs...

— Cela vous aurait détourné du Monocéros. Ces jeunes hommes sont terrifiés, mais chacun d'eux se vante à propos d'une blonde de Londres, ou d'ailleurs, venue passer ici un week-end à la mer, et qui reviendrait ensuite les pour revoir. Les femmes — celles qui sont jeunes et attirantes — sont rares dans les environs... Aussi rares d'ailleurs que les hommes jeunes et séduisants... Quel trou perdu et paumé ! soupira-t-elle.

— Donc ils filent rencontrer la blonde en douce, en prenant soin de ne pas être surpris par un autre garçon du coin, et, hop, un autre de disparu, c'est ça ?

Emily hocha la tête.

— Oui. Celui-ci c'est le quatrième. Ou le cinquième. Une sorcière les attirant dans le repaire du Monocéros... Vous devinez à quelle vitesse pareille rumeur se répand !

De retour au château, Treganneth me convoqua dans son bureau. C'était une pièce vieillotte et sombre, avec des rayonnages en chêne massif emplis de vieux livres reliés cuir. Certains d'entre eux étaient étalés sur la grande table du bureau ; ainsi qu'un carré de parchemin rédigé à l'encre noire.

La main du comte trembla lorsqu'il le désigna, avec une voix étranglée :

— Dale, je viens de retrouver de vieilles archives... Elles indiquent comment faire pour atteindre les fondations du château. Il existe une crypte ! Il y a plusieurs siècles, il y aurait eu un monstre qui vivait grâce aux sacrifices humains offerts par les Treganneth païens, bien avant l'avènement du roi Arthur. C'est absurde, mais il y a quand même quelque chose d'étrange : il y aurait eu aussi une sorcière aux cheveux blonds qui aurait appâté les victimes jusqu'au repaire du Monocéros, jusqu'à ce que les Treganneth abandonnent les druides pour devenir chrétiens… !

– Et vous y croyez ?

– Je ne sais plus ce que je dois croire.

– Un autre homme a disparu la nuit dernière…

Treganneth grogna, et mit une main sur ses yeux.

– Encore !

Je décidai de le titiller plus avant.

– Vous cachez quelque chose. Je veux toute l'histoire, sinon je vous laisse vous débrouiller tout seul !

Il se redressa et prit un air hautain et désagréable.

– Que voulez-vous dire ?

– Qu'Emily Polgate a un moyen de pression sur vous.

Il ne dit ni oui ni non ; il me lança juste un regard furieux. J'en remis alors une nouvelle couche.

– Quand on s'est arrêté sur la crête et que j'ai pris mes jumelles, j'ai aperçu très nettement une fille dans la tourelle. Qui est-elle, et qu'est-ce qu'elle fait là ?

Treganneth bondit. Il s'était mis soudain à transpirer.

– Que… Espèce d'insolent roquet !

– Oh là, calmez-vous… ! Tout d'abord, sachez que les péquenauds du coin vont venir démonter cet endroit pierre par pierre, avant de mettre en pièces Blondie, ainsi qu'Emily et vous-même. Alors, vous jouez à quoi ? Vous avez une fille qui piège les gars du coin ? Un monstre, mon œil ! Les idiots tombent de la falaise et sont réduits en purée par les vagues, c'est tout.

Le visage de Treganneth était devenu blême, et sa mâchoire épaisse s'était mise à trembler.

– La fille dans la tourelle y est pour sa propre sécurité. Elle est pratiquement folle.

– Et qu'en est-il de vous et d'Emily Polgate ?

– Je préfère ne pas en parler, répondit Treganneth.

– Emily a fidèlement tenu ce château, puis tout est parti de travers : les serviteurs ont mis les voiles et des hommes ont disparu. Tous de jeunes hommes…

– Pour l'amour de Dieu, taisez-vous ! Allons dans cette crypte ! Pour voir qu'elle est vide. Que les villageois viennent ensuite librement le constater par eux-mêmes ! lança Treganneth.

Il saisit la carte sur parchemin et une lampe de poche. Il ne nous fallut que quelques minutes pour atteindre l'enfilade de cryptes et de passages. Il chercha durant quelques instants dans ce cul-de-sac, avant de découvrir la dalle avec l'anneau central.

L'odeur de l'iode ainsi que celle de décomposition marine nous submergea à l'ouverture. Nous descendîmes l'escalier étroit. Treganneth se comportait comme un lord, nul ne pouvait le nier. Il menait la marche. Ce qui me convenait tout à fait, car je n'aurais pas voulu le savoir derrière moi.

Arrivé en bas des marches, il vit la lampe, et s'arrêta brusquement.

– Grands dieux ! Quelqu'un est venu ici avant nous !

Il se retourna et braqua sa lampe sur mon visage.

– Vous ?

– Et comment j'aurais fait alors que vous venez tout juste de découvrir l'existence de cet endroit ?

Il pivota et dirigea la lumière de la torche en direction de la fosse. Je craquais une allumette pour allumer une cigarette. Il sursauta comme si un insecte l'avait piqué. La lumière de sa torche dansait çà et là. Puis il émit un son étouffé et désigna quelque chose.

Je regardais. Un froufrou rose se trouvait à nos pieds. C'était une des rosettes de la chemise de nuit en satin d'Emily. Il s'était déchiré lors de notre bousculade en pleine panique.

– D'accord, c'est votre petite amie qui mène la danse, laissai-je tomber.

– Vous... bon sang ! Comment savez-vous… ?

Treganneth commença à perdre les pédales. Il me frappa soudain avec la torche, et hurla :

– Allez au diable ! Vous faites partie d'un complot pour m'éloigner de Diane ! Vous et cette...

Il faillit me fracasser le crâne, mais la torche frappa mon épaule. Puis il me tabassa à coups de poing dans cette obscurité puante. Maintenant l'odeur était atroce ; pas celle malodorante de la mer, mais une odeur de cadavre. Les morts se manifestaient de la seule façon qu'il leur restait...

Il me frappa. Par chance, il ne pouvait pas voir ce qu'il faisait. Je lui mis une droite et je l'entendis grogner.

– Espèce d'imbécile, je ne suis pas de mèche avec Emily ! m'écriai-je. C'est elle qui piège les gens en les faisant tomber dans cette tanière !

Mais il ne m'écoutait pas. Il était hors de lui. Il grogna à nouveau, et se précipita sur moi. Je me cognai contre le mur. Déjà, pas sûr que j'aurais été capable de le boxer en plein jour, mais ici c'était impossible.

Il se mit à hurler comme un fou, ce que l'écho rendit encore plus insupportable. À chaque fois qu'il s'élançait vers moi, il jurait qu'il allait me tuer. J'étais maintenant persuadé qu'Emily avait essayé de le manipuler pour se débarrasser de Diane ; et lui s'imaginait sûrement, vu que j'en savais autant sur la chemise de nuit de la dame, qu'elle et moi nous nous venions de nous liguer contre lui.

De temps en temps, il arrivait à m'atteindre et me cognait jusqu'à m'étourdir. Puis je parvins à l'esquiver, et je me mis à courir dans tous les sens, mais sans nulle part où aller. J'aperçus alors un rai de lumière au-dessus de ma tête. Il y avait une sorte d'ouverture qu'il m'avait été évidemment impossible de remarquer de nuit, quand Emily m'avait amené dans la fosse. Je commençai à saisir enfin de quoi il retournait. Une fille attirait les bouseux sur la falaise... et ils dégringolaient par ce trou dans cette caverne puante.

Je hurlai en montrant l'ouverture, mais Treganneth ne m'écoutait toujours pas. Il frappait en se fiant au bruit. Il y eut un bruit de verre brisé. Il trébucha sur la lanterne. Puis je reçus une bonne torgnole.

Ça et le sol humide firent le reste. Il y eut un bruit sourd et les hurlements s'arrêtèrent net. Puis j'entendis un plouf retentissant.

Je craquais une allumette. Je tremblai de partout, prêt à tourner de l'œil. Mais soudain une femme poussa un cri perçant :

– Vous lui avez tout raconté, hein ! Vous l'avez rendu fou ! Ohhhh...

À la lueur de l'allumette, je vis que c'était Emily. Un pistolet dans une main et ma torche électrique dans l'autre.

– Allez le rejoindre ! Descendez lui dire que les villageois sont en train d'arriver pour se débarrasser de la sorcière blonde ! Il était à moi, il aurait pu l'être si... Moi, j'appartiens à cet endroit, pas elle ! Allez, allez-y, ou je vous abats sur-le-champ !

Emily avait dû m'entendre hurler après Treganneth. Elle savait que j'avais vendu la mèche ; et que si je me barrais, elle était cuite.

La lumière m'aveugla, et je reculais d'un pas. Elle se mit à rire. Mes mollets touchèrent la margelle. Je ne pouvais pas voir l'arme, ni rien du tout d'autre. Je fis alors ce que n'importe qui aurait fait à ma place et je plongeai en avant pour l'attraper par les genoux.

Elle tira maladroitement avec le pistolet et elle me manqua. Elle tira une nouvelle fois, juste au moment où je m'élançai à nouveau et pour saisir enfin ses genoux. Mais avant que je ne puisse saisir l'arme à feu, nous tombâmes tous les deux à la renverse.

Derrière moi, une autre femme poussa tout à coup un cri ; une femme avec une lampe. Qui se brisa contre les rochers et roula hors de portée. Il y eut un enchevêtrement de pieds et de jambes. Je ne parvins pas me relever. Les deux femmes se battaient au corps-à-corps.

L'une d'elles avait les jambes nues. Je m'empêtrai alors dans une couverture perdue dans la bataille. Les jambes nues et les jambes de soie roulèrent loin de moi, et j'aperçus tout à coup une forme blanche dans la lumière indirecte de la torche électrique. Diane et Emily vacillèrent au-dessus de la margelle.

– Tenez bon ! hurlai-je en me dégageant de la couverture.

Je fis un bond en avant, mais ne pus rattraper que Diane à temps. Emily bascula par-dessus le bord de la fosse. Il n'y eut pas de bruit sourd cette fois-ci ; juste un cri perçant, le plus horrible que j'aie jamais entendu. J'éloignai Diane du bord du puits.

Elle était hystérique et ne pouvait pas parler. Je l'entourai avec la couverture et ramassai la torche électrique tombée à terre. La lumière était éteinte, et je tremblais tellement que je n'arrivais pas à enclencher l'interrupteur pour la rallumer. Diane me dit doucement :

– Quelque chose est arrivé à la serrure et la porte s'est ouverte sans aucune difficulté. Je me suis glissée dehors pour voler quelques-uns de ses vêtements, mais à ce moment-là, je l'ai vue rôder sans faire de bruit avec un revolver. Et je l'ai suivie...

Diane s'accrocha à moi en me serrant très fort et me demanda ce qui s'était passé. Nous étions trop bouleversés pour ramper jusqu'en haut des marches.

Plus aucun son ne montait du puits.

Nous étions trop épuisés pour pouvoir bouger.

C'est ce que je pensai jusqu'à ce qu'une brume luisante et grise émerge dans l'obscurité : cette tête de dragon avec une longue corne sur le front, avec ces terribles spirales de son corps. Treganneth semblait donner des coups de pieds et se débattre dans un des anneaux du corps ; et il y avait d'autres hommes, dans d'autres anneaux. Mais ce n'était rien comparé à ce qui se trouvait sur la corne.

Emily était embrochée de part en part. La corne luisante jaillissait en dessous de sa poitrine. Elle griffait l'air de ses mains, mais sans qu'on entende quoi que ce soit ; c'était juste une apparition qui s'élevait, avec la femme étendue sur son front. La corne l'empêchait de glisser. Mais au moment d'atteindre le plafond de la crypte, la brume vivante commença à s'effilocher.

J'ai dit que nous étions trop faibles pour bouger, mais lorsque la brume s'évanouit, je laissai soudain échapper un cri et commençai à monter rapidement les escaliers en tenant Diane enveloppée dans sa couverture. Heureusement qu'elle s'accrochait à moi. Pour rien au monde je ne serais revenu sur mes pas.

J'émergeai en plein jour. Diane glissa de mes bras et se plaqua sur mon épaule. Nos têtes se touchaient.

– Chérie, rien ne s'est passé. Ne raconte cette histoire à personne. Viens...

Je crochetai la serrure de la chambre d'Emily et lui dis :

– Récupère des vêtements. Je vais chercher les clés de la voiture.

Diane agrippa ma main.

– Tu restes ici ! Retourne-toi pendant que je m'habille et, au moins, je ne serai pas seule dans cet endroit abominable.

Je lui tournai donc le dos. Sauf que Diane se fit avoir pour le coup : elle était trop perturbée pour avoir remarqué l'angle indiscret du miroir.

Mais ce ne fut pas là le fin mot de l'histoire. Il survint après que j'eus embarqué Diane dans la vieille voiture et tout raconté aux flics, à l'exception de l'histoire du fantôme du monstre, bien sûr.

Le village fut retourné de fond en comble par la police. À la suite de quoi, et après avoir exploré tout le château et tout spécialement la chambre d'Emily, on a fini par comprendre ce qui s'était passé. En fait, le frère de Treganneth et le mari d'Emily s'étaient querellés à son sujet, et ils s'étaient entre-tués. On découvrit aussi des lettres de quelques gaillards du coin adressées à Emily et promettant de lui faire son affaire si elle s'avisait de les laisser tomber pour se marier avec le nouveau comte. Comme je l'ai déjà dit, les femmes étaient rares ici et ça faisait sept ans qu'elle était veuve… Les gars du village en pinçaient vraiment pour elle.

Alors, Emily commença à se débarrasser de ses amoureux, poudrant ses cheveux pour imiter Diane, la sorcière de la tour, et lui faire porter le chapeau le jour où la marmite sauterait. Au bout d'un nombre suffisant de disparitions, il était fatal que quelque chose finisse par se produire...

Mais tout ça nous parut subitement de la petite bière quand nous sommes revenus dans la crypte. Quand nous avons regardé par-dessus le rebord de la fosse. Et là on en a eu pour notre argent...

Un squelette monstrueux gisait tout au fond du puits. Quelques-uns des os étaient encore attachés les uns aux autres, mais la plupart étaient éparpillés sur le sol ou ensevelis dans le limon. À marée basse, les morts surgissaient de la boue puis la mer les recouvrait à nouveau à marée haute. Au moment de notre visite, la marée était basse, et c'était horrible à voir.

Treganneth était là, ainsi que les bouseux. Il y avait aussi de vieux squelettes, celui du frère de Treganneth et celui de Polgate, le majordome qui n'avait pas apprécié de voir le comte flirter avec Emily.

Emily qui était maintenant là elle aussi, empalée sur la corne sortant du crâne du Monocéros. Cette créature avait réellement existé ! Ce crâne m'empêchait définitivement de croire que j'avais été hypnotisé…

J'avais vu le fantôme d'un monstre divin que les hommes vénéraient avant que le roi Arthur ne s'impose ; adoré par les druides, révéré par les ancêtres d'une femme qui avait tout joué pour un lord et qui avait perdu. Emily appartenait maintenant à un dieu mort. Et si ce crâne n'avait pas existé, *jamais je n'aurais su* que ce que j'avais vu était bel et bien les fantômes d'un dieu et de ses victimes.

Peut-être est-ce pour ça que Diane et moi on s'est mis à la colle, une fois l'affaire terminée. Car c'est quand même quelque chose que de pouvoir se dire que nous l'avons vraiment vu, que nous n'étions pas juste une paire de cinglés...

Titre original : « The Old Gods Eat »
(« House of the Monoceros » pour le titre du manuscrit de CAS)
Traduit par Eric M'Gaides

BIBLIOGRAPHIE FRANÇAISE D'E. HOFFMANN PRICE

–« À travers les portes de la clé d'argent » (« Through the Gates of the Silver Key », *Weird Tales*, juillet 1934), en collaboration avec H. P. Lovecraft. Nouvelle intégrée dans le recueil en français de HPL *Démons et merveilles* paru initialement aux Éditions des Deux Rives en 1955 et réédité à plusieurs reprises. EHP n'est que très rarement crédité dans ces éditions.

–« Le présent du Rajah » (« The Gift of the Rajah », *Weird Tales*, janvier 1925), in *Les meilleurs récits de Weird Tales tome* 1, anthologie présentée par Jacques Sadoul, Paris : J'Ai Lu n° 579, 1975 et réédition in *Les meilleurs récits de Weird Tales* en 1989, n° 2579.

–« Évocation de Clark Ashton Smith » ("Clark Ashton Smith : a Memoir "), in recueil de CAS *Tales of Science and Sorcery,* Arkham House: Sauk City, USA, 1964), in recueil de CAS, *Morthylla*, NeO : Paris, 1989, coll. « Fantastique/SF/Aventure » n° 218/219. Article.

–« L'homme qu'était Lovecraft » ("The Man Who Was Lovecraft", in recueil de HPL *Something about Cats & Others,* Arkham House: Sauk City, USA, 1949), in *Lovecraft vol. 2,* Robert Laffont : Paris, 1991, coll. « Bouquins ». Article.

–« Le Seigneur de l'Illusion » (« The Lord of Illusion », 1932, publié pour la première fois dans *Crypt of Cthulhu* n° 10, 1982, USA), La Clé d'Argent, 2000, réédité en 2007. Texte de EHP à partir duquel HPL a écrit « À travers les portes de la clé d'argent »).

–« La fille de Satan » (« Satan's Daughter », *Spicy Mystery Stories »,* janvier 1936), in *Wendigo* n° 4, 2017.

–« La demeure du Monocéros » ("The Old Gods Eat", *Spicy Mystery Stories*, février 1941), en collaboration avec Clark Ashton Smith, in *Wendigo* n° 5, 2019.

BIBLIOGRAPHIE FRANÇAISE DE CLARK ASHTON SMITH
(Volumes uniquement)

– *Autres dimensions* (*Other Dimensions,* Arkham House : Sauk City, USA, 1970), nouvelles, Christian Bourgois : Paris, 1974.

– *Zothique* (*Zothique*, Ballantine Books : New York, USA, 1970), nouvelles, Librairie des Champs-Elysées : Paris, 1978, coll. « Le Masque Fantastique » n° 11. Nouvelle édition, Mnémos : Dijon, 2017.

– Poseidonis (*Poseidonis*, Ballantine Books : New York, USA, 1973), nouvelles, Librairie des Champs-Elysées : Paris, 1981, coll. « Les grands contes fantastiques ».

– L'île inconnue (traduction partielle de *Out of Space and Time*, Arkham House : Sauk City, USA, 1942), nouvelles, NéO : Paris, 1985, coll. « Fantastique/SF/Aventure » n° 149.

– Ubbo-Sathla (traduction des textes restants de *Out of Space and Time*, Arkham House : Sauk City, USA, 1942), nouvelles, NéO : Paris, 1985, coll. « Fantastique/SF/Aventure » n° 155.

– L'empire des Nécromants (traduction partielle de *Lost Worlds*, Arkham House, Sauk City, USA, 1944), nouvelles, NéO : Paris, 1986, coll. « Fantastique/SF/Aventure » n° 165, réédition Les Belles Lettres : Paris, 1998, coll. « Le cabinet noir » n° 18.

– La Gorgone (traduction des textes restants de *Lost Worlds,* Arkham House : Sauk City, USA, 1944), nouvelles, NéO : Paris, 1986, coll. « Fantastique/SF/Aventure » n° 175.

– Le Dieu carnivore T1 et T2 (*Genius Loci & other tales*, Arkham House, Sauk City, USA, 1948, en un seul volume), nouvelles, NéO : Paris, 1987, coll. « Fantastique/SF/Aventure » n° 190 et 191.

– Les abominations de Yondo (*The Abominations of Yondo*, Arkham House : Sauk City, USA,1960), nouvelles, NéO : Paris, 1988, coll. « Fantastique/SF/Aventure » n° 203/204.

– Morthylla (*Tales of Science and Sorcery*, Arkham House : Sauk City, USA, 1964), nouvelles, NéO : Paris, 1989, coll. « Fantastique/SF/Aventure » n° 218/219.

– Nostalgie de l'inconnu (réunit "La Fleur-Diable", "The Flower-Devil", in recueil *Ebony and Crystal, poems in verse and prose*, Auburn Journal : Auburn, USA, 1922 et "La Forêt interdite", "The Forbidden Forest", in *The Acolyte*, Automne 1943, USA), poèmes en prose, La Clef d'Argent : Dijon, 1990, réédité en 2001.

– Le Mangeur de hachisch ou l'Apocalypse du mal ("The hashish-eater, or the Apocalypse of Evil", in recueil *Ebony and Crystal, poems in verse and prose*, Auburn Journal : Auburn, USA, 1922), poème en prose, La Clef d'Argent : Dijon, 2000.

– Celui qui marchait parmi les étoiles (pas d'édition originale américaine), poèmes, L'Œil du Sphinx : Paris, 2013, coll. « Les manuscrits d'Edward Derby » n° 13.

– La flamme chantante ("The City of the Singing Flame", in *Wonder Stories*, juillet 1931, suivie par "Beyond the Singing Flame", in *Wonder Stories*, novembre 1931), Actes Sud : Arles, 2013, coll. « Un endroit ou aller » n° 151.

– Mondes premiers : Hyperborée (pas d'édition originale américaine),

nouvelles, Mnémos : Saint-Laurent d'Oingt, 2017, Intégrale C. A. Smith. Réédition sous le titre *Mondes premiers : Hyperborée et Poseidonis*, Mnémos : Saint-Laurent d'Oingt, 2018, Intégrale C. A. Smith.

– *Autres mondes* (pas d'édition originale américaine), nouvelles, Mnémos : Saint-Laurent d'Oingt, 2017, Intégrale C. A. Smith. Réédition sous le titre *Averoigne et autres mondes*, Mnémos : Saint-Laurent d'Oingt, 2018, Intégrale C. A. Smith.

POURQUOI ADHÉRER A L'ODS

En plus de rassembler toute une « faune de l'espace » passionnée de littératures de l'imaginaire, science-fiction, fantastique, fantasy, etc. et tant de chercheurs érudits des univers de l'étrange, l'ODS est une association active qui organise ou coordonne de nombreux événements dans les domaines qui nous intéressent.

C'est un fait que l'activité de publication de fanzines qui était son expression principale à ses débuts a dû être transférée vers notre maison d'édition, EODS, faute de lecteurs assidus dans un secteur qui s'est peu à peu reporté vers le web. Certaines revues ont disparu, d'autres sont nées à cette occasion. Force est de nous adapter au potentiel du lectorat d'aujourd'hui, et nous voilà au XXIe siècle !

Toutefois, tout en nous adaptant, nous tenons, à l'ODS, à préserver cette convivialité qui fut toujours la première motivation de notre existence associative. C'est pourquoi nous poursuivons avant tout l'organisation de rencontres, conférences, congrès, dîners thématiques et autres missions scientifiques autour des thèmes qui nous sont chers. Participer à ces nombreuses activités, les organiser ou permettre à certains invités de venir y présenter leurs travaux, voilà aujourd'hui la vocation de l'ODS. Ainsi, tout au long de l'année, vous êtes conviés à nous rejoindre lors de dîners informels, comme celui du Nouvel Eon en janvier, et toutes sortes de rencontres à thèmes intitulées « on the spot », selon le calendrier de la venue d'auteurs en région parisienne, ainsi qu'à des colloques de haute teneur dont ceux organisés à Rennes-le-Château (ARTBS) ou à Paris comme le Congrès Fortéen, les journées Heuvelmans ou Jacques Bergier, etc, mais aussi à nous rendre visite sur les stands des nombreuses conventions auxquels nous participons.

L'organisation de ces événements et la participation de l'association à ceux organisés par d'autres sont aujourd'hui devenus notre activité principale, car c'est ce qui fait vivre notre univers littéraire et préserve ce caractère unique qui nous plaît. Si certains supports de lecture disparaissent petit à petit au profit de medias plus modernes – du fanzine au webzine, des listes de discussions aux réseaux sociaux, etc. – il reste que nous sommes tous attachés aux livres originaux au format papier, non seulement à l'objet que l'on peut aujourd'hui commander en trois clics, mais surtout à ce qui va autour, c'est-à-dire les rencontres, les discussions, le partage et les possibles collaborations qui s'improvisent au gré des initiatives de nos membres les plus passionnés et, bien entendu, au plaisir de lire !

La participation de chacun à cette fourmillante activité littéraire et autour de la littérature se coordonne le plus simplement possible par le moyen de notre association, et c'est la raison d'être de l'ODS. En y adhérant, et surtout en participant par votre présence et votre concours à ces rencontres, ainsi qu'à la naissance et la réalisation de nouveaux projets, vous nous aidez à prolonger la vie de notre multivers littéraire. Bienvenue à tous et merci pour votre présence !

Emmanuel Thibault, membre du Conseil de AODS.

LES ÉDITIONS DE L'ŒIL DU SPHINX

SARL au capital de 15.245 €
R.C.S. Paris B 432 025 864 (2000 B11249)
36-42 rue de la Villette
75019 PARIS
FRANCE
Mail ods@oeildusphinx.com
http://www.œildusphinx.com
http:/boutique.œildusphinx.com
Tél 09.75.32.33.55
Fax 01.42.01.05.38

Toutes nos parutions sont sur :
http://boutique.oeildusphinx.com

WENDIGO
Fantastique & Horreur

Achevé d'imprimer en Avril 2019

par KDP Publishing

Dépôt légal : Avril 2019

LES ÉDITIONS DE L'ŒIL DU SPHINX
36-42 rue de la Villette
75019 PARIS
FRANCE